高君 著

作家出版社

目　录

1　芬芳文化用品店

芬芳文化用品店位于百花路东，隔两家铺面就是葵花重点小学。特别的是，它的门脸儿几乎被路旁一棵老残柳给遮住了。老残柳又老又丑，浑身布满疙瘩和疤，根须就像巨兽的爪子一样高高地隆在地面之上，很多还被砍断了，但它却依然活得茂盛。它朝东边使劲地拧着身子，最粗的那根枝丫便直冲店面而来，在离窗子不到一米远时，突然就像动了某种恻隐之心，手一摆，收了回去。却飘飘悠悠荡下来若干枝条，帘子一样，这让芬芳文化用品店看上去若隐若现，仿佛一处神秘的美景，和藏在树影间的一个鸟窝。

店面曾几易其主，租金也一降再降。历任老板，虽在此从事的行当不同，结果却基本一致——生意清淡，赔多赚少。而他们几乎都异口同声地把原因归咎到这棵老残柳上。面对它非但一天天不死，还返老还童般不断发出新枝芽，只有无奈。店主人曾一连打了数个加盖街道公章的报告给有关部门，结果来了一些人给老残柳量了腰身，拍了照，给爪子断茬、疙疤涂了红漆，之后竟给它挂上了吊针！完了又在四周圈了铁围栏，在树身钉了一块小铁牌，上写：古旱柳，落叶乔木，叶子狭长，柔荑花序。树龄约二百年，列为古树。损毁者罚人民币二万元，举报损毁者重奖。

为实现做老板的梦想，王玉梅足足等待和准备了六年。还不包括选项目、找店面这半年。半年来，王玉梅穿街过巷，几乎转遍了这座城市，还发动了所有能发动的人。就在她差不多快要绝望的时候，她转到了这里。原本只是一走一过，停在老残柳的阴凉下歇歇脚，一定睛，她就看到了老残柳被砍断了的脚，断茬上的红油漆就像凝结的血痂。这时，她心里就生出了一种别样滋味——离近点儿就好了，旱天给它浇点儿水。忽然，唰啦啦一阵细响，仿佛塑料珠子门帘相互磕碰的声音，轻而又脆。紧接着，一根枝条，若干根枝条一齐轻舞了起来，擦着她的眼毛、鼻尖一齐轻舞起来。它明白、懂我的心思呢。她伸出手，一根枝条立即就跟一条柔顺的辫子似的偎在了她的右腿上。

抬起眼，她便看见了店面，和贴在窗玻璃上的红纸写着大大的"出售"二字。

她转到校门口，再从校门口到店门口，来来回回转了小一下午。盛夏午后安静得出奇，人和车辆仿佛都消了音遁了形，只有白花花水似的阳光和流动的暗影。她仿佛听到一种深埋日久却永难逝去的声音，看到一张张纯洁的小脸，和葵花般伸向黑板的小脑袋瓜。她脑子里一些原本还模糊着的东西，在这个下午，逐渐变得清晰、明确和具体起来。

芬芳文化用品店除了经营学生用品，还兼营话吧、打字和复印；出售鲜花和仿真花，包括装饰婚车；还有香水、美容护肤和美发护发产品。后来随着规模的扩大，又增添了图书、音像制品和一些体育用品等。很明显，某些是在营业范围之外的。应对此类事情一靠关系，二靠打点。老板王玉梅在这方面做得很好。

照理说，凭她的条件，摆平一些关系，就是堂而皇之把它们拿到台面上，也问题不大。但王玉梅做事尽量替别人着想，不使人为难。能退一步就退一步，尽可能做到不显山露水。所以，像香水、护肤、美发这一类东西只摆出来几件，你可以说是起提示作用的样品，也可以说是专供主人使用的。仿真花也是，它们在恰当的地方不仅起到装饰作用，还效果极佳地完成了推介功能。鲜花在店里是看不到的，因为损耗太大，和扎婚礼花车属同一系列，要提前预订，急用只需给花店打个电话。其他项目，如代办旅店、宾馆包间套房、寿宴婚宴生日宴、旅游观光、车票船票飞机票等，都印在一张小卡片上。

再加上制作名片、条幅什么的，芬芳文化用品店的经营品种，几乎网罗了这个行当中的绝大部分内容。每逢各种节假日，又会适时增加许多临时新品种。这还只是它的初始阶段，老板王玉梅当然不会满足于此，她还有许多有待实施的大计划。

需要强调一句的是，芬芳文化用品店还是一家免税店——是根据国家有关政策条文合理合法的。可这并不是它生意和效益好的主要原因，说白了，生意不好，即便什么都免也照样没钱赚的。一句话，老板王玉梅能干，且经营有方。

让我们先来看看店里的布局和摆设——

店面不足五十平米，还站着两个傻大憨粗的承重柱子。可看上去却并不显小，承重柱子四面都镶了镜子，镜面上是钻了孔的，钉一些小挂钩，那些做样品的带花篮的干花、仿真花，以及小饰品小挂件就挂在上面，被镜子一映，立即就成双成对了。进门，贴着左面墙是货架，不是封闭铝合金玻璃的那种，是开放式的木质货架，就跟书架似的，只稍宽一点儿，一律漆成白色，不仅看着不占空间，还更突出了摆上去的货品。货架贴着墙面进行到一段恰当的距离沿直角一折，然后又在一个恰当的阶段结束。折过来的那段恰好像屏风一样遮住了卫生间和卧室的门。遮住它们，这很必要。尤其是卫生间，不仅自己用着方便，还有，那些只看不买的顾客，若要见到保不准就要用一用的。贴窗子的一面是话吧，窄窄的一溜木台面，竖着打了几个小隔断，也漆成白色，让红色的电话机变得很是醒目，在外面老远就能看到。挨窗子的另一侧是打字的电脑和复印机。

再顺便说一嘴老板王玉梅。三十四五岁，看上去有点儿柔弱，实则很干脆利落。又是一个让人感觉十分亲切的人——是在一种分寸和节制的热情里面，透着的亲切，这就让人舒服了。再把它们放到生意里面，就更不简单了。热情是绝对需要节制的，没有不好；过了更不好，会给人造成压力，再严重点儿，说构成冒犯和叨扰也不为过。能拿捏好这个分寸，不光是生意和交际上的艺术，也是一种生活艺术，生活中接人待物的方法和能力。不管多忙，即便是只看不买，或只问不买，王玉梅也总是面带微笑，不厌不烦。再补充一嘴，王玉梅说话的声音很好听，语速稍慢，温婉又宁静——好听的声音是能够给女人增色和加分的。

刚开始，店里有一个服务员，后来又增加了一个，却仍显得人手不够。按理说，早该添人了，依照她的身体状况，应该只做幕后老板，何苦要亲力亲为呢？也跟个服务员似的，看着都让人心疼。况且，生意已进入正常轨道，只要不出大的闪失。做这行——其实就是零碎，盈头却不小——能发生什么闪失呢？又不是做期货炒股票，想都难呢。

可是，王玉梅一直没再雇人。

当然是为省钱。一个人每月工资五百，午餐费最低也要六十块，算下来一年多少？得卖出去多少小玩意儿才能赚回来？不算不知道，一算吓一跳。省就是赚。忙了两三年，才忙到眼下规模，虽然超出了当初预想，但离她的目标还差得远呢。这年头啥都在涨，小到柴米油盐、婚丧嫁娶，大到地皮楼盘，钱赚慢了等于没赚。她要赚更多，虽然那不是最终目的，但通过它或许可以实现。其实她做梦都想闲下来，谁不愿过闲适一点儿的生活呢？尽管连她自己都认为，一个人的生活根本就算不上真生活，即便再闲适也不是真闲适。再说雇人这件事，她不是没想过，是想很多，有时想得都失眠，并不完全是为省钱。

话说回来，就是再雇两个小丫头，就能独当一面吗？就算独当一面，甚至多面，她就真能在幕后闲下来吗？不能，是不放心、托底。

——怎样才能放心、托底，雇一个什么样的人才能？

除此，还有没有其他想法和打算？这是一个问题。确实是。

这天早晨，芬芳文化用品店窗子上的木栅板一打开，人们就看到了一张从里面贴上去的招聘广告，在窗子右下方，红纸黑字，很醒目：

诚聘店部经理一名，全权负责打理店内外一切事务，月薪一千。

很笼统。因为笼统，所以可能性更大。各种可能。

2　母亲

这个女人在她还没有记忆的时候就开始守寡了。在小王玉梅看来，她的守寡天经地义，理所当然。如果不，那才叫怪呢。这个女人从来就没有年轻过，她在二十岁，或者更早，就已进入老年。所有跟青春有关的字眼儿统统都不属于她，而且对于她简直就像灾难一样——青春变成了一把锋利的刀，以流星般的速度在她脸上唰唰地划过去。而那个她一生中唯一的男人，却用短命这把更锋利的刀在那上面又唰唰唰地划了一遍。还把短暂的柔情蜜意以铭心刻骨的方式、开花结果的方式再一次狠狠地刻在了她的心头。

因此，她终生与破烂儿、废品，以及与此差不多的东西为伍，在小王玉梅眼里，一点儿都不奇怪，而是物尽其用，适得其所。甚至是一个聪明和智慧的选择。

她一直觉得，这个女人可能从七八岁或者更早就开始了拾荒生涯，也许是乞讨生涯，就像现在大街和马路上那些令人讨厌的小叫花子们一样。她没问，不屑问。反正从她有记忆那天

6

开始，她每天都是这样，天不亮就出去翻捣垃圾箱。那几个垃圾箱被她不知是以什么方式给承包了，只可她一个人翻捣。却往往被起得更早的捷足先登，于是她就蓬头垢面地黑着脸回来。不止如此，有许多回还是满脸血道道地回来，吓死人了，就跟鬼一样。她好像连手都不洗就淘米做饭，那手又黑又丑，就像猴爪子一样，在白米和白色的汤水中间更突出得吓人。她认为，即使用一整袋强力去污粉也是洗不干净的，除非把那层皮给扒了。她胡乱地把饭菜倒腾到饭桌上，有时是一边飞快地往嘴里扒拉，一边絮叨着别动这别碰那一类破事儿；有时手里捏着两个馒头就飞奔出门，然后，就像一只抢肉吃的老鹰一头扎到幸福桥下面。

她和一群男女聚在幸福桥洞的马路牙子上，其实更像栖落在城市角落里一群觅食的乌鸦。他们每个人都有一块小木头或小胶合板做的牌子，上面用黑油漆或红油漆歪歪扭扭地写着几乎相同的内容——刮大白打扫卫生电焊水暖下水道。那些牌子有的立在脚边，有的就拴在自行车后座上。她不是，她的那块比别人要大很多，用一根布带子拴着，然后挂在胸前。

她站在醒目的位置上，翘着脑袋，眼珠一刻不闲，就像鹰眼一样。那个木头牌子就像曾经某个年代游街示众的牌子一样，却一点儿都不让她感到羞耻，她捏着两个下角，由里向外再由外向里，就像给自己扇风似的一下下撩着。她这样不知羞耻甚至有点儿炫耀地展示着那块牌子，和牌子后面的自己，让小王玉梅觉得既不可思议又无地自容。太无地自容了，比游街示众还狠。可是，这却总能让她比别人抢到更多的活儿。

活儿就像一块肉，让她几乎忽略了从自己身上掉下来的另两块肉，小王玉梅和妹妹小黄毛。她俩就像她无意中豢养的两只小鸡鸭，连小猫小狗都不如——它们常常是要被主人抱在怀里，或搂在被窝里的。而她俩则是被胡乱散养着的，冷一下热一下饱一下饿一下自顾自胡乱地生长着。小黄毛还好些，她浑身脏兮兮的，一副没心没肺的样子，就跟那个女人一样。可小王玉梅不行，她好像从四五岁开始就能真真切切地体会出——害臊、羞耻、无地自容这些词的含义。是从别人眼神和话里懂得的。

那些衣着整洁，上下班从她家院子里经过的男人女人，总是不小心，不是被这一堆空酒瓶绊一下，就是被那一堆烂铁片子剐一下。男人还好，大多反应淡漠，顶多皱皱眉头，扔一个脏字；女人就不同了，她们就像遭遇到一个很人的刺激，一副惊慌失色的样子。这是对的，她们的鞋子，或裤角被弄脏了；有时还被弄出一个洞眼儿。然后她们就气急败坏、怒火中烧了。她们用最恶毒的话咒骂这些害人的玩意儿，骂着骂着矛头就变了，还要求赔。这也没错，该赔，是你整的这些玩意儿弄坏了人家的东西，凭什么不赔？可女人坚决不。她说，这些玩意儿又没长眼睛，人难道也没长？瓶子弄的冲瓶子要，铁片子弄的冲铁片子要。于是她们就脸色铁青地骂女人是大粪池里的石头，连大粪池里的石头都不如，简直就是大粪！这院子整个就是一个大粪坑！听听这是什么话？这个院子是一个大粪坑！那她是什么？

有一回，她和一帮小伙伴在院子里玩，女人把刚出锅的一盘油炸糕端出来，并一一分了。他们刚刚咬了一口，突然间就从四面八方冲出来一群女人，纷纷扯过自己的小孩，飞快地打掉他们手里的东西，同时一惊一乍地叫道，吐出来！快吐出来！吃了会拉肚子的！立刻，他们就像一群反刍的小动物，把快要咽下去的东西呕上来，并像恶心极了一样纷纷吐掉。她呆呆地立在院子里。夕阳又大又红，她在红彤彤的光影里像做梦一样，看着他们一一走掉、消失。直到很久，她才像他们似的，把含在嘴里的吐掉，捏在手里的扔掉。然后她感觉肚子突然间就疼了起来，疼得有点儿站不住，就像要拉肚子一样。她想蹲下，不是在院子，也不是去茅厕，而是钻进一条地缝儿里。

幼儿园大饼子脸阿姨是经过她家院子的受害者之一。她不知道，那天晚上她跑出去玩了。本来这个大饼子脸阿姨对她挺好的，可这一天突然就变了脸。当时，她们正手拉手围成一个大圆圈儿，玩丢手绢。大饼子脸阿姨突然走过来，她就像打断一节链环那样，用手里的小教鞭，把她和一个小朋友扣在一起的手打开。打的不是小朋友的手，而是她的。啪的一下，又脆又响，圆圈儿一下子断开了；啪的又一响，小黄毛哎哟了一声，她那节链环也断开了。你俩过来，站在中间，大饼子脸阿姨用教鞭指了指，说，其他小朋友把手接上。然后她俩就被圈在中间，小黄毛害怕极了攥紧了她的手。

大饼子脸阿姨用教鞭点了点，说行，你俩咋拉着都行，现在，你俩把另一只手伸出来。小朋友们围近点儿，检查一下她俩的手洗没洗？指甲里是不是有污垢？好了，一会儿，你们俩一边玩去，别人继续。小黄毛问为啥呀？大饼子脸阿姨挑起一边嘴丫子笑了一下，说，哪个小朋友愿意举手说说呀？圆圈儿哗的一声断开，小手唰的一下全举了起来。

她俩手脏。

还有呢？

她俩衣服也脏。

还有呢？

她家院子臭烘烘的，我妈说就像一个大粪池。

她妈是捡破烂儿的！我都看见她翻我家门口的垃圾箱了！

我也看见她翻我家门口的垃圾箱了！

我不跟她俩玩了！

我也不跟她俩玩了！

好了，好了，大饼子脸阿姨用手里的教鞭一下一下盖住正在高涨的声浪，说，小朋友们要从小养成讲卫生的好习惯，饭前便后要洗手，要勤剪指甲勤洗澡，不接触脏东西，不吃不干净的食物。不然，会怎么样啊——

会、生、病、的——

会、拉、肚、子——

3 白羽

搭眼看上去，这个大男孩并没有什么特别之处，个子不是很高，有点儿蔫，但很健壮。他就像每天来往店里的任何一位顾客一样，一点儿也没有引起老板王玉梅的特别注意。如果不发生那件事，王玉梅是完全不会注意到他的。

一天，小艳把一个弄坏的军工刀给卖了出去，是经她手不知让一个什么样的顾客给弄坏的。她坚定地认为是个男的，理由是，女的谁来摆弄这玩意儿啊。摆弄不算，还趁她一眼没照顾到给掰坏了，是故意的，是根本就没打算买才掰的。真是一个变态狂！她知道为这事儿老板一般是不会说她的，有一回她卖丢了一瓶价格很贵的香水老板都没说她。奇怪的是那次她也认为是个男的，虽然那是一瓶叫"伊妹儿"的女士香水。想想，能配得上这种香水的女人该是什么样？这样的女人会自己掏钱买香水吗？就像那些抽"中华"的男人，有几个是自己花钱买？一想到这层，小艳就觉得重心不稳，来气、委屈，连喘气都不爽。

跟老板说不说她没关系，这回她是为自己摆事儿。话说回来，要是老板说她，她还不这么做了呢，没准儿自己还弄坏它几样呢，类似"伊妹儿"那种情况不行，那是跑单，跑单是责任。即便老板看上去人不错，对她俩也挺好的，可那只是表面——她坚持这么认为，不是吗？这年头亲兄弟亲姐妹还各揣心眼儿呢，谁跟谁掏心窝子啊？脑瓜子进水了才会这么认为。老板和雇员之间处好了是资本家和工人的关系，处不好那就是恶霸地主和贫苦农民、拿皮鞭的奴隶主和戴脚镣的奴隶之间的关系。这一点她可清楚，想必小华心里也是明镜儿似的吧，别看她一天到晚傻乎乎的就知道瞎忙，没准儿都是装出来的。关于这种关系，她没说，她更没说。不会说的，两个雇员在一块儿交流对老板的看法，并说三道四，那简直就是愚蠢透顶，愚蠢到家了。包括对店的看法，支招儿、出点子等。好坏都是人家的，黄摊儿顶多再换个雇主。难道会给你涨薪水吗？别说涨薪水了，连多雇一个店员都不肯呢。

谁不知道啊，写个招聘广告往窗户上一贴，好听点儿说是安慰人，让她俩在累死之前心里有个小盼望；难听点儿说，就是做秀，糊弄人，不光她俩，连顾客都一块儿给糊弄了。招人？多少天了？男男女女都来了好几打了，到底要招什么样的人？比选妃招驸马还难？谁不知道啊，只有生意好才招兵买马呢，为什么生意好？肯定是货好价格也好，然后呢，来的人就更多，她俩就更累。那些半死不活的小饭店就常玩这种把戏，还有那些折扣店，常年招人，常年打折，都打了一折，跳楼卖血了，结果呢，却比原价还高。可人们却总是看不透，乐意上钩。看来，这年头不光是想贪便宜的人多，脑瓜子进水的也不少。这不是吗，只贴了一个破招聘广告，还没说打折呢，人就明显又多了一倍。人忙脚乱，连眼睛都不够使，所以那把军工刀才被哪个恶男给掰坏了，把一个修指甲用的小锉刀给掰了下来，让她用万能胶暂时又给糊弄了上去。

那个人都来了两回了，不买东西，连看都没看她一眼。怎么会连看都不看她一眼呢？这种情况可从来都没发生过，还有比这更伤人的吗？伤人自尊呢。凡是迈进这门槛的，哪个不是先奔着她去？啥也不买还要没话找话，走到外面还要透过窗户回头看她几眼呢。包括一些女人。而他却差不多像是在绕开她，紧贴着过道的另一侧，匆匆而过——这就不是忽视的性质了，而是蔑视。这时，她开始摆弄军工刀，一把新的。她看着他并不是很着急地拿起话筒，慢悠悠地拨号，然后冲里面说，我，小白，白羽——

她在小华之前走上去，收话费的时候，那把军工刀像是不小心从手里脱落下去，落得正好，落在他的脚面上。而她正忙着调计价器。这点儿伸手之劳的小忙他还是能帮的吧？否则这个人可真就有点儿问题了。谢谢，她没接，就像领着他去货架那儿似的，说先生，看看刀吧，都是本店新进的，又酷又适用，选一把，我跟老板说，给你打折。这种就很好，跟先生很配的——他笑了一下，有点儿勉强——先生一定是当过兵的，我一眼就能看出来，那就更应该配这种刀了，您看好，我给您拿带包装的。

军工刀是不带包装的，怎么一下就弄出包装来了呢？王玉梅当时正忙着答对一个顾客，愣了一下，心说，这个鬼丫头。然后往这边扫了一眼，正赶上他也在看她。王玉梅就冲他笑了一下，他也报以同样的微笑。

小艳说，这也是羊毛出在羊身上。

王玉梅说，那也不能把张三的黑锅给李四扣上啊，你这不是在抓替罪羊吗？

其实不耽误用的，那个小配件剪刀上都有。

那是两码事。记着，下回再发生这事儿我可要扣你工资了。

小艳在心里哼了一声。

下回来你还能认出他不？给换一把，不行就退了。王玉梅看了小艳一眼，那把算我的，下不为例。

小艳在心里又哼了一声，下不为例是什么意思？是看住顾客，还是出了事儿自己兜着？她总愿意说这种一层多意的话。比直截了当还让人讨厌。为什么不直截了当呢？不就是区区一个杂货店的小老板吗？玩什么高深，摆什么派头啊。

我问你呢，下回人再来，还能认出来不？

没准儿一会儿就找上门了呢，要不就再也不会来了。小华突然插了一句。

这个小马子！她总在关键时候选择站在老板一边，帮狗吃屎。小艳在心里狠狠地骂道，脸上却一副笑嘻嘻，姐们儿，你可别再吓唬我了，我现在连心都不跳了。等会儿我去给你俩买酒心巧克力好不好？

王玉梅嗔了她一眼，鬼丫头，就这张小嘴稀罕人，死的都能给说活喽。

就光小嘴稀罕人呀？小艳撒娇道。

哪都稀罕人，弯的都能给掰直了，破的都能给补圆喽。小华又插了一句。

好了，说正事儿。王玉梅嗔道。

放心吧头儿，我知道他叫什么，小艳翻棱着眼珠，他一时半会儿还死不了，就是死，烧成灰我都能认出来！

王玉梅的心突然咯噔一下，她看着这个红口白牙的小丫头，想，她怎么能说出这种话来？

白羽来的时候，王玉梅正在做晚饭。

那把带五个小轮子的转椅在屋子里吱吱扭扭地转来转去，从这儿到那儿，从那儿到这儿。她坐在这把椅子里做饭，坐在这把椅子里应对顾客，坐在这把椅子里做一切能做的事，不到那些万不得已的特殊时候，她从不离开它。它就像她的腿和脚一样，或说代替着她的腿和脚。

淘好米，把中午剩的菜放进电饭锅蒸屉，接电源时，才发现插线坏了。估计是插头里的哪根铜钱断了。她找出螺丝刀，开始修理。这时，白羽拉开门进来了。下班啦，他说，打个电话。嗯，打吧。她往一边靠靠椅子，看了他一眼。

周哥，是我，嗯，还行，跟去年差不多，小鞭儿走得好点儿，一万响的，小钢炮，对，潍坊产的；这两天你不出门吧？那我明儿上午过去，九点吧，怎么样？他冲着话筒笑了两声，不用，我请你，得把剩下的给你送回去呀，二月二都过完啦。是吗，猪头猪爪还没吃呢，太多了吃不过来了吧？行，那肯定，明年再做的话。现在？还没想呢，想那么多干吗，走一步看一步吧。不敢，不敢，搁我这儿非自己放哧花不可，它们不听我的，听你周老板的。那好，先这样，挂了。

你自己看计价器吧。王玉梅拧着一颗螺丝钉说。

看了，他说，你这张招聘广告要掉下来了，用不用我替你粘上？有不干胶吧？

哦，不用。王玉梅重新接通电源，盯着电饭锅上的指示灯发呆。灯没亮。那，可能是墙上的插台出毛病了。她拔下插线，想换到另一个插台上，这时她犹豫了一下，白羽正在一旁看着她。他把一枚硬币放在桌面上，说，哪儿出毛病了？她的两只手从扶手上松了一下，说，可能是插台吧。哦，我给你看看。他接过螺丝刀，斜着身子从她一侧挤过去，吱扭一声，椅子跟着转了半圈儿。一缕青草味的洗发水香味从她面前一掠，她抬起脸，把目光从他正忙活着的手上一带而过，停在他的头发上。那头发刚刚被洗过，好像还没完全干，正一根根松散着，每根都很饱满，晶莹，摸上去，应该是那种微微涩着的滑爽。它们好像并不依附什么，因为又厚又浓。鬓角上那些刚刚剪过的青茬儿，就像一粒粒珍珠米。这是年轻的头发，只有年轻的头发才会这样。王玉梅在心里轻轻地叹了一声。有蜡烛吗？白羽回了一下头，后脑勺上的头发像丝一样跟着向一面一飘。王玉梅一愣。零线断了，他说，得拉开保险栓，有保险丝吗？

哦，我去找。王玉梅挪走椅子应道。

屋子一下子黑了，蜡烛上的火苗一跳一跳的，就像浮在水面上似的。王玉梅举着它，感觉就像看着一个水漂烛，亮处在这个大男孩的手上和一侧脸边，而她整个则隐在暗处，隐在水里。米都淘了，要不就叫对过餐馆送了。王玉梅说。其实不吃也不饿。过了一会，王玉梅又说。那，早晚也都得修啊。白羽回了一句。我不大敢碰带电的东西。那，那两个小丫头呢？还不如我呢。王玉梅笑了一下。白羽也笑了一下，一口白牙忽地一闪，没接话。

嗡的一声，然后，整个屋子刷的一下就亮了。吓了王玉梅一跳。

好了，插上插线，白羽点着一支烟。

谢谢，王玉梅说。

小事一桩！白羽轻松地说，我喜欢摆弄这些东西，还有水暖什么的，我还会修车呢。

王玉梅愣了一下，挪走椅子，喝点儿水吧，她说。

不用客气，以后哪块儿要是不好用了，跟我说一声，哦，对了，他说，过几天我买个传呼，到时告诉你。

王玉梅笑了一下。

这时，来了几位顾客，其中一个女的好像跟王玉梅很熟，她一进来先是又惊又喜地叫了一声姐妹儿，想死了！然后就像放小鞭炮一样，一连跟王玉梅说了好几个小道新闻，概括能力极强，三言两语一个，而且差不多都是桃色的。其中有一个长一点儿的大致是这样的：一个男孩被一个富婆包养着，却一直在背地里偷着谈恋爱，谈了一个又一个，总是有头无尾，无疾而终。后来男孩知道原因了，他买了一瓶浓硫酸，没给那富婆用上，反倒泼自己脸上了。太可惜了，她最后总结道，今儿你忙我也忙，等哪天抽闲儿我好好给你讲讲。

白羽本来打算要走的，呼啦一下子来了好几个人，走不好，帮忙呢，好像也不大妥当。这时一个大妈模样的顾客就把他给当成服务生了，她指着货架上的东西，十分干脆地吩咐白羽，你给我拿它！白羽看了看王玉梅，略微尴尬了一下，就去了。一忙上就下不来了，忙完一个又一个，顾客确定一样，他就冲王玉梅示意一样，因为他不知道价格，也不好去收款。王玉梅在报价格的同时，已经把这用目光明确给他了。那些顾客更是毫不犹豫地把钱交给他。

除了这个新闻段子，其他他都没听清，没腾出空儿，也没在意。至于桃色，他是从那女人脸上诡秘而又暧昧的表情猜测到的——他觉得两个女人背地里要是一块儿玩起粗口，或说起黄段子来，一点儿都不亚于男的，甚至远远胜过男的；另一方面，她们要是在背地里琢磨起男的来，不光能把男的给琢磨透，没准儿还能把男的给琢磨死，甚至让他们连死都不知道是怎么死的。她们好像天生就具有这种能力。所以女人在一块儿是一件很恐怖的事。还好，王玉梅不是这样，她不但一句话没接，甚至连听都是心不在焉的。白羽想，她要是听得兴味盎然，听得眉飞色舞，那就不对了，起码是不应该。为什么不对和不应该？他不知道，反正就觉得自己会失望。为什么会失望？他也不知道。

他扭头的时候，突然发现那个女的正拿眼珠儿瞄他，哇！她突然低声惊呼道，一副又惊又乍的样子。好像突然发现了什么莫名其妙的东西，却不说，而在王玉梅身上又掐又捏，还怪笑，半遮半掩，低着脸，哧哧的。他看见，王玉梅脸突地一红，立刻变得不耐烦起来，挪了挪椅子说，快别瞎闹了！我还忙呢。好了好了，我也忙呢，碰巧路过，看看你。王玉梅立即就又笑了，死鬼，不碰巧就不来看我，刚进的香水，喜欢哪种自己去拿吧。她没去拿香水，却从皮包里掏出一个小瓶子塞给王玉梅，又捏了捏王玉梅的右腿，进口的，涂上，晚上好好揉一会儿，她叹了一口气，说，看都细成啥样了。得，不耽误你工夫了，撤了。

等会儿，王玉梅边说边用左脚挪走椅子，我给你拿去。

她看着王玉梅离开，然后径直朝白羽走来，你好，小帅哥，她朝白羽勾了勾手指。本姐妹张目，芳龄就不说了，做安利的，用得着的时候喊一嗓子，说着递过来一张名片，拜托，替我多照顾照顾她，改天姐请你吃饭。然后"拜"了一声，推门就走了。

白羽把钱递给王玉梅，说数数。

不用，王玉梅看着手里的香水，说你用不用？有男士的。

白羽笑说，我可不用。

要不就拿这瓶，送女朋友。

得了，白羽又笑，我还早着呢。

这时，电话哗的一声响了。王玉梅挪过去，抓起电话，你好，她说，芬芳文化用品店。找谁？她一愣，小白？白羽？白羽急忙走过去。啊，您稍等——他，在，就来——

不好意思，撂下电话，白羽说，刚才接电话的，一个做烟花生意的朋友。

哦。

定好明天中午把剩的货退了，到时候了，多压一天会多不少费用呢。

王玉梅又哦了一声。

又变了，说明天有事儿。我告诉他了，不会再往这来电话了，白羽笑了一下，那，我走了，你该吃饭了。

等等，王玉梅说，年前，你来买过一把刀吧？就那边货架上的那种，我过后才知道，退你钱吧，要不，你再拿一把。

嗨！你刚才的样子吓了我一跳，我还寻思你咋就突然不高兴了呢？白羽笑道，小事一桩，早就让我给修好了。

王玉梅心里微微地动了一下。

推开门，白羽回头冲她笑笑，一股风趁机溜进来，让他的头发像黑绸布一样整个地飘了起来。随即，那股风被合上的门猛地又一顶，呼的一下就蹿进屋里来了。王玉梅眼看着贴在窗户上的那块红纸，就像害怕似的一连哆嗦了好几下，嘶的一声掉下来，在白羽刚才用过的那部电话机上盘旋了两下，然后哗哗啦啦地跳起，一直跳到她的右腿上。

4 母亲

她果然拉了肚子。

她跟幼儿园，幼儿园里的小孩，大饼子脸阿姨永远地说了再见。对此，女人没有什么反应，小黄毛却不干。女人耐心地摘下来小黄毛斜挎在肩的布兜，说在家跟你姐玩，妈晚上回来给你们包饺子。

大约半夜时，她开始肚子疼，不重，咕咕噜噜的，她翻个身，趴下，又睡着了。天一亮，她就开始拉肚子，拉肚子不算，还吐。这两样症状就像玩拔河比赛，一个不让一个，几乎同时进行，一阵更比一阵急。小黄毛却好好的，她被响动声弄醒，不耐烦地看了一会儿，很内行地说，你这是两头挣，拉完吐完就好了。结果呢，跟小黄毛说的正好相反，拉完吐完，肚子都空了，也没好，反倒重了。这中间，女人回来过一次，她把臭烘烘的破纸壳、塑料布一类东西在院子里摊开，回屋抓过桌子上的水杯咕咚咕咚就喝了起来。她没敢抬头，用手捏住鼻子，只是在脑瓜里闪了一下她端杯子的手，就哇的一声又吐开了。小黄毛说，她在两头挣。女人看了两眼，说我快点儿把那两个翻完，领你去打针。走到门口，又说，我把卫生所的小大夫给叫过来。

小大夫姓李，他磨磨蹭蹭好半天才来，在院子里却又磨蹭起来，紧紧个鼻子，皱皱着眉头。最后一连喘了好几口粗气，才下决心似的迈进门。快！把窗子打开！他像一个溺水的人憋住最后一口气似的说道，同时飞快地打开药箱，取出两大粒酒精棉丸子一左一右地拧进了鼻孔。算了不用了，他说，打开也没用。说着掏出输液针管和一大瓶生理盐水，用白亮的镊子噗噗敲去两支小药水瓶嘴儿，把药水吸进针管，然后拿起盐水瓶。在针尖接触盐水瓶盖的瞬间，他犹豫了一下，她看见同时他又皱了眉头紧了鼻子，因为紧鼻子，其中一只鼻孔里的酒精棉塞子突地掉出来一截，立即被他用针管尾端给顶了回去。

他放下盐水瓶子。顿了顿，把它连同输液针管一同收进药箱。

算了，打肌肉针。他针尖朝上射出一股药水，说趴下，把裤子褪了。然后侧棱着身子，噗就是一针，他皱着眉头，左手的拇指和食指顶着两只鼻孔，右手捏着针管，像没了脚后跟一样一侧棱，噗就是一针。同时哧的一下推光了药水。

这时，他心口咯噔一下，随即听到了一声让他一辈子都挥之不去的号叫，就跟杀猪似的。是从她整个胸腔里爆发的。完了，这孩子完了，这孩子这条腿完了。他终于彻底地侧棱了一回，一时竟忘了去拔针，两只鼻孔里的酒精棉塞子一前一后地掉落下来，其中一个还扯出一截清亮亮的鼻涕。

扎神经上了。他脸色煞白，拔下针，连药箱盖子都没扣，就落荒而逃。他丢下昏迷过去的她，和吓傻了眼的小黄毛，像贼一样落荒而逃。他说等着，等着，我去拿药，我去拿药，便再没回来——是再也没来这个令他皱眉紧鼻子的院子，同时，再也没去那个街道小卫生所。他不仅弄丢了他的医药箱、行医证，还险些弄疯了一个靠拾荒为业的女人。连街道及其所辖的派出所出面都没能解决问题，是没能劝慰得了这个拾荒女人，直至闹到法庭。

判赔一万五千块，可小李大夫身无长物，那个街道小卫生所已经半年没给他发工资了，最后是他在农村种地的老父亲给拿来了八百块钱。老父亲虽刚年满六十，看上去却已是风烛残年的样子，佝偻着干瘦的身子骨，一脸的核桃皮。在女人家，他背过身从裤腰里面掏出一卷五颜六色的票子，捧在手里，回身就给女人跪下了：大妹子，这是刚刚卖了家里种地的老黄牛得的六百块，外加左邻右舍给凑的二百块，去年种了两垧两分地，刨除吃喝、种子农药化肥、人头税、乡和大小队提留、教育费、敬老院费、修道费、民兵训练费、治安费、电影费……末了我还倒赔了三百八十二块六毛五分。小子读卫校拉的饥荒到现在还没还完哪，哪承想今儿他又捅了这么大的窟窿，赔多少钱都应该，我是说把丫头给坑啦。昨儿在家我还跟他妈合计，要是能卸下来小子的一条腿给丫头安上那就好了，否则咋赔，赔不了啊。你说这可叫我们咋办才好啊，良心上过不去，死都闭不上眼啊……说完，那老父亲就哭了。

那是小王玉梅第一次看见一个男人流眼泪，她觉得那不像是眼泪，而像别的什么，别的什么？她形容不出。于是，她抢在女人之前，就像一个小大人，先说了话：你别哭了，起来回家吧，以后我们不问你要钱就是了。

女人冲她扬起手，然后，那手、胳膊和身子一起，却萎了下来。

要饭的遇上了叫花子，女人点着一支烟说，穷碰穷，折腾了一春带八夏，到了还没我耽误工挣的钱多，白白落了个残废，你让我们今后怎么办？得，先不说这些，你就说眼下让我们咋顺溜这口气吧！

大妹子，你说咋办？

穷不扎根，富不挪坟；人不死，债不烂，女人按了烟头，一脸严肃地说道，空嘴说白话不算，好记性不如烂笔头，立个字据。

那好，那好，中，中……

立完字据，那老父亲给女人和她一连作了三个揖，嘴里直叨咕"丫头对不住了啊对不住了啊……"便后退着出了门，从此再也没来。

之后，女人带她乘公交大巴车各跑了一趟市医院和省医院，分别花了五元、八元专家门诊挂号费，拿了几瓶口服药片，这事差不多就算完了。没用，花多少钱都没用，女人说，瞎子闹眼睛——没治。命里该着，不认也得认。

后来，女人拿着字据先后去了两次小李大夫的老家，第一次回来拎了一纸箱鸡蛋，第二次回来拎了两只老母鸡。然后就彻底偃旗息鼓了。

小李大夫却从此消失不见了，从他老家，她的生活、片区，乃至这座城市。他在对拾荒女人怀有某种程度的憎恶与怨怼的同时，或许还背负这两样东西，一是歉疚，二是奇怪。是啊，怎么会呢？究竟是什么原因让自己犯下这么一个低级、荒唐的错误？让一个女孩好端端的一条腿从此麻痹掉，变得就像一根面条一样，从而毁了她整个一生。她会恨他，一辈子。这并不奇怪，一点儿都不。

原因很快就让她给想清楚了——她拉肚子是因为吃了脏饺子或别的什么脏东西，而所有脏东西都出自这个翻捣垃圾箱的女人。她不仅弄脏了食物，弄脏了院子、屋子，还弄脏了空气，她把所有的一切都弄脏了，让所有从这个院子经过的人都皱眉头紧鼻子。谁进这个屋子会不被熏侧棱呢？除非他的鼻子瞎掉了。如果小李大夫不侧棱，针还会扎偏吗？不会的，肯定不会。如果他去别的人家，不光不会侧棱，没准儿还会很乐意多待一会儿呢，那么，他就不会在选择打吊瓶和肌肉针上犯踌躇了。她看到了，很清楚地看到他在踌躇，然后把吊针和盐水瓶放回药箱。他嫌打吊瓶花的时间长，他不愿在这屋子里多待一分钟。如果打吊瓶，能出现这种情况吗？顶多会滚针，鼓出一个大包，用热毛巾一敷就下去了。不下去又能怎么样呢？都因为这个脏女人！话说回来，哪个大夫会把病人往死里治呢？傻瓜都不会，没冤没仇的，连工作都弄丢了。所以，她并不恨那个小李大夫。是的，她不恨他。

她恨——这个女人。

5 插曲

白羽来芬芳文化用品店上班的时候，门前那棵老残柳正在抽芽打苞，远看，已呈现出一团烟似的绿来。

这之前，他跟一个做服装生意的朋友跑了一趟广州，一是帮忙，二是探路。他还不知道自己以后要往哪一行发展，说白了就是到底干哪行更能赚钱。说起来，白羽觉得和这个朋友认识得还真是有点儿奇怪呢——在浴池的桑拿房里。这人当时还说了句挺有意思的话，他说，俩人要是没在一起洗过澡那就不算真认识。这句话日后对白羽影响挺大的，每当他和一个人接触要认识，脑子里都会情不自禁地跳出这句话。顺便补充一嘴，白羽在和亲戚合开小吃部时，认识了一个有模有样但却很潦倒的食客，经常赊账，还经常喝醉。赊账白羽也不追，甚至是不提。只要来就有酒喝，还边边角角地给加俩小菜。喝醉了呢，能走时就给送走，不能走时就给安排到里间的一铺小炕上。白羽心里清楚，就是不拆"三小"，那个小吃部迟早也是开不下去的，直到现在，他箱子底还压着好多张欠条呢，包括这个人的。

后来，这人认识了一位大姐，一夜之间就阔了起来。然后就开了这家规模不小的浴池。此人还算是一个讲究人，有一天碰见了在街上闲逛的白羽。后来，这里就成了白羽时不时落脚的地方，包括吃住。当然，白羽也不闲着，尽可能做些力所能及的事。

这个做服装生意的朋友有一天酒醉来洗浴。还好，走时没忘了穿衣服，却把钱夹落在了衣帽箱。里面有不少现金、身份证和各种花花绿绿的卡。白羽背着老板找到了他，他却不知丢在哪里：迷糊，真迷糊，一天转好几个场子，没办法，局子太多。

看样儿做服装应该很赚钱。白羽想试试，就和他去了广州。回来后的一星期，白羽一直在那家商场四处转悠，有点儿暗中侦察、打探的意思，看完朋友那两个柜台以及所有服装柜台的销售情况后，他大失所望；之后，他又几乎转遍了这个城市所有大小商场的服装柜台，结果同样令他失望。平常感觉逛商场的人好像都集中在服装区，其实那不过是逛商场的一个程序或说习惯而已，多半都是只看不买，或只试不买，有点儿类似那种"假繁荣"。如果只盯着局部的某个柜台，情况就更糟了，有时一上午都不见一个顾客驻足、停下。这一回，让白羽彻底打消了做服装这一行的念头，也一下子让他彻底茫然起来。这种感觉非常不好，有点儿像被兜头浇了一盆冷水，或拦腰吃了一记闷棍。

王玉梅这段时间情况也不怎么样，倒不是生意上的，而是她本人。

应该算是季节性的周期反应吧，可谁知道呢？她的心开始一寸寸变湿、变乱，而且还被撒了一层带毛刺的草籽，毛刺扎进去，变成根须，草就长了起来，疯长。最直接的反应就是失眠。失眠应该说是上帝跟人类玩的一个高级幽默——你不是有想法爱想事儿吗？好，那就把全世界的夜晚都给你，别人都睡着，让你管够、可劲去想，爱咋想咋想，爱想啥想啥，不嫌累就行。

可是，对王玉梅来说，有些事想了就跟没想一样，因为不用想，秃脑瓜蛋上的虱子明摆着呢；或说都想了好多年，想了几万遍了，到头来还是那么一回事儿。比如，从十八岁开始，她就想找一个好男人把自己给打发了，可直到现在，这件事还停留在想这一层上。所有的心气儿都被"想"这个字给消耗没了，包括面子和自尊。一而再再而三地退而求其次，退得都无路可退了。总不能摸到一个就嫁了吧——她是一个内心敏感而又丰富的人，在尽可能的情况下，她还想多少保留一点儿精神层面的东西，一点儿属于自己内心的小感觉。仅仅，就一点儿。这是最后的要求和奢望了。其实说白了，王玉梅心里还是喜欢好看一点儿的男人，不是多漂亮，漂亮男人谁不喜欢呢？只是好看一点儿，起码是看着顺眼、舒服一些，那样才会有感觉，才能渐渐产生感情。

这点对王玉梅来说很重要，比所谓的共同语言、共同兴趣爱好等等都重要，这是前提，其他都是可以慢慢培养的。试想，如果面对一个歪瓜裂枣的丑男，连看一眼都是一件痛苦的事，还会跟他交流、沟通吗？那得需要一颗多么强大和坚忍的心，多么坚韧和顽强的毅力。她王玉梅不具备。她已经把条件从男孩降格到男人了，又从离异无子女降到可以有子女但不归男方，再从对方有职业到可以没职业。然后就剩下这点儿小要求和小愿望了。她觉得应该打住，不能再降了，好像也没法儿再降了。她知道，这都是因为自己的一条腿。

可这世上就是两条腿都没有的，还多着去呢，可她们一个一个都找到了，嫁了，有的甚至比那些好胳膊好腿的嫁得还好。这真是一个让人不甘、气馁，又奇怪得找不到答案的问题，究竟是怎么一回事呢？

一想到这些她就憋屈、烦闷，甚至气愤，怎能不失眠？索性就把自己当成个修女或者尼姑好了，男的就是再好，好得脸上都长了花了也不嫁。可是不能，是不能够——她想，不是一般的想，是很想、非常的想。所以——只能失眠。不光是在春意萌动、草长莺飞之日，还包括秋风渐凉和数九寒天之时。看来只能先赚钱了，或许钱能帮她解决这个难题，完成那个心愿。然而不幸的是，这年头好胳膊好腿的款姐和富婆就像雨后的蘑菇似的，呼啦一下就冒出一茬，而且她们的热情和干劲儿是一天比一天大，关键是她们大刀阔斧，啥都不怕。不像她，瞻前顾后，思虑重重。她似乎永远都停在那儿，只能停在那儿；或是永远都比别人慢半拍，何止半拍，而是许多拍。这就好比一句老话说的，一步赶不上，步步赶不上。

这天，张目来了。她一进屋眼珠子就像不够使唤了一样，里外撒目了一圈儿，然后吱吱扭扭就把她给推到了一边。人呢？她心急火燎地问，咋不见了呢？不等王玉梅回答，又说，不会是金屋藏娇了吧你？然后就盯着王玉梅的脸看，瞅瞅，都折腾成熊猫眼了。死鬼，你都说些什么乌七八糟的呀？王玉梅打断她，又是碰巧路过呀？

别打岔，你还没回答我的问题呢，小帅哥呢？

什么小帅哥？哪来的小帅哥呀？

我还想问你呢，就上次来我碰到的那个。

不知道，忘了。

不够姐妹儿，跟我还装。

装什么呀？那就是一个顾客，来打电话的。

再没联系？

有病啊？联系什么？来一个联系一个，疯了我！

问题就在这儿，张目郑重其事地说，装，太能装，你要是真疯一点儿，早好了。怎么样才叫不装？怎么个疯法？搭着个影儿我就顶风撵他四十里？你见过这样的吗？别站着说话不腰疼了，换你试试？你看你看，张目扎煞着手说，一句话说得不对胃口你就生气了，算我没说，算我没说。好了，王玉梅嗔了一眼，我得先干活去了。等等，张目拉住椅背，让她俩先干着，又不是多忙，我还有正事呢。死鬼。王玉梅笑着骂了一句。张目说，这两天有没有来过人？三十七八，男的。王玉梅立刻警觉起来，嘴上却说，来过的人多了，哪天不来一堆？不是，张目说，这回我跟他明侃了，在介绍所查出来的，人挺精神的，我让他自己过来看。王玉梅没说话，脸一下子变得很难看。张目说，就这一堆儿一块儿，还想给外宾规格啊，美的他们！以后就这么着，不用惯他们，男的都犯贱！不行，我得打电话问问，来还是没来，行不行也得给个话呀，杀鸡不出血蔫退（褪），算他妈的怎么回事儿！

算了，王玉梅说，蔫退更好，省得闹心。对了你都跟人家瞎说些啥呀？张目说，自然状况，然后就说有钱，别的没说。妈的，都不是什么好东西，我都特意瞄了，一说有钱，那眼珠立马就跟两个电灯泡似的。还有上次你见着的那个，我一说，他立马就问大约有多少？他儿子上高中正要交择校费呢。你要是看中了我就不说了，其实这也不是啥毛病，男的都现实，结过婚的更是，也许现实之后才更稳当呢。就说我那位，见第一面就问我做这行多久了？然后眼珠子叽里骨碌一转，说，我都打听了，做你们安利这行做得好的一年能赚十万，做得不好一年也要二三万，你都做了六年，是吧？你看多他妈的黑，都给算到骨头里了。得，我干脆就给他吹着唠，我说，我比你说的前一种差点儿，但差得不大。先把他们弄到手再说。妈的，光兴他们骗咱们了，谁定的规矩！

你要不说我还不知道，王玉梅愣了半响，说那，现在呢？

张目从包里掏出一支烟点着，吸了一口，然后像线一样慢慢把烟丝儿吐出来：现在？我这不还天天挣呢吗？有他吃有他喝不就完了吗？你别把他们看得那么神，都是瞎咋呼，都是纸老虎，把他们两头给喂饱了，天天再给灌点儿小酒，除了迷糊啥也不是，让他嘚瑟都嘚瑟不起来，比儿子还好摆弄。撵他走都不走，上哪儿找这么好的养老地方去？我算看透了，男的天生都爱享受，没几个乐意天天在外面抻个王八脖子挣大命的。有，那也是没招儿，让面子逼的，一旦放下架子，他们能把床给你睡塌喽。所以——张目又吐了一口烟丝儿——男人比女人好养。

王玉梅盯着她看了一会儿，伸出两根手指，说来一支。

张目乐了一声，说想开了？

上一边放毒去，全是谬论。

舒服一天是一天，干吗苦自己？怎么着也不能做个亏死鬼。得，老娘下午也不干了，放假，找俩小生好好潇洒潇洒去！

正说着，进来一个农民模样的男人。老板呢？他说，俺找老板。小艳往后一指，他就直奔张目而来。你是老板？嗯，对。那俺找你。嘛事？说。张目从包里又抽出一支烟。男人急忙掏兜，边掏边说，抽俺的抽俺的。张目叼着烟看，却不点。男人把烟递到一半，又缩回来，立即揿着打火机，说俺叫李木胜，木子李，木头的木，胜利的胜，家住土门岭大姑店子屯，初中毕业，给村里当过半年会计，在家开过两年食杂店。俺会管账，心特别细，开小卖店时从来没卖丢过一样东西，没差过一分钱。俺还是一个特别勤快的人，眼睛里到处都是活儿，手脚从来都不闲着。男人一口气说完，停下来，把目光从张目的脸上移开，落到窗户那张红纸上。哦，张目从愣怔中醒悟过来：你是来应聘？是的，俺都跑了三天了，昨天下午才看见，进来瞅了一圈儿，觉得也没啥，就是比俺开的小卖店大点儿，干得了。

说说，小卖店咋不开了？不赚钱吗？张目问。

赚钱，就是没有人家赚得多，俺实在，从来不往酒和酱油里掺水。也不往豆油里掺啤酒，十斤酒能掺半斤水，十斤酱油能掺一斤盐水，二十斤豆油能掺一瓶华丹啤呢，可俺不干那种缺德丧良心的事儿。

很好，看来你是个好人，这点很符合本店的招聘要求，张目抽着烟说，没去试试别的？比如造房子盖大楼什么的。

俺没那方面的手艺，再说干力工太累，俺身子骨吃不消。

你身体不好？

守真人不说假话，不瞒你说，俺年轻时得过一场大病，在炕上瘫巴了小三年，看了一百多个大夫，吃了一火车皮药都不管用，后来经人指点，摆了香碗才好。

你还迷信？

平白无故，年轻时啥都不信，等岁数大了遇到了事儿就都信了。

你今年多大了？

三十八了。

结婚了吗？

你可真能跟俺开玩笑，俺都结婚小二十年了，一丫头一小俩孩儿。

老婆呢？

在家呗，喂猪打狗，侍弄点儿地，俺就闲出来了。

哦，是这样，你看你的条件还真挺符合本店要求，就是……

你是说得考虑考虑？研究研究？

对，是这个意思。

不是俺多嘴，说了你也别不高兴，你们城里人遇事儿就是思虑过度，豆大点儿事儿也要翻过来掉过去地琢磨，俺跟你说吧，都是瞎琢磨，到头来毛用不顶，白瞎那脑瓜仁子。有啥琢磨的？等琢磨差不多黄花菜都凉了，啥都不赶趟了。今儿俺就这一堆儿一块儿杵在这，行还是不行，你马上给个痛快话！

爽快！张目脱口说道，只是——她比你先来一步。

男人愣了一下，定眼打量了一遍王玉梅，回头突然咧嘴乐了：就她？——不过那没啥，你是老板你说了算。可俺想再问句不该问的，你今年多大了？

我？你什么意思？张目一愣，你不知道女人的年龄是秘密吗？

你可真能忽悠人，又不是下套使绊，谋人财害人命，这打娘胎里出来就定型的事儿咋还成了秘密呢？

不懂是吧，得，今儿就给你个机会，猜猜看——

那俺丑话可说前头，说深了你可别不高兴，不是跟你吹，在俺们那疙瘩方圆几十里，俺可是个响当当、半点儿假不掺的相面先生呢。不信你去打听打听。

好啊，这个本姐妹感兴趣，咱往边上点儿，别耽误顾客买东西，你慢慢说。

俺一进来就见你脸放油光，印堂发亮，就觉出来你是正交好运呢。

是吗？啥好运？

这么跟你说吧，这女人好运呀通常有三，一呢是桃花，二呢是儿女，三呢才是平安健康。这三样里打头的就是桃花，至于财运呀官运呀什么的，对女人来说那都是另外、其他。你呢，看眼下气色，百分之百就是桃花，命犯桃花，你交了桃花旺运啦。那是推都推不开，挡都挡不住呀。不过——

不过什么？

这凡是好事儿出来身后必得跟着几样孬事，这叫福祸同生，也就是中和一下，掺和一下，就像你们这卖东西，叫那个啥——捆绑销售，对，就是捆绑，好孬搭伴儿两下将就。不然好事儿都成了你的，叫别人咋活呀？得活气死是不是？所以呀——

太绕乎了，所以什么呀——

你看你性子咋这么急呢，你一急俺就慌神儿，一慌神儿这面就相不准了。

得，那你先抽根烟！

俺得一样一样来，话说了就是那宫廷御宴，也得一口一口吃是吧。俺先好好端详端详你五官，哎妈还别说，这一细端详，还真是有说道，就你这颧骨，那哪是一般的高呀，简直是太高啦——颧骨高，杀夫不用刀。这要是不好好拾掇拾掇，十个男人怕是十个要受不了呀——

妈的这个好，这个不用拾掇，受不了就让他们去死，要是能我再往高了整整。

还有你这下巴也忒尖了——

像匕首是不？妈的正好一把刀一把匕首，配套。那本姐妹可是彻底啥都不怕了，出来一个撂倒一个，一个一个，全他妈给我站着进来躺着出去！哈，算得好！

你看你老搭茬儿抢话，这茬儿一断卦象就乱了。

你乱我不乱，得，这回我不接了，让你可劲儿说。

回头再说你头发，这老话讲贵人不顶重发，可你这头发是又厚又密；额头呢，是又瘪又窄；再瞅瞅你这眉眼，眉头眼看就连到一起了，这说明啥？说明你心路窄，担不了大事；还别说，多亏了这眼距宽给冲了一下，解了一下，否则怕是连小事儿也经不起呢。另外——

小细脖大长腿，不受穷就是短命鬼。我妈算的。你往下、继续——

这俺可不敢说，不过，这算命打卦的就跟大夫看病一样一样的，好大夫手黑，好算命的嘴黑，为啥？下手狠才能手到病除，看到骨子里才能找到破解之法儿。可俺说的不是这个，俺是估摸着你岁数也不小了，别看脸上溜光，那褶子可都长在心里啦，这点可糊弄不了人，再说了，你就是糊弄了别人也糊弄不了自个儿呀。何况这年头儿谁都不傻，看着二虎吧唧没准儿那都是高人，看着千精百灵没准儿就是个菜鸟，真人不露相，咬人的狗不叫唤，你拿别人当猴耍弄不好反被别人耍……你看这是咋整的，俺把话给整跑偏了，俺这就说正题——说你那溜光水滑、上天难找入地难寻的小情人——俺开头就说嘛，你这桃花运旺，咋样，起码得比你小十岁吧？嗯，恐怕还不止。可话说了，这男老女小普通，女老男少那可就不普通了，凡事一不普通那就一准儿生事儿，生啥事儿？你以为就是你情我愿你情我不愿那点儿小破事儿？错，绝对错！这俺可一点儿都不是吓唬你。你要问俺咋办？俺现在也不知道。

废话，不知道你算啥呀？刚才你把本姐妹给埋汰个臭死，现在说你不知道？

你看你又急了，就说大夫给病人看病，那还得三想四想过后才能下药方呢，一急弄错了咋办？俺得在心里好好思虑思虑。顺便再扯两句闲白——就说你雇的那人，那腿脚干起活来多费劲呀，咋弄的？不会是打针打的吧？你和她是好姐妹儿？也是捆绑两将就？不过，俺咋越看越觉得她像老板呢？

你甭管谁是老板，这会儿这屋就我说的算！赶紧，继续——

俺是说她的命啊，那也不咋地，不过比你可强不少，起码能有个善终呀。

你他妈是说我没有善终？

不是没有，是不得。你想啊，就凭你这张脸，好上了这一口能有啥结果？不用俺说，你自个儿都能估摸个七老八，你这人哪，就是叨木倌子（啄木鸟）——嘴硬，猪鼻子插大葱——装相（象），说白了那就是堵上耳朵偷铃铛自个儿糊弄自个儿。你想凭俩小钱拴住人？就相当于是空手套白狼，话说了你就是凭大钱都不一定好使，为啥，就因为你的这张脸哪。所以你得修内功，啥叫内功？回头自个儿琢磨去。比方说眼下，你得实诚一点儿善良一点儿。否则最后那就是鸡飞蛋打，鸡飞蛋打不算，还得人财两空，人财两空不算，还要有血光——

满嘴喷粪，哪来的小情人，你他妈给老娘找的呀？滚！赶紧滚！

我靠，爽！早说不就结了！跟俺玩轮子！算你玩得正玩得值。装得就跟真的似的，还别说，脑瓜子转得还真快，伸手就拉了个垫背的，也真下得了手，可就那副腿脚，也太没说服力了吧？其实俺早就看明白了，这不是招聘人，是在逗了鱼咬钩，诓人。想钓金龟子是吧？这俺理解，不过俺要奉劝你们一句，千万可得稳住神儿掌住眼，别弄不好最后扯上来一个纯牌王八犊子！不过俺敢打保证，俺刚才说的话可不全是扯犊子。不信咱就骑毛驴看唱本走着瞧！

说完，男人扬长而去。挺胸抬头，跟进门时相比，完全就是换了个人。

两人看着男人背影，一时陷入恍惚。许久，张目才喃喃道，一口一个俺，满嘴的苞米糙子味儿，可俺咋就觉得他不像一个农民呢？

王玉梅说，农民会在脸上卡戳吗？

是啊，他妈的这是什么年头儿？看不出真假，到处都是骗子。可是——张目依然没从恍惚中出来，他是哪儿的？他好像说了，回头怎么找啊？

6　母亲

　　这个体态臃肿、邋里邋遢，这个粗枝大叶、蓬头垢面的女人，这个弄脏了一切又弄残了她一条腿的女人，她就像一个令人讨厌、恶心的臭垃圾箱，一个让她无法选择无法逃避的长长的噩梦。从此，她说话的声音，走路的姿势，以及从头到脚散发的气味，都让她厌烦透顶，绝望透顶。

　　她反复地想着这样一个问题——我是这个女人生的，我为什么是她生的？我身体里流着她的血，那么我也一定是脏的；我怎么会喝她的奶水？我喝了她的奶水，那么我浑身散发的气味一定也跟她一样。这样想的结果是，每天家里只剩她一个人时，她就把自己反锁进厨房，只有那儿才有水龙头。她极其艰难地把一个土红色胶皮管套在水嘴上，为做这件事，她摔过很多次，最重的一回险些把左腿摔断。打开电泵，接满一大塑料盆冷水——她拒绝兑热水，尽管热水瓶里有，她连她烧的热水都嫌脏！直到她自己学会了烧煤球——然后她把自己缩成最小的一团，为的是把身体全都浸到水里。

她想用肥皂搓一遍，不是一遍，是几遍，几十遍。再用强力牌洗衣粉搓几遍几十遍。她没有，因为它们都被女人用过。后来她让小黄毛给买了几块香皂，那种好闻的带青草味的娃娃皂。在这之前，她就让自己在水里泡着，一直泡，浑身发白牙齿打颤都不出来。仿佛一出来，每个汗毛孔立即就会散发出跟女人一样的气味。她讨厌自己，恨自己，恨极了。从水盆里出来，再把刚穿过一天，睡过一宿的被罩、床单统统塞进水盆，这时，她总忍不住绝望地哭泣。她不想这样，真的不想，可她管不住自己。直到上学，因为忙乱，这件事才得以缓解，是被另一种不太繁琐的方式取替——每天天不亮，她就从被窝里爬起来，比女人更早，然后钻进厨房，开始洗手。不停地洗，一遍又一遍。

　　小学四年级，一天课间休息时，她终于鼓足勇气——因为这个念头，半年来她整个人被折磨得都小了好几圈儿——撸起一截小衣袖，满脸通红悄声地问同桌黄小桃，求你一件事……她说，你闻闻，我身上臭吗？黄小桃一脸错愕，冲着那段又黄又瘦的小手脖眨巴了半天眼睛，突然把小细脖向一边一梗，眼白向上一翻，就像驱赶一群看不见的什么东西，扬起巴掌在鼻孔下面一下紧似一下地向外扇，然后咋咋呼呼地说，臭！太臭啦！简直臭死啦！

　　她的脸刷的一下就白了，就像蜡。然后趴在书桌上，一点儿动静也没有了。黄小桃盯着她的后脑勺、肩膀看了一会儿，拉开她的胳膊，扳了一下她的脸，突然就像针扎的一样叫了一声，哆嗦着嘴唇，说，你们快来呀！王玉梅她……嘴丫冒白沫儿啦……

还好，那天黄小桃并没跟老师说出真相。否则，第二天她就会退学。也许当时她是被吓傻了，或者害怕承担后果。黄小桃就像被冻着了似的，一边哆嗦一边支支吾吾，我，我也不知道……我，我一扒拉她……她就这样啦……

校医兑好药水，拿着小酒精棉丸正要给她屁股上一块皮肤消毒，她突然就醒了过来，一把打开医生的手，喊道，不！我不打针！我要——洗澡。

其实在她心里，早就想过退学这件事了，只是还不到时候。一是她还想学知识，知识对于她将来或许比别人更重要；二是她还不具备在家自学的能力。

可是，上学太累，不是身体累，学习累，而是心累。想想，这四年她都是怎么挨过来的啊。入学时本来是安排小黄毛跟她同班级，并且已经定下来了。可是她越想越觉得不对劲儿，越想越觉得不行。开学前那天晚上，她说，我不跟小黄毛一个班。

女人咧开了松松垮垮的嘴。

她刚刚从忽然而至的秋雨里老鼠搬家一样，把晾晒一院子的破纸壳、塑料布拽到仓房和外屋，进里屋时一头的雨水，脑门却呼呼地冒着热气。那些被端了老巢的绿豆蝇、黑眼苍蝇就像挣命似的噗噗乱闯，一部分随她涌进屋来。女人在拉亮电灯的同时，一只体态丰硕的黑胖腿蚊子在她头顶盘旋了一周半，然后一个俯冲下来便叮在她的胳膊上。

我跟你说话呢，我不跟黄毛子一个班。

让你等到今天才上学，不就为这吗？你不和她一个班，上下学谁倒腾你？

这你别管，反正我就不跟她一个班。

十岁上学有啥丢脸的？我十二才念，十三还蹲了一年呢！

所以你才捡破烂——她心说，你少拿我跟你比！

我一天到晚忙得脚打后脑勺子，难道让我来折腾你吗？

想得美——我不用！我谁也不用！

女人忽然扬起巴掌，朝自己的胳膊挥去，那只聪明又灵敏的大胖腿蚊子就像箭一样逃走了。女人打了个站儿，转身进了厨房。她冲厨房说道，你去老李家木匠铺再另给我做一副拐，这副都要散花了。厨房里咣啷一响，是水瓢扔进水缸的声音。瘟种！女人低声骂了一句。

她却一下子轻松起来。

这下好了，这下她就能在学校尽可能地避开这个女人了。她已暗下决心，绝不让老师家访，如果小黄毛的老师来，她就躲开或把自己隐藏起来。绝不让任何一个同学来到家里，这点不难，谁愿意来这个家呢？可她还是跟小黄毛下了通牒。

每天天不亮她就起床，四十分钟洗漱，其中三十分钟洗手。早饭是从来不吃的，即便吃也绝不吃家里做的。她是莲花泡住宅小区每天最早乘公共汽车的学生，又是每天回来得最晚的学生。这样就可以避免和某一个或某一些同学在家门口，或公共汽车上遇见，更不会和小黄毛同进同出。在班级她一直是前三名，学习最刻苦，但并不孤僻，她不拒绝同学们的帮助却只是点到为止，和每位同学都不远但都不近。

在相当长的一段时间，她的这些努力都没有白费。那时候，学校管理还相当松散，那所小学又是极普通的小学，管理就更加松散。这让她喜欢。比如，一学期都不开一次家长会，也不进行家访，假期前拿回去成绩单，下学期开学再拿回来，上面多个家长签名就完了。即便开家长会，不来也不深究。而那女人整天忙极了。那时她一三五不蹲幸福桥，而是蹲五马路，幸福桥下面还没发展成出劳务的集散地。二四六捡废品收废品，主要是翻弄四处的垃圾箱，同时在院子里晾晒，归类，并把一部分卖掉。她的日子跟这些事幸福地纠缠在一块儿，难分难解，对别的几乎都提不起精神。这很好，尤其是不蹲幸福桥，让王玉梅更觉得好。因为每天来去学校的公共汽车必经那里，即便看不到，也会让她从心往外不舒服。

可是，四年级期末，却发生了这样两件事。

数学期末考试那天，她喜欢的小丁老师从前面走过来，人本来好好的，脸上还挂着笑容，走到她旁边，停下，歪过头朝她卷面上看，她偏过脸刚想冲他笑笑——天啊，他这是怎么啦？他好看的鼻子猛地紧紧了两下迅速抽动起来，接着好看的下巴颤抖起来，嘴唇哆嗦起来，然后他把眼睛也闭上了，整张脸都紧紧得变形啦！他就像被什么难闻的气味给呛着了一样，啊唷啊唷了几声，就捂着嘴和鼻子跑了出去。她听见空寂的走廊里传来可怜的小丁老师两声嘹亮的喷嚏，她呆了一下，脑瓜嗡的一声，立刻，就有什么东西在里面炸开了，接着两眼一黑就趴在了卷子上。等她恢复神志，想到的第一个问题就是，今天早上没有洗头发。都因为这场考试。而小丁老师再也没过来，试卷是学习委员收上去的。她一面含着眼泪答着最后一张试卷，一面狠狠地揪着一绺头发，好多根头发脱落到卷子上。她把那绺头发一点儿一点儿扯到鼻子下面，却没闻到什么。我的鼻子被臭味熏得瞎掉了。她在心里绝望地叫了一声，两颗泪水就像挂在脑门上的两粒汗珠子，掉落下来，砸在卷面上。

另一件事，问题出在小黄毛。小黄毛学习很不好，有一天她忘了她的约法三章——不许在学校喊她姐，不许跟同学讲，不许来找她——有问题回家说。小黄毛四科考试三科不及格，让班主任狠剋了一顿，然后在课间拎着考试卷就来了。不光喊了她姐，还领来一个人——她们的母亲。那女人是被小黄毛的班主任硬叫到学校来的，确切地说，是被小黄毛从一个大垃圾箱旁给硬领到学校来的。她不仅穿着职业装——一件青一块紫一块的破蓝大褂，一顶黄一块绿一块的白卫生帽，手里还拎着一把二尺钩子。小黄毛砰的一声推开门，说姐，咱妈有话跟你说。女人走进来，竟然是穿过讲台走到她面前的。她记得当时虽是课间，可大部分同学都在。女人站在她面前，用手里的二尺钩子磕了磕书桌腿，语气竟然跟老师一样。

她说，别趴桌子，把头抬起来。不偷不抢，没啥见不得人的。

她又说，你妹子三科加一块儿没你一科分数多，学校都不想要她了，你得管管，你不管谁管？

她又用手里的二尺钩子磕了磕桌腿，说，听到没有？当初要是跟你一个班，你带带她，还用我来费这事儿？还有三个垃圾箱没翻呢，一会儿就该让卫生队给拉走了！

说完女人就走了。拽着小黄毛就走了。然后，然后响起一片拍巴掌的声音。在一片噼噼啪啪爆豆似的巴掌声里，她像昏迷一样迷糊了过去。在迷糊的间隙，有一个声音告诉她——这回算是到时候了。

7 白羽和王玉梅

王玉梅刚把窗户上那张红纸扯下来，话吧里的一部电话就响了。

她感觉那电话就像一个充了气的玩具，一碰它就跳开，再碰，又跳开了。她定眼看了一会儿，几乎是把整个上身都扑了过去，才勉强把它按住。明明已经把话筒抓在手里了，却感觉它就像在撒气，一下一下变小，软掉，并要从手心里溜走。她的手瞬间生出一种强烈的虚无感来，就像空握着，或那手根本不存在，以及长在别人身上。她看着那手和手里的话筒，嘻嘻地笑了，笑得飘忽又奇怪，同样，她感觉那笑也是隐藏在黑魆魆的窗玻璃里另外一个人发出来的。

喂喂，是我，小白——

嘻——小白，哪个小白？

白羽，你在干吗？

你管我干吗呢，嘻——

你怎么啦？

你管我怎么了呢，嘻——我在喝酒——

你在听吗？

不是我在听，是别人在听——

是吗？谁呀？聘到可心的人啦？

对，我正跟他喝酒——

哦，我还想，如果，如果没有，我先去帮帮忙呢。

晚了——这俩字儿从嘴里一溜出来，王玉梅就愣住了。她看见话筒就像那俩字儿一样，几乎与此同时从她手心里溜开，在桌沿上当地弹了一下，就颤颤悠悠地吊在了那儿，半空中。她伸了伸手，没够到，弯下腰使劲又一伸，先是吱扭一声，然后咚的一记闷响，就差不多什么都不知道了。

她好像沉入了一个梦里，然后看见一双眼睛，那双眼睛离她很近，细而长，睫毛浓密。有一些碎金子似的光落在那儿，一闪就化掉了，化在一侧脸的边缘，那边脸于是被点燃了，变得透明起来。她看见那上面就要融化了的细微的汗毛，汗毛下暗红的血管和淡紫色的神经。她伸出手，说，我想摸摸，摸摸你的脸；你过来，过来闻闻，好好闻闻，我身上到底臭不臭……

事实上，她什么也没说，她在这个经常性的梦境里什么也说不出来。只是流眼泪，一次一次地，流许多许多的眼泪。

白羽来的时候，王玉梅差不多已经把自己给收拾好了。经过这么一折腾，酒劲儿差不多也过去了。她从地上爬起来，两手抓住转椅的两个扶手，左腿先跪起来，再半蹲下，然后猛一用力，就站了起来。松开一只手，另一只手一扭，那椅子就跟一个听话的小宠物一样，吱扭一下就摆出了她想要的样子。刚洗好脸，白羽就到了。

他先砰砰敲门，又喊了两声她的名字，然后又去敲窗子。他在敲窗子的时候，她已经把门打开了。

吓死我了，他站在门口，有点儿气喘吁吁，摔着了是吗？肯定摔着了，怎么样？要不要紧？去医院看看？

没事了。

白羽透出一口长气，从兜里掏出一支烟点着，哎呀，他突然叫道，我差点儿忘了，出租车还在外面等着呢！

他是打车来的，怪不得这么快。王玉梅想。

我怕你摔坏了。他返回来说。

王玉梅看了他半天，说，刚才我是跟你开玩笑，上哪儿聘人，谁愿意来呀……

8　母亲

　　她对女人的厌烦和怨恨开始升级，到了无以复加无法忍受的程度。

　　对于退学，女人反应冷漠，甚至连一点儿恼火的意思都没有。这让她多少感到一点儿失落。可就连这一点儿小失落反过来都让她感觉厌烦，为什么要在乎她的反应？她讨厌死她了！那天她好像在外面跟什么人干了一架，回来得很晚，披头散发——它们什么时候纹丝不乱过？而且，蓝大褂的左边衣袖掉了下来，从肩膀接缝处，就像脱臼一样掉下来大半面，只在腋窝处连着一点儿。她一进屋就像拧下一截菜缨子似的一把揪下它们，噗地扔到地上，然后吱的一声，一屁股坐在她的破板床上。从大褂兜里掏出九分钱一包的金葫芦烟，呆愣愣地看了一会儿，二丫，二丫，她在叫小黄毛。小黄毛在厨房里应，干啥？我给你盛饭呢。过来，老丫头！她的声音有点儿发颤，去，给妈上小铺买一包好烟，金版纳，没有买佳美也行。然后她把蓝大褂扣子解开，把系裤子的破布带解开，一只手伸进去，抠了半天，抠出一个蓝乎乎皱巴巴的小纸团。小黄毛大惊小怪地尖叫道，妈哎，你今天捡到金子咧！小黄毛捏住钱就往外跑，跑到门口又被叫回来，她盯着女人的脸看了一会儿，又大惊小怪地叫起来，妈哎，你的眼眶咋青咧？你哭咧。

再给妈买一瓶六十度的苞米香，一根火腿肠。

女人又追出去。

隔着窗子，她听见女人对小黄毛说，再称两斤奶油饼干。

给谁的？

你跟妈吃火腿肠。

我不干！

那，你再买两包三鲜伊面，别忘了数好钱，去吧。

她在心里哼了一声，别卖人情了，我饿死也不会再稀得吃你买的臭饼干了。现在，她完全可以自己做饭吃了。她迟迟没退学，还有一个原因就是她还不能自己做饭吃，而学校有课间餐和午餐。一家生产豆粉的厂子眼看就要关门，上面下了一个指示，然后学校每天上午第二节课后，学生就会分得一小包豆粉，三毛钱，自备水杯，学校免费供应开水。而午餐会让她把晚饭都带出来，这简直救了她。她不吃女人做的早餐，连晚饭也不吃。

一天晚上，她在饥肠辘辘的睡梦里，忽然看见一片开满奶白色花朵的山坡，同时闻到花朵间散发出的奇异而浓烈的芳香。她在梦里伸出手，手臂在无限延长，终于够着它们了——她的手指肚在碰到那花一片锯齿状花瓣边缘的瞬间，突然酥地一疼，就像被一个小火头给烫了一下似的。她一惊，意识苏醒了一截，紧接着，她的胃开始抽搐，嗓子眼开始冒酸水。而那花却像搭建起的极不牢固的积木，一碰就散了，散成一堆滑溜溜诱人馋涎的小东西，伸手摸来一枚，情不自禁就送进嘴里，雪花般，顷刻就化了。然后她的意识又开始模糊，并且管不住自己了，仿佛只有一个意念——伸手，伸手。甚至没有任何意念——不是她伸手，而是它们自动跑到她嘴里去的。

天光透过窗子时，她悲哀地发现，自己吃了女人买的东西。放在枕边的一大包奶油小饼干让她做了蠢事。她悄悄地把两根手指探进塑料袋，然后用一根指尖轻轻地触了一下里面的包装纸，略的一声，顿时吓了她一大跳，那本来膨着的纸立即就瘪了下去。天啊！她在心里绝望地叫了一声。想了很久，最后，沿枕边一侧缝隙，她悄悄地把它们塞进床下。就像那女人没放好，就像自己不知道无意把它们碰掉了一样。让老鼠给吃了，权当让老鼠给吃了吧。而这屋子的确是有老鼠的。

可是，无论如何，自己和这个女人都是掰扯不清的，这让她矛盾重重，充满痛苦。比如，她吃的方便面买的书本交的学杂费穿的衣服等等等等，即便她现在可以自己做饭吃，可买那些东西花的钱呢？不仅是她的，还是她捡垃圾换来的！这真是一件令人沮丧和绝望的事。她给自己唯一的借口和理由，就是长大了挣钱还她，加倍还！然而她发现，那女人却从来都不为此计较，一副傻了吧唧、没心没肺的样子。有一天，小黄毛大惊小怪地告诉女人，妈，我姐天天在家洗澡哎。女人说，天天洗澡还不好？咱家自己有井，水有的是又不花钱，我想洗还倒不出那闲工夫呢。听听，这是什么话？还有，她明知道晚上留的饭菜她不会动一筷子，可她还是照留不误。竟然还买那种诱惑人的小饼干，还神不知鬼不觉偏偏往她的枕边放，她安的什么心？枉费心机罢了，即便吃了她也不会领情的，她讨厌她。瞧瞧她喝酒的样子——

女人摸过一只污浊不堪的酒盅，探进拇指肚在里面拧了一圈儿，斟满，点着一支烟。

她说，我不念了。

女人剥开火腿肠，掰下大半截给小黄毛，自己咬了一点儿，嗞地干了一盅。

她说，从明儿个开始，我不念了。

女人说，不念好，省得花钱，不念明儿跟我捡破烂去。

小黄毛尖叫着说，姐你不念我咋办哎，老师讲课我听不懂哎。

女人说，有山靠山，无山独立，缺了哪个臭鸡蛋，都照样能做成槽子糕。

然后她就自顾自喝酒，闭了灯，就着烟喝。不知喝了多久，小王玉梅睡着了。睡着前，她突然想到一个以前从没想过可怕的问题，她半睁着眼睛，盯着斜对面的女人，黑暗里透着稀薄的光，让她成为一团模糊而又恐怖的黑影。她想，这个像狼外婆一样的女人，这个浑身臭气加酒气的女人，脱光了会是什么样子？简直就是一摊臭肉呢。即便睡着也是丑态百出，磨牙放屁说梦话打呼噜。哪个男人会喜欢她？父亲——是的，父亲，那个她只在照片上见过的英俊的男人，怎么会跟她在一起说话吃饭和睡觉呢？难怪他会死得那么早，一定是跟自己一样，厌烦透顶，憋闷透顶，才喝多了酒出的车祸。为什么出车祸的不是她？为什么不让父亲活着？想着想着，眼泪就流出来。流了很久，她才迷糊过去。

后半夜，她被一阵憋闷的哭泣声弄醒。夜色竟然开始白亮起来，是月光。月光把窗棂放大，画在屋子的每一个角落，就像篱笆一样。小黄毛没心没肺地在酣睡，而斜对面那张破板床却空着。她慢慢地支起上身，把像面条一样柔软的右腿向上拽了拽，又拽了拽，才坐起来，然后轻轻掀开窗帘一角。这扇小窗正对着厨房，不算太近，但也实在远不到哪儿去，所以她不仅能听见哭声，还隐约听见一阵嘟哝声，她简直被吓住了，是那个女人。

她浑身闪着青光，竟然一丝不挂！窗棂在她身上投下影格，让她看上去就像一匹肥壮的斑马。她坐在板凳上，她只能看到她的侧面，和地下的水盆。现在她的头发倒是有点儿纹丝不乱的样子了，它们紧紧地贴在她的头皮上，一滴滴还在滴着水，那把缺了齿的木梳还在脑后挂着。她弯腰把毛巾塞进水盆，捞出来又塞进两腿间，不像洗，而是往外掏着什么，一下比一下用力，一下比一下凶狠。她听见她抽抽搭搭却凶恶巴巴地在嘟哝着——你个挨千刀遭雷轰的，你两眼一闭两腿一蹬倒躲了清净了，扔下两个小张口兽让我咋办？人家都是两人挣钱，我呢？你以为我不知道整天收拾得利利索索去哪个厂子上班体面啊？你以为我愿意干这损阳寿低气八辈的烂眼活儿呀？不就是想多挣几个吗？到头来却弄得猪八戒照镜子里外不是人，连自己掰腿下的都嫌我脏。这还不算，我没黑没白整天造得就跟一头老母猪似的，末了还有天杀的来吃我豆腐……

她听得头都大了，似懂非懂……什么叫吃豆腐？

9 然后

这段时间，王玉梅突然不再失眠。

因为不失眠，人就一下子变得格外精神。不仅能干，关键是干什么都不觉得累。那感觉真是妙不可言，就像一句老话说的，浑身总有使不完的劲儿；还像另一句老话说的，劳动着就是快乐的。她好像一下子找到了某种乐趣。这很重要，对每个人。

先是打扫卫生，从小屋开始，小屋是她的卧室。现在，她又有了一个新想法，她想把自己的办公桌搬进来，也就是说，让小屋变成卧室兼办公室。既然招了店部经理，她就应该退到小屋好好歇歇了，二是白羽向她反映情况时方便。

清扫工作具体又细致，并有条不紊。先是清理，零散的和平日胡乱堆放的物品，小到一支笔一页纸；然后扫除，包括床下最里面的那只床腿和墙壁间可能挂的一片儿小灰网；最后擦拭，不光一些小摆设，和它们的隐蔽之处，就连床下某块釉面砖上一滴不易觉察的小污渍都没能逃过她手里的那块百洁布。如此细腻的打扫是一件非常折磨人的事，远不是耐心和体力就能应付得了的，甚至需要勇气、决心和意志，另外就是热情——对生活的热情，对其抱有某些小想法小盼望和小憧憬。对一个没有多少体力或体力不是很好的人来说，这点尤为重要。

王玉梅呢？她就在做这些事的某个中途，即完成一些高难度的动作稍事休息时，气往往还没喘匀，竟哼起了歌。比如，把一块百洁布绑在拖布把上，右手擎着，先对准棚角的某个灰网，左手紧紧抓住床头，左腿玩金鸡独立。这个动作她以前从未尝试过，风险系数太大。而此时她却完成得出乎意料地好。这样，她就一下子涌起想唱歌的冲动；还有她在清理床下，手里攥着一打百洁布，并且是以游泳的姿势爬进去的。床下面很黑，真就像黑咕隆咚的水，她两手一寸一寸地用力向前，左脚一寸一寸地用力向后，有一刻，她感觉自己真的就游在了水里，身体开始渐渐变轻，轻极了，就像一条鱼，游弋在广袤的森林和旷野中间，水流澄碧，鸟语花香。多么好，多么自在！这时，她就唱了起来：

> 在森林和原野是多么的逍遥
> 亲爱的朋友啊，你在想什么
> 鸟儿轻轻在歌唱，鸟儿轻轻在舞蹈
> 亲爱的朋友啊，你在想什么……

小屋被她收拾得纤尘不染。之后，她开始洗，窗帘、被罩、床单、枕巾、枕套等等，最后连被瓤和枕芯都洗了。多亏它们不是棉花和荞麦皮，否则塞进水，别说洗，就是把它们再弄出来都是个问题。可话说回来，即便它们是，王玉梅也一定要洗一洗的。她要从睡觉的地方开始，从不被别人看见——从今往后连小艳和小华都不许进来——只属于夜晚属于她自己的地方开始，完全彻底地干净一次。她要为自己干净一次。

这是一个不小的工程，而且必须在一周内完成。没人给她下命令，下命令的是她自己。为此，她几乎透支了所有体力，人却没累趴下，相反，却更加精神起来，就像被施了肥浇了水的花，一天比一天精神。就连那条有比没有好不了多少的右腿都几乎被她给忘记了。

有一次，她拧干一件上衣，竟然离开转椅，忽的一下站了起来，她呼呼啦啦抖开衣服上的皱褶，想把它晾到一把椅子上，然后她就奔着那把椅子去了。她感觉已经迈出了右脚，下一步便是左脚，可她却没能迈开它，只是在感觉里正要做这件事的时候，她整个人连同那件抖开的上衣就像一只弄折了翅膀的大鸟一样，朝前扑去。扑到地上，她还沉浸在那种感觉里——迈步子、走路的感觉，多么的好。她趴在那儿，半边水盆被压住，一些水流出来，无声地，就像蜿蜒在画布上的颜料，和极其舒缓地流淌在梦里的一条小溪。她不愿起来，她不想中断这美妙而又奢侈的感觉和感受，就像害怕失眠一样，什么都不敢想，紧紧地闭着眼，一动不动，连大气儿都不敢出。

而所有这一切，又都是在秘密中进行和完成的，具体地说，是在闭店以后的夜晚干的。这让王玉梅自己都感到奇怪，以前有那么多个夜晚，尤其是失眠的夜晚，宁可辗转反侧，百无聊赖，也什么都不干。不想干，懒得干。而现在，她却好像在和时间赛跑，跟睡眠拔河，干得争分夺秒，兴味盎然。还有点儿偷偷摸摸、鬼鬼祟祟、提心吊胆、战战兢兢的味道。她害怕有敲门声，害怕电话铃响，甚至干脆连灯都关了，所有的灯。月光却涌进来，暮春时节水汪汪的月光，就像人的眼波一样。她有点儿怕，但也只能这样，她告诉自己，洗的声音小点儿再小点儿。

这天晚上，就响起了敲门声。这是她在心里隐隐期望的，却又害怕极了。那敲门声不紧不慢，始终保持着同一个频率，咚咚、咚咚、咚咚……她弓着身子，擎着两只湿手，脸差不多整个拧过去冲着门的方向，心尖儿一颤一颤，一颤一颤，然后那敲门声就停了，彻底停了。她嘴唇发麻，使出全身力气透出一口气，这时哗的一声，话吧里的一部电话就响了……

一定是他，会是他吗？现在她这么狼狈，屋子也这么狼狈，她是绝不会让他看到的。包括两个小丫头。这么想着，她却不知不觉爬上转椅——接电话并不等于让他人进来呀——她朝话吧飞快转去，最后几乎是扑上去抓起了话筒：喂，你好，她使劲平抑着呼吸和声音，是小白吗？电话里没有回声，嗞嗞的几缕喘息过后，咔的一声挂断了。她空握着话筒，好半天没回过神来，有什么地方不对劲儿——是的，就是钻进耳朵里那几丝喘息声，不像是男的，再说如果是他，怎么可能一句话不说就挂断电话呢。就算是一个不小心拨错号码的陌生人，通常也会说句抱歉话呢。这么想完，再一细品，就感觉那声息似乎还有那么几丝耳熟……

终于完成了，在她自己规定的期限内。这天早晨又最后收了收尾，突然，她闻到了一股刺鼻的异味，她的脑瓜嗡的一声，立即就大了。

她吱扭吱扭挪着转椅，脑门沁满一层细米似的汗珠。怎么回事？这是怎么回事？她重又搜索了一遍旮旮旯旯角角落落，然后钻进床下，再爬出来时，差不多已经披头散发了。她披头散发地萎在墙角，一下紧似一下地吸溜着鼻子，然后就彻底呆住了，那异味越来越浓越来越浓了，是那种让她害怕极了，以为早已消失掉，从垃圾里散发出来的臭味儿。

不知过了多久，她才像从一个绝望的梦境中醒来，然后迅速爬上转椅，取来一大瓶"伊妹儿"，四处地喷，胡乱地喷，差不多都要喷光了，才停下。停下，是因为还有一件事没做。拨通手机，一个男人在里面突然嗨了一声，顿时吓了她一大跳。是张目的号码——这件事本来是要交她办的，这一声嗨让她立马改了主意，改得突然，一时竟不知如何应对，颠三倒四地和张目乱说一气，就匆匆挂了。结果弄得张目一头雾水地跑了过来。

什么"欧蒂爱"？"圣罗兰"？你要买衣服吗？外衣还是内衣？张目不顾屋里的一帮顾客，进来就劈头布问。她已经平静下来，并暗自庆幸改得英明正确。瞧她这样子，人是好人，一副热心肠，就是嘴尖舌快。其实单就这件事本身，也没啥怕人的，可她怕张目多想，尤其是往一边想。于是，就笑着，并带点儿嗔怪地说，什么呀，想哪天请你吃饭，让你在那一溜选一家馆子。

刚下班，小马就来了。她进来，并没直奔王玉梅，而是像一条小狗似的，围着货架转，边转边吸溜着鼻子。王玉梅的笑一下子就僵住了。什么味儿？小马说。

什么味儿？王玉梅声音有点儿发颤地问。

不行，我得进里边看看。说着，她绕过货架，径直奔小屋去了。

哎——王玉梅张开嘴，话还没到嘴边便被卡住，说什么都来不及了，她已经进了小屋，并发出一声怪叫。她感觉两眼一黑，心脏咚的一声就不跳了。

妈呀咧！干什么呀，姐——

她闭上眼睛，眼皮却在一蹦一蹦地跳。然后小马捂着鼻子就跑出来了。

她用力掀开眼皮，十分虚弱地说，很难闻，是不是？

难闻死了！不信你到外面试试去！真是的！

是不是有点儿像垃圾……王玉梅断断续续地说。

比垃圾还臭，臭死了！小马一边打开兜子拉链一边自顾自地说，我刚被熏了一道，到你这儿又被熏了一把。真是的！

马，你跟姐说实话，是不是小屋里很臭……

我没说小屋！小马把兜子里的东西一股脑儿掏出来，毛巾、枕巾、被罩、床单、窗帘，都是成套罗兰家纺的。这些内衣都是今年欧蒂爱新款，我拿来一批，你看要哪件？她突然停住手吃惊地看着王玉梅，怎么啦姐？脸色这么难看？

哦，没有，灯晃的，王玉梅笑笑说，不用试，尺寸合适就都留下吧。

这么多！不算小的，还有十二件呢！小马愣了一下，立即拍了一下自己的嘴，都是你说的尺寸，姐，你快过来看看，这打底裤，全透的，底下还是活的，能打开，省事儿死了。

除了这个我都要，算算，一共多少钱？

付了钱，王玉梅说，改天姐请你吃饭，今儿姐累了。

走到门口，小马突然回头对王玉梅说，别忘了早晨别开小屋窗户，刚才让我给关上了，那帮死民工一到天黑就在那溜墙根上小便。

王玉梅一惊。但她没说假话，她真的累了，很累，累极了。不光身体。如果不是提前烧好了热水，她肯定会立即爬上床，而且用不上两分钟就能睡死过去。经过这一周的折腾，她忽然觉得内心一下子变得很空，就像一盏耗光了灯油的油灯，灯芯上的火苗正一下一下地变短变暗。对于即将到来的明天，她竟提不起一点儿精神和兴致。她拧了拧嘴角，想笑，大笑，却没有，只是想而已。她一下子又感觉到，是不是所有的事对于自己，都只停留在"想"这一个字上？事先所有设计、打算就为了这一个结果，想，想想。这个字就像一道咒语，一堵墙，她挣不过，穿不透。它是前世的某种注定，还是上帝给她的唯一结果？

这一周来所有的事就像打开并一页页翻动的书，如此清晰，又如此荒诞。就像此刻倒扣在她眼前床头柜上，空勺子或空碗一样的乳罩。如果不是腿上几块瘀青的地方还在隐隐作痛，她甚至觉得那些事根本就没发生或者存在过。

她还是去洗澡了。并情不自禁地流下了眼泪。

那眼泪越流越浓，越流越浓，突然就有了回声，甚至超出了哗哗的水声。

10　母亲

　　女人外表依然如故，却开始频繁更换内衣。都是从批发市场成打买来的便宜货，却一律具有优良的弹性、鲜亮的色彩和明艳的花纹。最让人吃惊的是，它们摊开来只有那么一小点儿，却几乎适合所有人的身量和体型。还有，它们在接触头发和皮肤的瞬间，会咔吧咔吧扯出一连串的火星子。每次女人都会从中抽出来两件放到她的枕边，再抽出来两件放到小黄毛枕边。奇怪的是，明明看着她是从成打里面抽出来的，可是，她这两件却跟所有的都不一样，不仅颜色黯淡，弹性不好，摸上去也是软塌塌的，只是贴在肉皮上不痒痒——小黄毛问过，她没回答——穿上脱下也不带火星儿。但小王玉梅却认为这是更不好的便宜货，她不说，只把它记在了心里。

　　如果再仔细观察，会发现女人虽然仍穿着原来的蓝大褂，戴着原来的白帽子，却比原来干净多了，虽然仍是青一块黄一块的，但一看就是洗过的，洗得用力，那些青或黄已淡去很多，都有些发白了。她的头发也剪短了，烫成又细又密的小卷卷，而且每两天就要洗一回。小王玉梅认为她这样频繁地洗头，都是因为那些紧贴头皮的小卷卷，不洗，它们就梳不开。可让她吃惊的是，女人还买了雪花膏和香粉，是那种装在白瓷瓶子里很贵的雪花膏和铁盒子香粉。而她和小黄毛只用蛤蜊油和小塑料袋装的雪花膏。女人并没把它们藏起来，就明晃晃地放在柜盖上，和她俩的在一块儿。小黄毛总是偷偷地往脸上狠抹，她不，她不稀用。更让人奇怪的是，女人早晨不抹，中午也不抹，而是在晚上抹。抹之前又换衣服又洗头发，还刷牙。居然还刷牙。然后就出去了。

在家好好睡觉，一会儿我就回来。临出门时她总这样说。

可那"一会儿"总是很长，越来越长。有几回，小王玉梅都睡了好几觉了，醒来看，她的床还空着；还有几回，天都蒙蒙亮了，她才回来。回来却不躺下，而是直接进厨房做饭，还弄出许多样好吃的来。她不抽烟了，连酒也不喝了，可却像每天都喝了一壶酒似的，眼珠锃亮，两个脸蛋子粉嘟嘟的。即便早晨回来，也不见她有丝毫疲惫。她在厨房忙上忙下，走路却蹑手蹑脚，几乎不发出任何声音，还不时地朝里屋望，就像害怕以及做了什么坏事儿想巴结和讨好谁一样——比如，每次回来，她都会买一些奶油小饼干和江米条儿什么的——在厨房暗淡的光影里，她就像一个纸片人一样，手脚利落地飘来飘去，那腰身简直是灵活极了，就跟一条水蛇的腰身一样，哪里还看得出是平时的老寒腰呢？

屋子干净了起来，尤其是院子，所有绊脚的东西都不见了。不绊脚的东西也不见了。有一天，女人买回来毛巾、枕巾、被罩、床单、窗帘，还有酒杯、水杯、碗筷和折叠饭桌！只一下午的工夫，屋里就变了样。然后她说，从明儿起，她不翻垃圾箱了。

果然从第二天起，她就不翻垃圾箱了。却还穿着那身行头，早出晚归，人却好像整个都变了，变得不再粗枝大叶，不再马马虎虎了。有一天，女人又买回一打内衣，还买回一些胸罩，和一包一包类似纸巾的东西。她把它们全放进一个壁橱里，说，用时自己拿，明天我去买一个澡盆，一只电水壶，你天天洗——她顿了一下，并没看她，而像自言自语——那个时候，不能着凉。

夏天来了。女人用了一下午时间，黄昏时分，在后院搭起了一个小棚子，有两个厨房般大小。铁架上半旧的蓝和暗红相间的防雨布，连接处没有缝合，只是一面搭在了另一面上，压住一个边，撩开就像一扇门一样。地是大小不一颜色不一的釉面砖和马赛克。所有这些都是她捡回来的垃圾货，看上去却不那么令人讨厌，因为很干净。还有那根橘红色的胶皮管，就像一条茁壮的血管一样，一头撂在厨房的水龙头旁边，一端就躺在马赛克上。一把旧却结实的木椅，靠背上搭着毛巾，新的，两条，薄薄的，柔软极了。椅子旁边放着两个塑料澡盆，一个红的，一个白的。

女人用衣袖擦了一把脑门儿上的汗，打开电水壶的包装，背对着她说，白盆你用，那个时候最好别沾水，非沾不可，就是三伏天，也要兑两壶热水。

端午节这天，女人天不亮就起床了。她好像一宿都没睡着，那张老木床一直吱吱嘎嘎地叫个不停。她在上面翻过来掉过去，就跟烙饼似的。她这么早起床，却不去采艾蒿——粽子和鸡蛋头一天下午就煮熟了，一直在凉水里拔着呢——先是在床沿上呆坐，去外屋转了一圈儿，回屋就开始翻抽屉，翻了半天，找出一支烟点着。这真奇怪，她都好久不碰这玩意儿了，怎么突然又捡了起来？只胡乱地抽了几口就把它扔在地上，伸脚碾灭，然后就出去了。

她听见小棚子里响起哗哗的水声。响了很久。

女人进屋开始换衣服，那些衣服好像早就准备好了，叠得方方正正，被压在枕头下面。她换得很仔细，连挂在内衣上的线头和小毛毛都被她一一揪去。这时，天已经蒙蒙亮了。她开始往脸上抹雪花膏，抹了很多，又拍粉，把眼眉都弄白了。还好，她自己从镜子里看到了，顿了顿，立即把小手指伸进嘴里拧了一下，拿出来按着眉毛一下一下地蹭起来。

临出门，她在屋子里转了半圈儿，一副欲言又止的样子。女人感觉她的目光投射过来，落在自己的脸上，于是立即闭上了眼睛。

门咔的一声被关上了。她迅速爬起来，挪到窗根儿，掀开窗帘一角，院子里白生生水汪汪的，干净极了，一粒尘埃也没有。一丝丝小风是半透明的白色，它们原本是看不见的，可偏偏吹在了女人的身上和头发上，还有手中难得一见的大菜篮。感觉就像一些巴掌或手指在一下下地抚弄着它们。今天是端午节，她要买很多东西吗？

去早市用得着这么隆重？

吃早饭时，女人没回来；吃午饭时，也没回来。

她回来的时候，日头已经打斜了。天略微有点儿阴，阳光微弱得很，可她却像被打蔫的茄子似的。把几乎空着的大菜篮往厨房一丢，回屋就坐在自己的床沿上。脸上的粉已经不见了，一片片地冒着油珠儿，贴脑门儿的几绺卷刘海儿湿漉漉的。衣服呢，也不如早晨那样板正和干净了，细看，袖口和一面前襟好像还溅上了许多油星子。女人坐在床沿两眼怔怔地盯住地角，浑身一动不动。她躺在床上看了一会儿，就把眼睛闭上了；再睁开眼时，发现女人正盯着自己的两只手看，那手掌心朝上，就像张开的两片葵花叶子，她就那样端着它们，好像要从中找到或者发现什么似的，眼睛一眨不眨。

直到小黄毛从外面跑进来，一连声地喊着要吃饺子，她才把它们放下。就像放下两片真正的葵花叶子，它们在腿两边奇怪地耷拉着，好半天都没动弹一下。

小黄毛说，妈哎，你去哪哩？我要吃饺子，你咋天答应过的！

嗯，嗯。

快点儿包呀！小黄毛拽了她一把。

嗯，嗯，她胡乱地捏了捏衣兜，烟，快去给妈买一包烟。

我不去，你不是都不抽了吗！

听话，快去，她掏出几块钱，再买一瓶六十度的苞米香。

女人点着烟，几口就吸掉了一大截，最后一口吸进去，烟好久都没吐出来。好了，好了，她长长地透了一口气，烟才从牙缝中间像黑绳头一样扯出去，妈这就给你们包饺子去，我把剩下的肉拎回来了。啥剩下的肉？小黄毛问。女人愣怔了一下，嘴歪得厉害，就像害了牙疼似的，半天才挤出一丝笑，说不是，本来就是妈买的。

饺子端上桌的时候，她下了地，然后十分麻烦地走进厨房，说，我煮方便面。

女人用门牙掀去酒瓶盖，攥酒瓶的手停住，盯着她后背说，你过来，我去给你煮。

不用。

这还有刚买的火腿肠和五香花生米。

我就吃方便面。

女人手把瓶喝了两大口，喊道，你给我过来！说说，我他妈就埋汰到那个份儿上了？！

女人放下酒瓶，突然冲过来，夺过她手里的方便面，忽的一下从窗口扔了出去。

拐杖从她腋窝里一下子滑掉，扑通一声，她就栽到地上。那条像面筋一样软的右腿整个被身子盖住了。女人扎煞开两手，愣怔一刹，然后伏下身，抱住她，抓着她的右腿，抻了一下又一下，嘴里不住地叨咕着，快说，伤着骨头没有？伤着骨头没有？

她抓起拐杖，扭了半天，站了起来，说我就煮方便面。

女人把最后一杯酒倒出来，盯着手里的酒瓶，突然哧哧地笑起来，边笑边吸溜着鼻子，然后眼泪就像两条小虫子似的从眼窝里爬出来。

二丫，你给妈点棵烟；二丫，你才是妈养的。女人推了推饭桌，晃了两下站起来，坐回自己的床沿上，二丫，你去给妈打一盆水，把剪子和江石磨子（一种去铁锈的石头，质地较软）拿来。

二丫，你给妈再剪一遍手指甲。

女人推开小黄毛，抓过江石磨子，恶狠狠地蹭着自己的手心和手背，蹭了一会儿把江石磨子当的一声扔到水盆里，然后又开剪子。

一滴血珠儿像花骨朵一样落下来，浮在水面上，悬了一小会儿，颤了颤就烟似的化掉了；又一滴，又化掉了；然后几滴，带着一点儿丝丝连连的小东西，落在水面，很长久地漂浮在那儿。女人咔咔地笑了起来——

还能埋汰到什么份儿上？他妈，一个在农村喂猪打狗的老太太，都嫌我埋汰，她还是个土接生婆呢，她的手啥没碰过？这满天下的老娘们儿老爷们儿哪个手干净？整天抠逼摸屁不埋汰，反倒是我埋汰了，我怎么啦？我不就是捡个破烂吗？我又没用手去抓屁屁！我包的饺子她不吃，我炒的菜她也不吃，连我递上去的筷子她都不用，你说这还咋往一块儿堆儿凑合……也好，这样也好，要不我可咋办？走，我能扔下你们吗？叫他们过来，二丫行，你这个小祖宗谁能受得了？这下好了，反倒静心了……

女人又把两手张开，就像急着晾干指甲油似的，噗噗朝上面吹着气儿，边吹边说，你们都给我记着，笑话人不如人，趿拉破鞋撵不上人。有你们干净人埋汰到份儿的时候，到时候就知道了。

二丫，你去把妈的大褂和帽子拿过来，还有那把二尺钩子，看放哪儿了？我这就出去！

阳光洒进来。指肚一下下滑过又滑回，湿滑的皮肤逐渐干涩起来，好似撒了一层盐面儿。结着两只小硬芦葫似的胸脯，小垄沟似的肋，海绵一样的小肚，花骨朵一样的肚脐……有一些微微扎手的东西，仿佛刚刚拱出地面，翘棱的尖尖草，一股不服气的劲头。她突然就哭了，因为有了感觉，各种感觉。哭却寂静无声，甚至无知无觉。就像水化在水里，一件东西搭在了另一件东西上。水珠儿在皮肤上跳荡起来，在马赛克上跳荡起来，恍若跳荡在另一世界，晶莹夺目，却阒寂无声。

什么时候自己能够长大？

什么时候能摆脱和她理不清揪不断的关系？

为什么一定要摆脱？

她的眼泪更浓了。

好像风掀动了两块搭在一起的防雨布，一块小光斑跃过她的肩膀，嗖地跳进澡盆；然后像一块小面筋似的跳开，晃了两下，停在眼前的一块马赛克上，一闪一闪，就像害怕的眼睛一样。她去抓衣服，顿一下却停住。进来吧，她说，我知道你是谁。

你进来，我有个问题要问你。

那双眼睛睫毛浓密，细而且长。一些碎金子似的光落在那儿，闪了几下，然后就化掉了。化在一边脸上，那边脸于是就被点燃了，变得几乎透明。她清晰地看见那上面即将融化的白色汗毛，汗毛下面暗红的血管和淡紫色的神经。她伸出手，说，让我摸摸你的脸。

你闻闻，我身上臭吗？

你好好闻闻，我身上真的臭不臭？

他埋下头，认真地闻着，从脚，从十个粉红的小脚趾开始，半跪在那儿，耐心而又细致地闻遍了她全身。他的手又轻又软，轻得有点儿虚无，就像他的头发一样；软得有点儿虚弱，就像害病了一样，仿佛是捧着一件易碎的玻璃器皿，小心翼翼，又颤颤巍巍。他鼻子和嘴巴也同样的软和虚弱，连哈出的气都不是热的，而是微微地有点儿发凉。

她觉得他闻得过于认真、仔细，甚至是重复了，这让她等待那个答案的过程不仅显得太过漫长，而且渺茫得毫无指望。她的心不断地在等待和盼望之中纠结和撕扯，变得越来越难以忍受。她摸他后脑勺的手渐渐地失去耐性。而他却忽然开始用力，她感觉他身上的所有东西几乎是一瞬之间就失去了那种轻盈、柔软和弹性，而变得粗糙、毛躁和坚硬起来。硌人的下巴、颧骨和额；扎人的胡须、眉眼和手。

行了，她打了一下他的后脑勺，赶紧告诉我！

他一激灵，抬起脸，说你相信我吗？

她点头。

他说，你身上的味儿就像我家养的那盆紫罗兰花。

她的心一下子就狂跳起来，跳得眼前发黑嗓子眼儿发咸，她说，你是说我身上不臭，是吗？你是说我身上真的不臭，是吗？

他又埋下脸，说香，真香，我从没闻到过的香，香死了……

她的心瞬间便涌满感激——就像憋了太多的水，而堵塞那个孔道的塞子忽的一下被拔去！这个漂亮的邻家男人，他救了她，他等于伸手一把把她从万丈深渊里捞了出来！她该怎样报答他啊，她愿意给他所有他想要的东西！可她一时却不知该怎样向他去表达，或者根本还未来得及表达，那堵塞的水就轰隆一声奔流了！她只觉得胸腔一热，心尖儿一剜，那哭就先于一切地来了，不可阻挡，势如破竹。于是她两眼一闭，小脖儿一梗，哇的一声就仰面大哭起来。

他一屁股坐在地上，脸一下白得像纸。然后就像惊弓之鸟，只呆了一瞬，就一下子跳开，跑掉了。

她仰面哇哇大哭，舒服、亮堂、痛快！一点儿也没稀得顾上搭理他，而且差不多就是一转眼的工夫，就把他和刚才发生的事儿给忘了！

他再也没来过。而且不久他就和他快要生小孩的媳妇搬离了这片棚户区。他离开这座城市了吗？

他为什么跳开，然后跑掉？

11　白羽和王玉梅

第二天一大早，白羽就来了。

他早早起来，跑步去取柴河河边时，特地绕了个弯儿经过芬芳文化用品店，在老残柳旁停下，抽了一支烟。回浴池又认真地洗了一个凉水澡，再看时间，依然早得很，于是去吃早餐。

快吃完时，他发现自己犯了一个错误——吃大蒜了。晨练时还提醒过自己呢，进了门，小笼包一端上来，手就不知不觉伸过去摸来了蒜瓣。吃的时候却什么也没想。看来，有些事事先想还真是不算数，养成习惯，积习难改呢。白羽盯着手里咬掉了一半的蒜瓣，在心里稍稍对自己失望了一下，一扬嘴角，把剩下的都扔进嘴里。

完了又要了一屉打包。白羽说，连屉都给我装着。服务员说，不行的。白羽说，我留押金。服务员说，这个点留押金也是不行的，屉不够用。白羽说，我马上就给你送回来。就前边不远，芬芳——他停了一下，看了一眼小服务员——往前，洗车行，对，就那儿。服务员看了他一眼，收了押金，把小蒸屉装进方便袋，白羽又挨样装了蘸料，最后拧着嘴角，拿过半头大蒜。

他拎着小笼包坐在围栏边老残柳的树荫里，一边嚼口香糖，一边眯眼看着大街。阳光普照，车来人往。柳条静静地垂挂于眼前，就像取景框一样把街景一节节地隔开，繁华被分成不同阶段，于是便产生了一些静寂的空当，宛如水墨画上的飞白。生活是不是也可以这样来分呢，一段繁华，一段静寂，以及期间的一些空当，或者干脆就叫空白？

再回头，芬芳文化用品店的门就开了。白羽的心突然莫名其妙地紧张了一下。

那门就像阳光下直指黑暗的一个洞穴，一个幽深莫测神秘未知的洞穴。好半天，王玉梅才斜着身子迈出门槛。她就像从巢穴里踱出来的一只弱不禁风的大鸟，慢慢地，一点儿一点儿踱出来的受伤的大鸟。一袭宽大的白衣被一阵风吹向左侧，长头发却盖住了整个右半边脸。那根拐杖先向前探出一小步，一停，贴着它的那条右腿紧跟着忽地向前一飘，左腿就迈了出来。这时她的身子会整个向右一斜，那身质地柔软的白衣就向相反的一面一荡。就像鸟张开的一只翅膀，另一只却收着，不是收，是垂着，它受了伤，被折断了。

她打开窗户上的木栅板，并随手掏出一块百洁布，吃力地擦了一遍窗玻璃；稍微停了一下，又去开门栅板。有几次白羽都情不自禁地想要走过去帮她，却没有，实际上是又往树荫里面靠了靠。他一直看着，心里有些矛盾，一份不合时宜的帮助会不会造成一种冒犯和伤害？毕竟还不熟。因为不熟，会更显唐突，让她尴尬。说不定还会吓她一跳。所以白羽就一直坐在那

71

儿没动。直到她忙完，进屋。过了一会儿，他才站起身。

他弯着两根手指在敞开的门边轻敲了两下，走进去。

王玉梅正坐在话吧旁边，脸冲着窗外发呆。您先看着，需要点儿什么。她头也不回地说。他在卖刀的货架旁停下，背对着她，您是老板吧，听说本店在招人？不招了。她说。哦，是招完了，还是觉得都不大合适？话一出，他就后悔了，这不是在堵自己的嘴吗？哦——她顿了一下，您看中了哪样？自己拿吧，可以打折的。不用打折，我另外再送老板一份早餐！他转过身冲王玉梅哈的一声乐了。王玉梅短促地一怔，随即骂道，你这个臭小子！

快，先吃早餐，一会儿就该凉了！他拿过一张报纸往桌面上一铺，打开方便袋：我带调料了，还有大蒜。王玉梅捏着白羽递过来的方便筷，盯着屉里白胖的小包子发呆。吃啊，白羽说，我给你扒蒜瓣。"老四川"，很好吃的，我经常吃。王玉梅迟疑地伸出筷子夹了一个，只咬了一小点儿面皮。白羽立即递上去一枚蒜瓣，说就它吃才够味儿。他看了看王玉梅，神秘地眨了一下眼睛，说我知道你为啥不吃了。为啥？你怕人看。吃饭有啥怕人看的。王玉梅狠咬了一口。你嫌不干净，怕吃坏肚子。王玉梅怔了一下，别人都不怕，我怕什么。她把剩下的一口也放进嘴里。你怕吃大蒜熏着别人，我敢跟你打赌，你早晨和中午从不敢吃大蒜。那你赢定了，我晚上也从不吃大蒜。白羽的眼睛一下子暗了下来，仿佛一只泄了气的皮球，往椅背上一歪，唉了一声，白瞎我的脑细胞了，我就想让你多吃点儿，要不来一股风都能把你给刮跑了。将我一军儿，王玉梅心里动了一下，我从来不吃外面包馅的东西。完了，没戏了，白羽摊开手，头一回贿赂领导就贿赂错了。还有，你想用大蒜拉人下水，让人跟你同流合污，因为你先吃了。王玉梅一本正经地说道。没有……真的，不过，吃完可以……他伸了一下舌尖，用这个补救一下，还可以嚼茶叶，泡过的，几片就行。

招儿还挺多嘛，经常这么做，是吗？

没，也没必要。

王玉梅没说话。

真的，今儿不是特殊吗，见老板啊，所以才嚼这个。

好吧，那我今儿就让你彻底输上一回。说吧，赌什么？

随便，听老板的。

拿起筷子，王玉梅又说，用不用给那俩服务员每人留两瓣？白羽愣了一下，笑了，说随便。算了，她夹起包子，我可不想让人认为我玩赖。然后，她果然把一小屉包子和少半头大蒜都给吃掉了，吃得脸都红了，鼻尖上挂了一层细汗。她接过白羽递来的餐巾纸，顾不上擦鼻子，就直接把嘴给捂住了。没那么严重。白羽把剥开的口香糖从桌面上推过去。辣死我了，我从来没吃过这么多的大蒜和包子。我认输，白羽笑道，接招儿！

好，那我可就不客气了，收拾一下，马上就来人了；然后，把我这张桌子搬小屋去，给家具店打个电话再要一张；以后有事进屋跟我说。

就这些？

一会儿我把上个月结账和进货单子给你，下班后你先点一下货。

然后呢？

出去四处看看别的店。

明白！

一打开小屋的门，白羽突然紧起鼻子，退了一步。王玉梅看着他，感觉心忽悠一下就悬了起来，悬在半空，上不上下不下地吊在那儿。她不想失态，慢慢把一只手放在胸口，手指尖和嘴唇立刻就麻了起来。

白羽慢慢睁开眼睛，同时长长地舒了一口气，说真香啊——

12 前奏

这一个月，王玉梅的心情该怎么说呢？说好，当然是，否则没道理的，怎么能不好呢？白羽来了。单从阴阳平衡的角度说，原来呢，店里是三个女的，不用说顾客的感觉，就连三个人本身都感觉闷闷的，就像那种假阴天，云压得很低，很重，眼看要下雨的样子，可就是下不来，连雷声都没有。偶尔即便有，也是闷雷。现在情况不同了，白羽就像一把刀，他的到来，把像铅块一样沉重的云刺穿了，把像灰布一样晦暗的空气划破了。确实如此，屋子里的背阴旮旯，就像放了一些干燥剂，连呼吸都变得明亮起来。

常常是，不知为什么，小艳和小华就咯咯咯咯地笑起来，声音类似那种小拨浪鼓发出来的，即便有顾客，也一点儿都不让人烦。但在王玉梅的耳朵里，却听出了另一番滋味——有点儿类似扮媚或者撒娇。她没听到白羽的声音，但能感觉出是由他挑起的，或由他和她俩当中的一个一起制造的。而不是她们俩，以前，她俩是从来没有这种笑声的。

因为他的到来，两个小丫头的劳动积极性大大地提高了。尤其是小艳，接人待物更加舌巧如簧，嘴甜如蜜，一双小手灵巧得上下翻飞，走道更是轻灵得很，一踮儿一踮儿的，脚后跟根本都不沾地了。这让王玉梅眼馋死了——走，竟有这么多的技巧和方法，竟能走出这种样子。

无论如何，能调动起她们的劳动积极性，对芬芳文化用品店来说，对老板王玉梅来说，都不是一件坏事。只是，王玉梅在小屋里有点儿坐不住了，看来选择进小屋真是有点儿失策呢。干吗要把自己关进小屋里呢？就像罚了禁闭一样。于是，她后悔了，只是有点儿后悔，心情大致还是好的。

为什么不好呢？这一个月，首先是效益大增。因为货更全了，连以前没有的都有了，这都因为白羽。他好像天生就是干这行的料，不是学，好多东西学是永远也学不来的。换句话说，能学来的大都是表面或者皮毛，而那些隐约其间，又贯穿始终，只可意会不可言传的部分是无论如何都学不来的，只能靠天分去捕捉、感受，从而领悟和把握。白羽在这方面凡事一点就通，并且很能举一反三。一句话，他很能领会老板王玉梅的意图。有些就连王玉梅本人一时还没弄明白，只是一个模糊、大概的轮廓和想法，他都能约摸八九，猜中七八。但他只做三到五分，最多只到五分——这是王玉梅看得出想得到并且能用嘴表达清的。不能过，过既是喧宾夺主，也显自不量力。他只把这五分稍稍再发挥那么一下，拔高那么一点儿，偶尔。不是要给她一个惊喜什么的，只是向她证明一下自己。如此而已。

这些，他显然做得轻轻松松易如反掌。

他原本就是一个安静的人。在王玉梅眼里，甚至还有点儿蔫。但恰恰是这点，让他博得了客户们普遍的信任和好感。这种样子让人看着踏实、放心。因此，那些本来看着很悬，就像在半空中悠荡着的业务，几乎没费什么劲儿就被他给搞定、落实了。还赊来一批在市面上走俏的中小学生和家长读物，试题及学习资料，而且卖不完还包退。这样只赚不赔不含任何风险的好事，以前王玉梅是连想都没想过的，他却给办到了。而且看上去，就像代买几张卧铺车票那样简单平常，连一点儿邀功请赏的意思都没有。仅这条，就让王玉梅的心情不能不好，不好？没有道理。

另外，白羽还有两门小手艺，当然不止，为说话方便，概括起来说是两门。一是做饭；二是修家什——各种家什，电工、木工、水暖，包括通下水道。这都是一些可爱的小手艺，而且简直可以说是大手艺，为什么？等过上日子你就知道了。

比如做饭。对小艳和小华来说，店里的饭食仅仅意味着一顿午间工作餐而已，好一些不好一些全当马虎一顿，无所谓的；可对王玉梅来说，情况就不一样了，是一日三餐，天长日久，怎么能无所谓呢？问题是又怎能不马虎呢？相对早晚，午餐还算是好的，因为可以抽空让小艳或小华去菜市上买。新鲜就不用说了，光是经过自己的手洗，就让人放心。尽管可以多买些存放在冰箱里，带出晚上和第二天早上的，可一忙一累，加上身体不便，就宁可不吃也不愿做了。有几个人愿意天天顿顿去烧饭呢？特别是只给自己烧饭。不光听不到一句褒奖或鼓励的话，连吃的对手都没有。据说，连厨师自己吃饭都是对付，而且是最能对付的一个。想想都让人泄气。所以只能叫附近的那些餐馆送，叫来叫去连胃口都给叫没有了。

白羽做过厨师，虽说只是小吃部的厨师——据说，厨师还有一个特点，就是时不时就想给别人掂两勺子，露一手。这叫技痒难耐，即便不给工钱，连原材料都搭上，尤其是面对女士。这说的当然不是白羽。白羽只是出于一种习惯，一种情不自禁。他是一个眼睛里能看到活儿的人，看她们在灶台前丢三落四、笨手笨脚，他就本能地伸出手。而且，他的确还是一个喜欢美食的人。他只随便那么一弄，一掂，就连平平常常的萝卜土豆都变得不平常了，看上去和吃起来，甚至都有那么点儿不像是萝卜和土豆了。他掂马勺的样子非常的帅，是那种得心应手、不事张扬、既行云流水又浑然天成的帅，把小艳和小华两人都给看傻了。然后就是吃得胃口大开。王玉梅却没有，她看得不动声色，吃得更是不动声色，而且一点儿也没多吃，甚至好像比以前吃得还少了。就大蒜吃小笼包的人仿佛不是她，而是另外一个什么人。白羽呢，好像一点儿都不计较她的态度，有时，他看着小艳悄悄丢过来的一个关于王玉梅的眼色，要么是佯装不知，要么就微微一笑。只微微一笑。

　　一个月下来，把两个小丫头都给吃胖了。撂下筷子就嚷嚷减肥，操起筷子便一声不吭。然后开始直埋怨白羽，白羽有时命令她俩迅速去拾掇碗筷，有时只微微一笑。而王玉梅，饭后则立刻回到小屋，并且依然是一副无动于衷的样子。她一点儿胖的迹象都没有，甚至连脸色都没有红润一点儿。这真让人奇怪。

　　就连白羽每天或隔天跟她汇报一些店里或店外的业务情况，她好像都一次没有一次精神了。确切地说，是一次不如一次热情了。于是，白羽就主动把汇报次数减少，还大大缩短了汇报时间。能站着说的绝不坐下说，能一句话说完绝不说一句半。然后把打印好的详单从桌面慢慢推过去，就像个绅士一样，一笑，说，请老板过目，然后转身离开。出来的时候，还从不忘把门带严。是的，他就那样微笑着看她，不管她让没让，都没忘把门替她关严——

再说修家什。

芬芳文化用品店是那种老房子，老房子的物业一般都不大好，有的干脆就没有物业。芬芳文化用品店就属于后一种情况。因年深日久，许多零件都已老化，坏掉的已经换上了，或修好了；没坏的呢，正在坏掉，或正在进行倒计时。比如，墙上的那些插座，插口周围都已经烧得发黑变形了，提心吊胆地捏着插头一插，哧地就冒出一缕火星子，然后却又没反应了。需上下左右晃悠一阵子，才能接通；还有吊在棚顶的日光灯，有几个两端各灰了一段，就像带横纹的蛇，却是神经受了阻的，电流把它们刺激得一跳一跳的，如同电疗，很久它们才能睁开眼；还有两个货架，看上去方方正正，一搬一挪，吱吱呀呀直叫，形状就起了变化，有点儿扭有点儿歪；还有暖气片，虽然暖气早停了，里面的水也放掉了，但挨着排气阀的那组上面却挂着水锈，后面一溜墙皮则像长了牛皮癣，肯定是排气阀出了毛病。

白羽先修好了货架，然后把墙上的插座给换了，又把棚顶的灯给换了，而且除去了吊住灯管两端脏乎乎的铁链条，把灯管直接贴在了棚壁上。这样一来，不但屋顶一下子变得宽敞起来，连屋子仿佛也一下变大变亮了。白羽做这些事的时候，王玉梅一直在小屋里待着，没出来。这还是前两天午餐桌上她用求人的口吻跟白羽说的，不光说，当时还要付钱。可现在她好像把这些给忘了，或这些事是他白羽做给别人的。她待在小屋，连一点儿搭理的意思都没有。漠然极了。

修灯那天，小艳仰着小脸儿在下面打下手，白羽则站在桌子上面的一把椅子上。弄好一个，小艳就哇噻一声太棒了；再弄好一个，又哇噻一声太棒了。白羽应和着，好使，小菜一碟！小菜一碟，好使！这是午间空当时分，小华在弄伙食，而且边弄边问白羽，油锅都冒烟了，她一手捏着葱花一手捏着酱油瓶，叫，白哥——先放哪样？白羽说，葱花！嗞啦一声；白羽说，酱油！嗞啦又一声；白羽说，花椒面大料粉！然后呢？小华跳着脚问。然后，自己想去！白羽翘着一边嘴丫道。

小屋的门半开着，王玉梅面无表情地坐在老板桌后面，什么也没干。白羽解下来一根悠悠荡荡的铁链子，冲着小艳一比划，说接招儿！小艳立刻把头往一边一歪，眼睛一闭，说讨厌！白羽说，知道为啥这样吗？小艳说为啥？白羽说，我也不知道。小艳就嘟噜起嘴，又说了一句讨厌！白羽说，太嫩，什么也不懂。小艳说跟我装，你才多大呀？白羽就笑。小艳说，给你一次机会，让你彻底过一把做雷锋叔叔的瘾，我公寓那儿有两个插座，三个插头，还有一只台灯，都不好使了。白羽说，好使，小菜一碟，不过——小艳说不过什么，还想要钱哪？白羽说，说远了，咱们谁跟谁呀，给钱等于骂我。不过，你还真得叫我一声叔。讨厌！小艳一推桌子，白羽哎哟了一声。

王玉梅走出来，说，华，饭好了没有？去打电话叫送两个好菜。

你俩要不要马上去？实在急就打车，车费我付，趁这会儿不忙，我和小华先顶着。王玉梅说。

小艳愣了一下。

不用，白羽说，下了班去。

小艳使眼色问白羽，去哪儿啊？

白羽说，下了班我就去你公寓修灯。

好了，吃饭吧，王玉梅做了个笑的样子，说看来我把打车费省了。白羽，待会儿你来发工资。

王玉梅把两个信封从桌面上推过去，说她俩的；又推过去两个信封，说你的，这个是工资和奖金，这个是修理费二百。得了，白羽把后一个信封推过去，说这个我不要，你还真当真呀。王玉梅说，什么真的假的，你凭什么不要？你给别人修，要不要那是你的事儿，反正给我修我是一定要付费的。信封重又被推过来，白羽看了一会儿，拿在手上掂了掂，冲王玉梅笑了笑，说好，那就谢了。

王玉梅看着白羽离开的背影，突然就有些后悔，却又不知这后悔缘自哪里，因为什么，有点儿没头没脑的意思。她张了张嘴，想解释点儿什么，又觉不妥，解释什么？有什么可解释的？于是她就想说，看看抽空能不能把小屋里的插座也换了？忽然想起来它们已经被换过了；那就应该说点儿别的，别的什么？她一时又不知道。所以，她只是张了张嘴。事实上，这正好切合了她的事先打算——什么也不说，让他自己寻思去。所以想说，完全是一种潜意识。而潜意识有时是会害人的，就像嘴巴，二者往往还会合谋。于是，她就有点儿庆幸起来。可一转眼，那庆幸就变成了一种茫然——幸庆什么？有什么好庆幸的？让他寻思？寻思什么？

整个下午，王玉梅坐在小屋老板桌后面，心里都是七上八下。而偏偏门又被带上了，是白羽带的，带得很严，连一条缝儿都没给留下。一开始，他进小屋是带门的，带得挺严，但并不刻意，就像是随手捎带上的；而临离开，他会问要不要出来透透气？走到门口，又会问，带上门吗？王玉梅总是回答得很正式，不用或者不带。说正式，是指王玉梅很有老板的样子，包括和他说话时的语气，以及挂在脸上的表情。后来情况就发生了变化，他好像不光把"问问"这茬儿给忘了或者忽略了，而且还颠倒了次序——进来时不再带门，那门却开得正好，幅度适中，不大不小；走时却随手把门带上，带得很严。这些都是从哪天开始的？

临下班，王玉梅才从小屋里走出来，这是必须的。中间有几回，她想这样，或是把门打开，或是出来看看，却被她忍住了——她听见小艳和小华很是快活地说话，有些是跟白羽说的，却没听见他有过多的搭腔，所以她就忍住了。

到了下班时间，小华走了，小艳也走了，小艳走时看了白羽一眼，她觉得那一眼看得很深，很不平常。白羽四处检查了一遍，说老板，走了。然后就走了。她的心一下子就空了，跟往常不一样，是空得发慌，难以忍受，空得心尖儿疼。仿佛身体里的某根筋突然断掉了，人成了一堆部件或者一盘沙子，连靠住椅子的力气都没有了，连喘气想哭的力气都没有了。想闭上眼，却发觉那眼皮短了一块，突突突直跳却再也合不拢。为什么会这样？发生什么事情了吗？没有，什么事情都没发生，她告诉自己，闭上眼睛，闭上眼睛休息一会儿就好了。

后来，话吧里的一部电话响了，原来她是不想接的，可当电话响到第三声，她又立即后悔起来，她边挪动转椅边担心电话断掉，果然断掉了。她坐在那儿，手还继续着去抓话筒的姿势，好半天才缓过神来。然后开始等，等了好久，来了一帮顾客她都没顾得上认真答对，可那电话却好像再也不会响起来了一样。于是她开始挪动转椅，刚挪开不远，那电话又哗的一声响了，她猛地一怔，同时飞快地转回去，一把抓起电话。她呼了口气，控制了一下自己，尽量把语调放平，喂，请问哪里？电话那端却停住了；过了两秒，她又喂了一声，那边却咔的一声挂了。这他妈玩的是什么鬼？

　　她握着话筒，嘴巴奇怪地僵在那儿，就像被冻住或者定格一样——话被冻住和定格了，一半冻在嘴里，另一半定格在嘴唇外，就像从嘴里长出来的一根树枝，刚才还生机勃勃，转瞬便被冻僵，接着一层层结满霜花，挂上冰凌，直到再也看不出原来的样子。

　　——两个插座三个插头一只台灯都修好啦？真快啊。

　　——没一块儿好好庆祝一下啊？应该庆祝一下。

　　——逛逛街也好啊，女孩子都喜欢逛街的。

　　不好，这么说不好。

　　——吃饭了么？

　　一句国粹——不妨还是这么说吧，这个时间。否则说什么？过来坐会儿？陪我说说话？打死都说不出口；出去一块儿吃点儿饭吧，这也万万不可，会招致奇怪的眼神，甚至是嘀咕——说不定这会儿她就在身边呢，而这会让他觉得难堪，反过来让自己更难堪。那么，就说过来一块儿叫几个菜吧。当然，还是听他怎么说，或许他俩已经吃过了。

现在好了。所有想到的就跟没想一样，应该说白想了一回。王玉梅啪地撂了电话，开始挪动转椅，她要给窗户和门上好栅板，然后闭灯，睡觉！挪开一段，想想，她又转了回去，按查号键，不是他的手机号码，打过去，对方说是公共电话亭，她试着问了一句，对方很不耐烦地说女的，一个黄毛丫头。然后就挂了。她愣了一会儿，又想了想，然后去拨白羽的手机，关机。

还没挪到门口，就响起了敲门声，那敲门声不紧不慢，始终保持着同一个频率，咚咚，咚咚，咚咚……她直了一下身子，刚要说，门没关——这时就感觉心尖儿忽悠颤了一下，这样的敲门声仿佛听过，什么时候？她想起来了，是不久前搞卫生的那个夜晚，那时白羽还没来上班。她抚了一下胸口，冲着门大声说道，请进——

敲门声停了。

没有人进来。

就像什么也没发生一样。王玉梅猛地欠起上身，抓过拐杖，砰的一声怼开门。一股口袋似的风先灌进来，然后，摇动着的柳枝就像小鞭子一样噼噼啪啪地抽打过来。街面昏暗，行人寂寥，他们都在步履匆匆地赶路，他们这是要奔向哪儿啊？是回家吗？"世界很大，人很多，可谁能在夜晚陪我回家？"一段歌声，从街对面传来。问他妈谁呢？王玉梅心烦意乱地想。

白羽来的时候，王玉梅在转椅里好像迷迷糊糊地睡了一觉，白眼珠都红了。王玉梅睁开眼睛，感觉却仍继续在梦里。她迷迷离离地看着白羽，笑了一下，又笑了一下，说，小艳刚才打电话四处找你，你们不是一直在一块儿吗？白羽奇怪地翘了翘嘴角，说是吗？我和另一个朋友在一块儿。王玉梅说，是女朋友吧？连手机都不开，难怪人家四处找你。白羽笑了一下，说是吗？哪个？我怎么不知道？王玉梅说你有几个？白羽一撇嘴，用鼻子哼了一下，说那可多了，得看你咋问了。得，我还是先去关栅板吧，钥匙！说着冲王玉梅伸出一只手。这时，王玉梅才像是真正清醒过来，钥匙？她说，什么钥匙？栅板锁头上的钥匙。白羽伸着手回答。下雨了吗？她问，然后才说，锁头没锁。

回屋时，白羽的衣服差不多全湿透了，头发在滴着水。他捏着衣襟使劲地抖了两下，又晃着脑袋甩了甩头发，完了，他说，走不了了。王玉梅说，脱了擦擦，我屋里有毛巾。我看行，白羽拧着嘴角边说边脱去衬衫，来回甩了几下搭在自己的桌子上，然后朝小屋走去。

他裸着上身就像回家一样朝小屋走去，让王玉梅一瞬重又变得恍惚起来——这个人是谁？这个年轻的长着一身漂亮肌肉的男人是谁？他的肩宽而厚实，沿着背部那道很深的凹窝一收，便迅速抵达腰部，因为收得紧和厉害，腰便使劲地凹进去，让臀变得又窄又翘，于是，那肩便显得更宽更厚实了。皮肤有些黑有些暗，还有些粗糙，却闪着光泽，就像涂了油彩，不，是涂了一层细沙，那细沙虽然微小却全部都是颗粒状的，它们就像和某种树脂一起拌匀然后涂了上去，因此看上去不光具有丰富优良的质感，而且还能够挥发出某种清凉奇特的幽香。

白羽这时突然从屏风一样的货架后面探出头，说老板，我看热水器里还有热水，冲个澡可以吗？哦——王玉梅应了一声。白羽笑了一下，说我怕把你的毛巾弄脏了。

他又把头探出来，说老板，你洗了吗？

什么？王玉梅心里咯噔一下。

我是说，你要没洗我就不洗了。我怕把热水用光了。

王玉梅舒了一口气，说用光了再烧，以后下了班别叫我老板。

白羽冲她笑了一下，缩回脑袋，然后，卫生间的淋浴器哗的一声响了。王玉梅一怔，一下子又开始恍惚起来。她挪了挪转椅，挪转椅的时候想，这几天自己可能是太累了，所以才失眠，因为失眠，所以才这个样子。她想回小屋睡觉去，想想又觉得不行，于是，她转到白羽的办公桌旁，趴了上去。趴上去的时候，她跟自己强调说，因为屋里没有别的桌子啊。

那件衬衫就搭在她的脑门前方，打开了，就像一个人趴在了她对面，领口已经触到她的刘海儿了，她感觉自己的头发正在跟它产生静电，脑门儿上方那一条头皮酥酥酥直痒，想离开，却反而一下一下地挨上去。领沿儿微微地翘着，凉浸浸地擦过额头，眉棱，在张着的眼毛上一涩，停了一会儿，然后沿鼻梁一滑就刹住不动了。紧接着，她整个就像一下子被电住了一样，一动不动，一动都不能动了。一种气味，一种湿热的气味，带着微微的烟辣微微的汗酸微微的甜丝丝的腥膻，像一壶掺和了的烈酒一样，突然袭击了她。虚弱，彻底的虚弱，必须、一定要抓住点儿什么，于是，抓住了他的衣服，两只手分别抓住两只衣袖，先抓住袖口，一下一下又往上，就像是先抓住了一个人的两只手，顺着那手又抓住了胳膊，然后就攀上了他的肩……

卫生间的淋浴停了。什么时候停的？王玉梅心脏突地一抽，清醒过来。然后她感觉就像偷了别人的东西又被当场活捉了一样，想抬头又不敢抬头，脸涨起来，变得热辣辣的，连冲着卫生间的半边身子都变得热辣辣的了。白羽走出来，不是从卫生间，而是从小屋走出来。他笑了一下，实际上只是微微一笑，真舒服，他站在货架边上，清了清嗓子说道。你困了吧？他点着一支烟又说。王玉梅被这句话给吓了一大跳，慌了一下，然后镇定下来，雨小了吗？她说，说完便转过身来。

白羽走过来，翘着叼烟的一边嘴角盯着自己的衬衫，看了一会儿，伸手抻了抻领口，又抻了抻衣袖，抻完又弓着两根手指在上面弹了两下，说，好几天没洗了，老难闻了。王玉梅又被吓了一跳，她看着窗外，一点儿一点儿变得不耐烦起来。她刚要张嘴说什么，立即被白羽截住，得，白羽哗的一下拎起衬衣，说反正也干不了了，浇湿一块儿洗吧。

王玉梅没吱声。

对了，快走到门口，白羽突然回过头，说好悬没忘了，今晚去朋友那儿吃饭，顺便要了两个暖气片上的排水阀，正好顺道，刚才修就好了。他走回来，拎起地角上的一只塑料袋，我先拿着，今儿太晚了，你都困了。

不困。王玉梅脱口说道。雨一时半会儿也停不了。顿了一下，王玉梅又说。

那——白羽盯着她，笑笑说，我就趁早修了利索，你先睡，完了我叫你一声，要不我就把门从外面反锁上。

得了，王玉梅突然感觉自己口齿变得伶俐起来，说那我可不放心，你要是再也不来了呢？我可是刚刚给你发完工资。

想得对，像老板。

啥叫像啊？

对，本来就是。

所以，我得监工。

好，我还正愁没人陪呢。

不是陪，是监工，因为——我已经付钱了。

哦，白羽拎起衬衫，说，你就这么认为的？王玉梅愣了一下。好，白羽翘了一下嘴角，看来你真就这么认为的。王玉梅张嘴想解释一句什么，立即被白羽挥手给制止住了，没错，他放下衬衫，说我这就开始。

王玉梅一时被钉在那儿，她看着他的后脑勺，在脑子里过了一遍自己刚才说的话，又设身处地地替他想了想，觉得确实是有些过了。她的本意并不是这样的。可话说回来，即便是，又能怎样？事实是，她不得不承认，她在乎他。不是他对此敏不敏感，这不重要，也没关系，要命的是她在乎他。很在乎，一天比一天在乎。为什么？她不想再问这个问题了，主要是不想再跟自己较劲了，跟自己较劲的结果只有一个，苦的是自己，而不是别人。她把目光慢慢移开，然后从门玻璃上看到了一张女人的脸，那张脸依然算得上精致，皮肤紧绷，没有一丝皱纹，但就是缺少水分，缺少光泽，就像一块干燥的棉布，一处缺水的风景。包括头发，用多少洗发香波和护发素都补救不了，看上去灰突突的。

就连她整个的人，看上去都是灰突突的，就像一件干燥的摆设。从内到外透着无力、失神和疲惫，缓慢而悠长的疲惫。看不到一现生机。仿佛，身体上的所有部件，都在一天天脱水、风干，稍稍一碰，就会如风铃一般，发出叮啷之声。连心都变成了一块灰突突的不毛之地——所有形容都是多余的，一句话，就是打不起精神。

王玉梅挪开转椅，说，钥匙我先放这儿了，完事儿你把门反锁上吧。不锁也行。

白羽回头看看她，说，真的？

王玉梅勉强做出一个笑的样子，说，明晚请你吃饭吧。

好啊，不过你得答应一个条件。

行，说吧。

出去吃，我带你去一个好地方！

13 母亲

女人老了。

尽管在她眼里，她从来就没年轻过，然而，事实却是，好多年过去了。

小黄毛已经结婚了。那个男人本来是老太太为她物色的，是一个三级瓦工，挂牌的，和老太太也算是同行，不过蹲的不是幸福桥，而是平安路。蹲幸福桥的大都是女人，其中那些男的，凡让老太太看上眼的都已有了家室，剩下的就是半拉眼都没瞧起的。后来，老太太就像一个私家侦探一样，或许叫卧底更合适。她离开幸福桥，打入了平安路劳务市场，然后对那里的几百号男人进行海选，方法依然是老套的"淘汰制"。一轮一轮地淘汰，首先是用眼睛，去掉两头，即淘汰掉岁数很大和岁数很小的。很显然，这两头的男人，一头是早已成了家的，已经儿孙绕膝都说不定；另一头则是青涩的半大小子，黄嘴丫子还没褪净呢。这是第一轮。

第二轮是用嘴巴。用嘴巴的好处在于，可以纠正上一轮由眼睛导致的偏差或者失误，还可以考查一个人的精傻与否，木讷或机灵程度，是否聋哑、口吃，以及某些性格和品质因素等。而且，通过拉家常还可直接或间接了解一个人真正的婚否情况，甚至包括他的择偶观和审美喜好等。这样肯定又淘汰掉一批。这还不算，本着实事求是，量女配夫的原则，忍痛割爱地去掉一些高分的，尽量往后排看，但也不能太委屈了自个儿，所以得把末尾一部分也去掉。然后进入第三轮。

这一轮比较复杂，因为差不多到了具体实施和操作的阶段了。说白了，就是其他的全留作备选、候补，得具体落实到某一个人头上。问题是落实到哪一个头上？要更好一点儿的，还是稍差一点儿的？越好可能性就越小，反之就越大。情况差不多就是这样。

可话说回来，这世上哪有绝对的事？尤其是男女之事，不仅不绝对，有时让外人看着都犯迷糊。比如，一个丑女身边偏就配了一个溜光水滑的俊男；一个如花似玉的大姑娘却又心甘情愿地嫁给了一个"武大郎"。这样说来，就不光是落实到哪一个头上的事情了，甚至连第二轮的取舍都有了问题，而且还不是一般问题，说不定就是关乎两个人一辈子幸福与否的大问题呢。这一下，可把老太太给难住了。

抛开这不说，还有一个问题就是，即便已经落实到某一个头上了，那么，该创造一个什么样的机会，以一个什么样的方式让两人见面？见面之前应该先分别跟两个人通一下光？还是只跟一个说？跟哪一个说？怎样说？看来，世上凡事看上去简单，一旦具体操作起来就不是那么回事了。还没等做呢，只要一细想就先给吓住了。难怪是说的人多做的人少，看花容易绣花难呀。可是，有些事只说一说，想一想，不去做是可以的；而有些事则必须是要做的，难也得做，没有条件创造条件也要做，不做不行。对老太太来说，上述这件事就是如此。

问题出在小黄毛。

小黄毛从小到大头发一直黄，又黄又焦，就像每天都让火苗给燎过一遍似的。不光头发，面皮、眼珠、眼眉和眼毛都是黄的。牙齿不是，是黑，灰黑，就是那种四环素牙，小时候总闹肚子吃当时最常见的带糖衣的四环素片造成的。小黄毛还瘦，个头倒还可以，差不多有一米六五，就是干瘦，跟个竹签子似的。工作也算行，初中毕业读了技校，技校毕业就分到灯泡厂吹灯泡去了。可千万别小看吹灯泡这一行，这是技术工种，在灯泡厂举足轻重，工资奖金也高。而且小黄毛吹灯泡技术堪称一流，抽检合格率大都在百分之九十五以上。按理说，老太太在她身上应该是省心的。事实呢，省心的只是工作上那一小方面，其他方面就不是这样了，尤其是恋爱。

小黄毛虽然身子骨干瘦，看起来就像没发育一样，可谈恋爱方面却发育得很好，一点儿也不迟。从初中开始，就一场接一场地恋爱，恋得昏天黑地，死去活来的。这是好事，虽然早了点儿，可早有早的好处，对于早晚都一定要去做的一件事，早比晚好，早做完早省心，而且机会更多，选择性也更大。先下手为强。所以谁也没拦她，由她可劲儿爱去。说不定随着精气神儿一天天好身子骨也会一天天好起来。谁知正相反，小黄毛一场接一场进行的，全是单恋。而其投入程度，展开规模，以及反作用于她的杀伤力，却一点儿都不亚于一场真正意义上的双恋，甚至是有过之而无不及。这主要怪她自己——眼力，当然，一部分爱玩恶作剧的坏心眼男子也绝对脱不了干系的。需要强调的是，小黄毛的眼力绝对没问题，应该说是一流，甚至超一流。这从她单恋对象们的外表就能说明，清一色的帅哥，而且不是一般的帅，是非常帅。这不怪小黄毛，是他们太夺人眼球，太赏心悦目，太具有杀伤力，太容易让人情不自禁身不由己欲罢不能和想入非非了。谁都抗不住。小黄毛也是绝对的勇敢和具有攻击力，就像一个小角斗士，一张拉满的弓。她永远都是主动进攻，因为不想坐失良机。

　　大部分都跑了。剩下一小部分有的跑了一段，有的跑了几天，然后又回过头，就像幡然醒悟或被小黄毛坚韧不拔的毅力和执着精神所打动一样，他们回过头，然后很像那么回事儿似的。从初中里的男孩，到技校里的男生，再到灯泡厂内外的男青年，他们对待她的态度就像一个人的翻版一样，全是坐在金銮殿上皇帝的派头，区别仅是小皇帝、稍大一点儿的皇帝和青年皇帝。最好的态度也就是嘴丫子拧着一丝笑，平视她几回，就几回，闭着眼睛都能数过来。他们就是这种样子，抽她用买笔和买本的钱从校门外小铺买的劣质烟；用她买衣服买化妆品的钱去技校周边的小饭馆喝酒；用她的工资和奖金到跟灯泡厂八竿子打不着的酒店歌厅等地方消费一通——就像赏赐一样，而且是胡乱地消费一通。最让人伤心和想不通的是他们竟连她的手都不碰，从来不碰，更别说接吻了。怎么可以这样呢？他们胡乱地消费完她的腰包还不和她接吻，而且连她的手都不碰一下，就扬长而去。然后，要么从此遁形、蒸发，要么就像从来没认识她这个人一样。要命的是连重新认识的机会都不给，再消费一通她的腰包的面子都不给，就那么斩钉截铁，干脆利落，一点儿都没得商量。这多么令人伤心，真是肝肠寸断，伤心死了；不光伤心，还伤自尊、元气，小黄毛容易吗？她怎能不瘦？不瘦，没道理。

也许是皇天不负苦心人吧，也许是小黄毛想开了、现实了、吃一堑长一智了，或者就是老太太说的话生了效起了作用。老太太在这方面从不掺言，从不指手画脚，很吝啬，一点儿正面的经验和反面教训都不给，就像坐山观虎斗一样，任由她自己闹腾。这回却说话了，这回情况比较严重，小黄毛可能事先已经预感到，这一次失恋跟以往不再一样，以往那都是彩排、预演，因为还有下一次再下一次。可这次不同，因为之前已经有人找上门来提亲了，这是破了天荒的，而且不光是老太太动了心，就连她自己都想一赌气嫁了算了。只是还不甘心，关键是又瞄到了一个新目标，她跟自己说，这或许就是最后一次机会了，再失去就意味着此生跟帅哥永诀，跟自己心中的愿望永诀。因为她已经扛不住了，不光精神，体力也不行了。而爱绝对是需要体力的，从根本上来说它就是一个体力活儿。所以这一次她很用力，非常用力，可以说是孤注一掷拼了大半条命了，而且是带着相当程度的悲壮色彩，很有点儿壮士一去不复还的决绝。结果就不用说了。需要说的是，这次她真的很受伤，连形容都是多余的，她喝了药了。还好，喝得不多，五十粒安定片。本来是要喝够一百片的，喝到五十就不喝了，刚上来困意就后悔了，就喊人，拼命喊人。然后只在家门口的小卫生所洗洗胃，挂了两个吊瓶，回家睡了一小天就没事儿了。可老太太却说话了。

老太太说，什么事儿都不能剃头挑子一头热，一个巴掌只能打蚊子，拍不响。自古就是龙配凤，虾配虾，西葫芦顶多配个大倭瓜。还没等小黄毛完全从失恋的阴影里走出来，老太太就张罗着给她定了婚。正是找上门提亲的那个，灯泡厂从郊区菜社招的合同工，姓张名华，在厂里做学徒，学习机器维修和养护。不仅人跟小黄毛般配，论资历和身价，比小黄毛还矮了一大块儿。小黄毛可是堂堂的技校毕业，中专文凭，正式工，而且做的还是技术工种。局面终于被扭转，扭转的幅度还挺大。一切都朝好的方向发展。

一天吃早饭，老太太盯着王玉梅，嘴里咬着一块馒头，突然就像想起一件什么事，说有了！说完就一下子钉在了那儿。过了一会儿，就像从身上卸去一副重担似的，站起来，还左右扭了两下脖子，然后就笑了，多笨，她自言自语道，你看我有多笨，笨死了。小黄毛说，怎么啦？什么笨死了？老太太说，上你的班去，不关你的事儿。

小黄毛走后，老太太说，我琢磨着把房子收拾收拾。

王玉梅说，你打算让他们结婚住进来吗？

谁说的？他们住进来你结婚住哪儿？老太太点着一支烟，不可能的事儿。

王玉梅愣了一下，说，我不结婚。

什么话？连我还想结婚呢，老太太独自笑了一下，可惜老了，倒退十年嘛。

老了也容易。谁结婚都比我容易。

老太太看了她一会儿，说好了，待会儿我就去把人给领过来，先看看再说。

然后老太太就开始收拾屋子，里里外外，又擦又扫。忙完，还去小卖铺买了水果、瓜子、香烟和茶叶。不是平时她自己抽的那种，而是较贵的。老太太把它们弄好，一一摆上餐桌，边换衣服边说，昨儿跟他们都定好了，你也换身好看衣裳，就穿那套小碎花裙子，今儿咱不糊纸盒了——老太太停下手，有点儿慌——你这么看我干什么？咱不能让人给小瞧了是不是？我是说……免得他们看人下菜碟，黑咱糊弄咱。走到院子，老太太又回来，说你在家先琢磨着，回头你跟他们说要啥式样的。

　　两天时间，老太太先后领回来六个人。他们所从事的行当依次是，电工、油漆工、木工和水暖工。当然不绝对，因为他们几乎全是一专多能，只不过在这一行里更突出，更拿手或更厉害。可这却跟装修房子的正常顺序完全相反，按省力赚钱的行当顺序则是由大到小。这些她知道，日积月累地听老太太说的。可为什么要把它们颠倒过来呢？难道她糊涂了？对此，老太太一句也不解释一句也不交代，好像一点儿都不怕她弄乱、说错，甚至她说与不说都不要紧。奇怪的是来的那些人，他们的个头、长相跟所从事行当的优劣似乎是成反比关系，虽然区别不是很大，但还是可以看出来。总的来说，这些人个头都很高，长相都不错，若是单挑，看不出多少上下；若是粗心，或对形象感觉不是很敏锐，也看不出多少上下。关键是一前一后几乎就像把他们放到了一块儿，比较就产生了，区别就产生了，稍一归纳，规律也就产生了。具体点儿说是这样的：电工的个头长相跟油漆工相比，要稍逊一点儿；油漆工跟木工相比，也要稍逊一点儿；木工跟水暖工相比呢，情况也是如此。这样一来，就他们每一个人的综合、完整情况来说，就达到了某种平衡，有点儿不相上下，旗鼓相当的意思。实际上，如果仅从表面或大体情况上看，这的确是一种评估人的好方法，直接而又客观。问题是，老太太这样去衡量别人的时候，别人怎样来衡量她？

她明白了。

这些人鱼贯而入，鱼贯而出。根本就不是来听她对装修提想法和要求的，他们好像已经和老太太达成了某种协议，或者已全然了解了老太太的意图和动机。他们来只是参观一下，参观房子的同时，也捎带参观一下她。其中三个既对房子没兴趣，也对房子里的小主没兴趣，来了好像就立即后悔了，只在屋里象征性地转了小半圈儿，就紧跟着老太太的屁股后走了，连个招呼也没打；另外三个则是对房子很有兴趣，在屋里逗留的时间也稍长一点儿，不是转半圈儿一圈儿，而是三五十来圈儿，嘴里还吃着老太太塞过去的瓜子或糖块，连后院都给转悠了。然后看她的目光就会拉长一些，专注一些。那个漂亮的水暖工甚至还特别专注了一下她的腿，同时还像在找一件什么东西似的。事后她才发现，她的拐杖不知什么时候被老太太给塞到床底下了。她坐在地桌旁边的椅子里，专心致志地糊着纸盒，并不跟他们说话，因为她知道他们对她跟不跟他们说话这件事不感兴趣。比如那个漂亮的水暖工，看她脸的时间还没有看她腿的时间长，让她说什么？关键是还没等她想好说什么，他就把兴致给收了回去，奔向后院去了。

老太太站在大门口，就像一下子站在了风口浪尖上，她灰白的头发在后脑勺那儿东一下西一下地拧着，拧得乱七八糟；衣服鼓荡起来，就像一叶涨满的帆，并且随时都能航行出去。她就这么一直站着也就罢了，还不时地回头，样子很奇怪，活像一个遇事儿替主人干着急却有劲儿使不上的老家丁。可怜的老家丁。

后来老太太追到后院，又尾随着小水暖工到外屋，咋样？她说，都瞧见了吧？再过俩月打发完二丫头出门子，我就开始备料，在后院再盖它两间，到时把这儿一色改成门式，就是啥都不干躺着吃租金也够了。小水暖工漂亮地笑笑，说挺好，打算得挺好。然后就走了。跟电工、油漆工和木工一样，走了就走了，再也没动静了，就像肉包子打狗。

然后，老太太就领来了这个三级泥瓦匠，简称瓦匠，或瓦工。

这回她没在地桌旁糊纸盒，而是坐在床上，不仅坐床上，还倚着床头把右腿从裙子里拿了出来。而且老太太一走，她就把拐杖从床底下拽出来，然后明晃晃地立在床边。

他跟他们不一样，进了屋转都没转，伸手就把桌边她坐的那把椅子给拉了出来，咯吱一声就坐了上去。那把原本很宽大的椅子立刻就变得窄小起来，而他却像害怕自己坐不住它似的，来回紧着身子，那椅子于是就咯吱咯吱不停地叫唤起来。

我叫许强，家是农村的，椅子叫声一停，他就开口说道，官房场。我属猪的，今年二十六了。她的思路一下子就被打乱，想好的话已经变得没有意义了，于是闭了嘴，眯眼打量他。他立刻变得局促起来，又紧了紧身子，便开始搓手，搓了两下然后开始咔咔掰指关节，那种声音很特别，介于脆和钝之间，听起来让人觉得有点儿刺挠有点儿痒。阳光从窗子的边沿照进来，他的脸在光影里呈现出一种紫檀木般的色泽。他低着头，避开她的视线，开始专心致志地掰着自己粗大的指关节。咔吧咔吧，咔吧咔吧。一阵阵车辆行驶的突突声从远处传来，有两只肥硕的绿蜻蜓在窗外几株向日葵上嗡嗡嗡地飞，让两个人第一次见面和这个夏日午后一道，变得模糊而又奇怪。他看上去也很英俊，只是粗，粗和土气，是一种又粗又土气，典型的农村人的那种英俊。她把目光移开，想往回缩缩右腿，却没能够，于是扯了一下裙摆盖了上去。

他抬了一下眼睛，说，你妈都跟我说了，你就是腿脚不大好。

是的，我拐拐。

没见着的时候，我还寻思你指不定啥样呢；现在见着了，你这条腿跟好腿也差不了多少，不走道一点儿都看不出来，比我们屯卢瘸子强多了，她那条腿又细又软，就跟面条儿似的。他看了她一眼，停了一会儿，又说，我这人有啥说啥，肚子里没长花花肠子，其实我是说腿有时不光是用来走道的，还是给别人看的，如果不在乎别人看，啥样都无所谓，一个女人一辈子能走多少道？不想走可以在家里待着，不像我们男的。

他前面的话听起来有点儿别扭，可后面说的却挺新鲜。所以她既没生气也没反驳，只是淡淡地笑了一下。

像我这岁数在我们那绝对算大龄青年了，一点儿都不好找媳妇，弄不好就得找个寡妇了。

她一下子笑出声来。

真的，你别笑，小丫头差不多都走光了，进了城就跟肉包子打狗一样，剩下的都是早早就有了主的。我老早就出来打工了，一开始是不想找，怕拴住；等想找了，黄花菜都凉了。那我也不后悔，我不愿意在农村待，我们那地少，又都是山坡地，得往死里上化肥才能打粮食，涝年头还好，旱年头就废了，除了吃的连农药化肥钱都赚不出来。我想在城里找个媳妇安个家，我有手艺，人也不懒，跟我日后吃香喝辣的不敢说，但保准儿饿不着。

你可以找一个腿脚好的，或者就找一个打工妹。她说的是真心话，因为对他突然心生好感。

说了不怕你生气，腿脚好的城里人谁嫁我啊，打工妹要是想嫁回去压根儿还不出来了呢。

那你父母呢？

没了，就有一个哥，大我两岁，早就成家了，小侄儿都上小学了。他抬起脸，看着她说，听你妈说，你挺爱看书的，还特爱干净，这都是好处；就是话少，不大爱搭理人，这也不算啥毛病，是没遇上对心思的人。我平常也不大爱说话，还不大爱干净，书就更不爱看了，就念了小学四年级，认的字早就埋饭碗里吃了。我还抽烟，两天一包，酒也喝两口，高兴了一顿能喝三四两六十度的老白干，喝完了就睡觉，不惹事儿。这会儿能想起来说的就这些，不好的地方我可以改，反正就这一堆儿一块儿，你要是觉得行，咱俩就处，处好了就结婚。你妈说到时候把这房子给你，我想了，也不用，如果有那天，在后院给块儿地方就行，咱自己盖。别的我也没啥要求，只要会做饭能给我留个后就行了。

她张了张嘴，那，我要是不会做饭呢？

我做。

你重男轻女？

不，不是，我就是觉得男孩好养活，大了也能干活；其实女孩也挺好，知道心疼父母。

她没接话，仿佛一时间陷入了某种心事。

我真的不重男轻女，反正也有大侄儿了，到我这支只要有那么一个就行了，在跟前晃晃眼，日子过得有个盼头。

那，我要是不会生呢？

他一愣，立即就笑了，得了吧，怎么会呢？生小孩跟腿脚又没关系，就我们屯卢瘸子那样，一下子还生出一对龙凤胎呢！

她脸一沉，那我要是不给你生呢？

那就是你没看上我。

许强经常来，来了从不闲着。老太太今天安排他修修门把手明天安排他修修门弓子，捎带着把后天大后天的活计都给安排出来了，就像老板或工头似的。最后差不多把家里所有东西都安排他给修理了一遍，包括桌子腿、水龙头和暖气片，却没一样是瓦工活儿，除了木工就是水暖工，甚至什么工都不是，就是些杂活儿。总之，干这些并不是他的强项，所以有的修理好了，有的反倒三下五除二给鼓捣坏了。比如靠墙的那排暖气片，本来看上去好好的，老太太却偏说排气阀有毛病。其实，即便有，也不必现在就修的，用的时候还早呢。可他一点儿都不反驳，一副指哪儿打哪儿，党叫干啥就干啥的样子。

那排暖气片在靠墙位置，抵达它需经过她椅背和另一面墙之间留出的小空档，他接过老太太手里的一把老虎钳子，径直奔向那儿。在经过小空档时，突然发生了一个小状况，可能是那个空档太窄，或他身子太宽，本来她是可以再往里让一让的，都因为他经过得太快太急。她感觉椅子突然翘了起来，然后屁股迅速一滑，还没来得及叫出声来，整个人就出溜到桌子底下了。而他却像被椅子或墙卡住了一样，半天没动。她去抓拐杖，拐杖不见了，她抓着桌腿，先支起上身，坐起来，正想回手去抓椅子，椅子却跑了，被他拎跑的，她听见它咔的一声撞在墙上，紧接着，就感觉忽悠一下，自己就悬了起来。他抱起了她。从后面，不是拦腰，是把两手伸到她的腿下，然后向上一托。不知是他力气太大，还是她太过瘦小，反正抱或托这个动作显得过于轻快和迅速了，以至于显得很是唐突和突兀，她一点儿准备都没有，忽悠一悬，上身一栽，整个就仰到他的怀里去了。

她还在惊魂未定，他的嘴巴就伸过来了。对她，这非常的不是时候，于他却感觉正好，好像恰恰经过这么一折腾，才让他突然一下有了这样的好感觉。这种人和人个体间的小差异，让两人在如此紧要之时生出了小罅隙。他的嘴巴伸过去，还没捉到要紧处，就被挡了回去，被一只坚决的毫不客气的手挡了回去。放开我！她喊道。于是她感觉身子忽悠一坠，就落到了椅子里。突然椅子又向后翘了起来，她两腿奇怪地向上一飘，身子又向后迅速一仰，忽悠又一下，整个身子便再次悬空，这回她是跟椅子一块儿悬起来的。这回她叫了一声。叫声未停，只一眨眼工夫，当的一下，身子一突突，她和椅子就回落到了桌子旁。

然后他蹲在那儿开始修暖气片上的排气阀。她听见咯嘣一声。完了，他说，秃鲁扣了，拧错方向了。

他站起来，有点儿烦躁。

突然，他又做了那件让她没想到的事，就跟偷袭一样。她没紧张，是因为没来得及，太猝不及防，太迅雷不及掩耳了。他扔了手里的小铜塞，上前一步，左手抓住椅背，右手从她膝弯处飞速一伸，抓住椅座，然后一下子就把她和椅子端了起来。端得轻盈极了，就像端着一盘菜一样。眼看就要端到门口了，然后突然原地转了三百六十度，她感觉头一晕，就叫了出来，只叫了一半，嘴就被热乎乎地堵住了。连鼻孔一块儿被堵住。立刻，她就变成了一条窒息将死的鱼。她的手被这个突遭的意外，刺激得一下子麻痹掉了，毫无知觉、作为，仿佛两个饰物般挂在那儿。终于被她想起来了，它们行动起来，分别抠住两边座沿，接着她使劲扭了扭身子，缓缓地举起来。左手抓住他后脑勺上的头发，右手捏住他一只耳朵，二者同时用力，一拎情况就一下子发生了改观，先是被堵住的鼻孔变得通畅起来，然后是嘴巴从另一只嘴巴里又湿又热地挣脱出来。她看见了他的眼睛，因为离得太近，看清的反倒不是眼珠，和眼珠里面的什么，而是上下眼毛，仿佛松针，仿佛两排又粗又硬的胶丝。她一惊，吐了一下舌头，这时情况突又生变，他张嘴就衔住了它，然后越咂越紧，就像一条水蛭，就像一个抽子。

　　远处又传来了车辆行驶的突突声，绿蜻蜓在窗外盛开的向日葵上嗡嗡嗡嗡地飞。她感觉自己的身子正一下一下变轻、变薄，如一页纸，如一片羽毛；让人犯困，禁不住想打哈欠，或发出叹息。他的嘴巴却开始变轻，越来越轻，椅子已经回到地上，什么时候回到地上的？她没注意，也不想管那么多。这让他的两手得以空闲下来，事实上，它们一刻都没闲着，一离开椅背和椅座，便立马改换位置、门庭，她注意了，只注意一下，便听之任之了。那手却很有点儿得寸进尺的意思，并且目标坚定，就像顺藤摸瓜，一点儿一点儿逼近要紧处。她开始觉醒，只是觉醒，并不想追究，她没气力，也不光是因为没气力。她的具体反应只是微微地扭了下头，张了张眼睛——有一片阳光在眼毛上晃得厉害——这时，她看见，早晨放在窗台上的那盆打骨朵儿的紫罗兰，不知在什么时候开了。老太太一张皱巴巴的脸突然就从花的后面转出来，并且猛地咳嗽了两声。

他挣脱出来。我热了，他弓着身子站在那儿，就像被什么东西顶住，一时竟直不起腰来。我热了，他说，我去洗把脸。

她突然愤怒起来，喊道，滚！都给我滚！

14　那一夜

　　老街就像另外一个世界，已经远远超出了王玉梅的想象，有点儿恍然入梦，还有点儿石破天惊的意思。犹如越过人风光的外表，进入其幽闭的内心静处，穿过两条商业街，经由两幢连体的大饭店中间像口腔一样深暗的门洞，往前再走一百米，然后向左一拐，就进入了老街。仿佛一下子进入时光深处，街是旧的，两边店铺是旧的，甚至连出没老街的人都是旧的。街灯吊在树丫上，间隔很远，是节能的日光灯，看上去就像挂在树梢上的月亮一样。光也像月光似的，涂在青石板上，整条街都变得蓝汪汪的，仿佛一个已逝的梦境。一些高跟鞋的铁钉叮叮地敲打过去，宛若钟声在时光深处回响。

　　王玉梅的心情一下子好起来。

　　本来，吃饭这件事是她早就期待的，却不知怎么，弄来弄去竟弄成了那个样子——昨晚，她说的时候一点儿都没担心遭到拒绝，因为连一点儿期待的感觉都没有。勉强，差不多就是一句应景的话。可一躺到床上，当黑暗层层围裹过来后，情况就不大一样了。勉强隐约变成庆幸，期待则成了一剂缓释黑暗的解药，寂寞突然变淡了，而且似乎能够看到边界了。门帘挡得很严，两层，一层纱，一层粗亚麻布。窗帘也是。窗外是一块小空地，被一人多高的砖墙围住，又被一棵老榆树几乎给笼罩住，连邻近住宅的灯光都被它一滴不剩地给消化掉了。所以，那一面门窗帘有和没有关系不大，有，完全是出于感觉上的需要。这一面就不同了，它连接的是营业室，只有这一扇门，现在门被她从里面给锁上了。雨还在下，听不见他的动静，只有门帘上透着的一层薄薄的灯光，证明他人还在。后来，王玉梅就在不知不觉间迎来了近一个月里少有的一次睡眠。

门果然被白羽从外面给反锁上了。他用钥匙喀嚓嚓喀嚓嚓转动锁孔时，王玉梅已收拾一新，差不多就是容光焕发地坐在话吧旁的转椅里。雨后的早晨，阳光疏朗而洁净，先于他一步跳进屋来，白羽穿着一身运动装，好像刚刚晨练完，拎了一扎油条，一大塑料杯豆浆，非常灿烂地笑着：以为你还没醒呢，就当是先预请一把。说完盯着王玉梅，仔细地看。

我怕小艳她们先来……他突然顿了下，是怕你在屋里着急。

她俩没有钥匙吧？完了又说。

有。王玉梅回答。

哦，那我去把栅板打开，他扬了下手里的钥匙，看着她，然后回去冲一下，一身的汗。

王玉梅看着他，没说话。

整个白天，王玉梅都没回小屋一趟，而是一直跟着忙。她这样做跟这一段时间相比，确实有点儿反常，对此，小华反应很强烈——这个平时蔫声蔫语的小丫头那天突然变得兴奋起来，就连鼻翼两侧各一窝小雀斑都跟着一块儿发红发亮了。她是真心的，这个从农村来的小姑娘怀着一份极朴素的情感，她是真心盼着老板好，老板好店才能开得长，她才能干得长，而且她喜欢这份工作，她觉得女老板再怎么不好也比男老板强，最主要的是安全。这也是她父母最放心的一点。她不比小艳，小艳是城里女孩，将来肯定要嫁城里人。可她为什么有家不住，要住公寓呢？她不明白，却没问，她不是一个愿意打探别人隐私的人。她是一个地地道道的农村丫头，寄住在一个远房亲戚家，出来的目的就是帮父母，具体点儿说是帮父母供弟弟读书。依照父母的意思可能还要帮弟弟娶媳妇。这她倒不想管，是没想那么远，她甚至都没认真想过自己找对象这回事儿。让她想不明白的是小艳，既然要在城里嫁人，那就应该现实一点儿，起码不能再找一个打工的吧？比如白羽，长得确实好看，可好看有啥用呢？尤其是男人。用她父母的话说，脸蛋儿就是再好也长不出大米来，而且好看男人十个有九个花呢，说白了就是靠不住，即便结婚以后也有心操了，你看着好别人同样也看着好，就是他不撩骚别人别人也会撩骚他。相反，丑一点儿的反倒好伺候。另外就是老板——她有能力、有钱，除了那条腿哪点都不比别人差，她应该得到她想要的，哪怕就是一个没有工作的男人。因为她养得起。只是，她不明白这一个月下来她为啥一忽儿高兴一忽儿又不高兴，后来她明白了。现在老板突然气色又好了，她当然跟着高兴。

小艳却没有。她只跟小华附和着称赞了一下王玉梅的气色，和只在领口处露出一点儿的内衣。吃午饭时，王玉梅还用十分关心的语气问了一遍两个插座三个插头一只台灯修好了没有。

随后嗔怪白羽道，不用他，待会儿咱打个电话找别人。小艳笑说，没有的事儿，我是跟他开玩笑的。王玉梅的心情顿时就像受挫一样暗了一下，只暗一下，便立马恢复，而且更好。下午话吧里的电话突然响了一回，本来离王玉梅最近，而且她的脸正冲着那儿。王玉梅愣了一下却掉转方向，好像忙着去做另一件事情一样。

小艳，王玉梅说，你去接一下，看看是不是一接就挂，五更半夜还来敲门的那个？

小艳的脸顿时白了一下。

是张目，小艳把话筒交到王玉梅手里。不知张目在电话里说了什么，王玉梅只是笑，边笑边掏手机看，说忘了，没电了。最后连说不行不行，晚上有事儿，改天，改天好不好？

他们先吃的老街石锅水豆腐，只要了一小份，白生生一副楚楚可怜的模样。白羽说，抛砖引玉，先打打牙祭。他嘴对嘴地喝着一瓶冰啤酒，并不动筷子。然后换了一家朝族馆，一进门白羽就点了米肠和粉皮蒸饺，又要了一小塑料桶糯米酒。店小二一边热情地招呼，一边侧棱着身子给王玉梅让道。想上去扶一把，却没有，伸出去的手一时又忘了收，就像怕烫着似的在那儿扎煞着。白羽上去打了一下他，道，拿酒去！

炕面很高，王玉梅把拐杖放好，背对炕面，左手撑着炕沿，一蹿没坐上去，又一蹿，白羽手一伸就势把她给抱了上去。两人在小炕桌两边坐好，还没等王玉梅张嘴，白羽就说，这是万里长征刚开始的第一步。王玉梅有点儿疑惑地看着他。一会儿还有夜宵，他把两只玻璃杯放在一块儿，说，怕什么？谁也不认识。要是认识呢？王玉梅说。认识又能怎么样？这年头谁还有心思管别人哪。王玉梅弄不清自己为什么，心里竟一下子亮堂起来，呼啦一下，就像推开了两扇门一样。她说，你不会让我一次就把整条街给吃遍吧。白羽笑，说没准儿，那要看酒喝得透不透。王玉梅说，那你就往透了喝吧。白羽突然坏笑了一声说，酒壮英雄胆，我喝醉了你不怕？

怕？我怕什么？王玉梅一愣。

送你回店里，然后——

王玉梅心口噗噗地跳起来。

打家劫舍。白羽笑着说。

王玉梅刚要张嘴说什么，粉皮蒸饺和米肠这时就上来了，正好把王玉梅想要说的话给截了回去。多亏给截了回去，要不多傻啊，这是之后在她还比较清醒的时候想的。冒热气的粉皮蒸饺颤颤巍巍，透着里面红的绿的青菜，就像一盘不能触碰的水晶工艺品；那米肠也是刚出锅，肠衣油亮，绷进去一些，切面便鼓凸出来，就像秋天咧开嘴的红石榴，还像春天熟透的紫桑葚。白羽说，这粉皮蒸饺做法简单，就跟包家常饺子一样；做米肠要费事些，要用新鲜的猪肠，新鲜的猪血，新鲜的猪里脊肉剁馅，清水泡十二小时的糯米，少量猪板油，再加上葱花、姜末、蒜末、花椒粉、大料粉、辣椒粉、味素等辅料拌匀后灌制而成，先冷水下锅，煮到定型，再上屉蒸二十分钟。像现在这样蘸佐料吃能尝到原味，也可以加汤，蛋花汤或狗肉汤，尤其在冬天，浑身都能吃出汗来。

王玉梅已经忘了刚才想要说的话，她望着白羽，望着那张英俊而生机勃勃的脸，一时又陷入恍惚——这个如此年轻英俊又如此优秀的男孩，将来有一天会成为哪个女孩的男人呢？那个女孩有福了，她不光可以这样看他一辈子，由着劲儿吃他做的饭菜，而且，还可以跟他……

酒来哩——店小二一手托着一碟油炸花生米，一手拎着一只白色塑料桶推门进来——老规矩，花生米是赠白哥的，酒管够，放好哩，二位慢用，要啥就喊小弟一嗓子！

王玉梅迅速地调整好了自己。

那酒是白色的，类似某种乳制饮品，较之却更稠更亮，糯而且软，且极有劲道儿，不一会儿，王玉梅就感觉自己整个地软了下去，就像要化了一样；过一会儿，感觉又不同了，就像要飘起来。脑瓜却不疼，还清醒得很。白羽说，想不想住到老街来？王玉梅说干吗，也想开馆子呀？随即又补充道，对了，那是你老本行啊。白羽说，跟这个没关，反正我就是做梦都想住这里。王玉梅沉默了一会儿，说那有什么难的，很容易呀。白羽说，那是你，只要想，明天就能办到。办到什么？我想的事情多了，王玉梅笑道，不过都是白想。

怎么能是白想呢？比如，盘下一个店面，白羽深吸了一口烟，吐出去，在烟雾后面看着她说，只要想，就是盘下十个店面你也能。得了，你可别抬举我了，我——王玉梅把后半句话给咽了回去，说咽回去，实则是在脑子里拐了个弯儿，本来是，我可没有那么多钱，说出口的却是——我得想想，那得多少钱。白羽笑了一下，说，来，干一口！王玉梅说，干一杯也行，不过说好了，今晚再也不换地方了。那不行，今晚是我请客，客随主便，我有一个想法——白羽狠吸了一口烟，把烟屁在烟缸里按灭，两眼使劲地盯住她——今晚我要带你吃遍这里的所有散摊儿，让你彻底忘了自己是个老板，而跟我们一样。

为什么？王玉梅心里一动。

白羽说，对你有好处。

什么好处？

白羽翘翘嘴角，微微一笑，说完了你就明白了。

我不明白。王玉梅放下酒杯，沉着脸说。

得，那我就告诉你吧，干吗非要活得那么累呀？老板是人，叫花子也是人。说白了，不就是一个有钱一个没钱吗？是，有钱可以高高在上，呼风唤雨，吃五喝六；没钱就只能逆来顺受，委曲求全。没办法，钱是硬道理，一分钱憋倒英雄汉，说别的都是吹牛，胡扯。算了，说了你也不明白。

王玉梅说，我说了你也不明白，并不都像你以为的那样，没钱也不一定就是好人，没准儿更坏，一事无成又自命不凡，好高骛远又百无一用。结果呢，人变得越来越心胸狭隘，尖酸刻薄甚至嫉妒成瘾；相反，有钱的也并不都是坏人，他们的钱，大多数都是吃苦耐劳，省吃俭用，甚至是流血流汗赚来的，有的还是捡垃圾捡破烂甚至是拿命换的。王玉梅再次感到自己话语变得流畅起来，不同的是这次不是她，而是白羽愣住了。然后她并没有打住，她觉得她的话还没有说完——没错，你说得对，钱是硬道理，因为谁的钱都不是大风刮来的，就算是腐败分子，那也是熬心费神牺牲脑细胞换来的。白羽说，跑偏了吧？你这是什么逻辑？你是在教训我吗？不，王玉梅立刻慌了一下，我没这个意思。

那你是什么意思？说完，白羽举了一下酒杯却笑了，得，我明白你的意思了。

王玉梅说，你明白什么了？连我自己都不明白了。

你明白得很，白羽微微一笑，是我喝多了。

我喝多了。王玉梅抢着说。

你没有，一点儿都没，喝多的只能是我，女人永远都不会喝多。白羽笑着看她，老板，请示一件事可以吗？

说吧。

白羽一扬手，服务员，再来一桶！回头看着她说，今晚听你的，哪都不去了！

酒又上来了。白羽冲王玉梅挥了一下手，说别跟我争，刚才那些话就当我没说，这是在外面，男的——他顿了一下，看着店小二——男的和女的在一起吃饭，就不能让女的买单，对不对？店小二垂着手站立一旁，说那是那是，也不是也不是……去去，什么是和不是的，白羽说，装也得装，哪怕就一事无成，就好高骛远，就百无一用！去告诉你们老板一声，今晚我们不走了！说完跟着店小二出去了一趟，回来不一会儿就趴在了桌子上。

王玉梅直了直背，看着他的后脑勺，翘起来的白衬衫衣领略微有些发皱却很干净，连一道儿污渍都没有。脖根儿刚刚剃过的发茬闪闪发亮，一瞬间，王玉梅忽然有种想去摸的冲动，她想象自己的手指肚在抚摸它们的时候，那些锋利的截面一定会像一把小刷子一样，发出唰啦唰啦好听的声音。

白羽趴在桌上，突然说道，你怕什么？不就是一条腿吗？

王玉梅一惊，回过神来。他还从没提过她的腿，此刻却说得这么直接。可她却没感觉到被冒犯，连一点儿气恼的意思都没有。

你还怕什么？

王玉梅一时没反应过来。

怕我打家劫舍？

王玉梅有点儿紧张起来。

等你找到一个你爱的人，就什么都不怕了。

王玉梅心口咚地一跳，脱口说道——我怕你骗财劫色。说完就愣住了。她把一开始就想到的差点儿没说出口本应该由他说的话，一下子用自己的嘴给说了出来。关键是说得不是时候，而且还说得十分正经和严肃，就像在下某种判断或结论。这很自恋——她哪有那个资本？等于伸出嘴巴找打；还有点儿像侮辱人——她怎么舍得，疼惜都来不及，她宁可侮辱自己也不想侮辱他。要是用玩笑的口吻说就好了，那样顶多是被轻看，被认为是再也绷不住、受不了，而主动、直勾勾赤裸裸地去挑逗、勾引。那又怎样？难道这些天他的话里话外就一点儿都不含有这方面的意思？

可现在，她把事儿搞砸了，只能等待他恼羞成怒，迎头痛击了——

白羽突然抬起头，说，你想吗？

王玉梅一时蒙了，就像被冻住。

白羽盯着她，说你傻呀，我问你想不想？在这儿，还是回去？

王玉梅浑身忽然哆嗦起来，就像一下子害了重感冒甚至疟疾，这一切来得如此之快如此突然，以至于竟透着一股令人不安和难以置信的荒诞，就像看着自己在梦里摘到了一颗星星一样。这样的事只能发生在梦里，不，即便在梦里也发生不了；怎么就发生了呢，它真的发生了吗？这时她陷入的不是恍惚，而是空白，她已经忘了他刚才说的是什么了，又不敢确认，是不敢把时间拉得太长，怕他途中生变。于是，她强支持着身子，咬着牙帮骨，上牙敲着下牙说，我只想摸摸你的头发……

白羽腾地跳下地，反锁上门，咔的一声把灯关掉。

15　母亲

　　原来是小黄毛回来了。

　　她在大门口遇见像哨兵一样的老太太，感觉非常可笑。她没笑，因为笑不出来，她刚跟小合同工吵了一架。操他妈，他想强奸我！她对老太太说。老太太一下就慌了，不是因为她的话，而是她要进屋。别，别进去，老太太拦住她，说不晌不晚的咋说回来就回来了呢？你这是什么意思？不晌不晚我就不能回来吗？小黄毛扒拉开她，好啊，你们现在就想往外开我啊。老太太一把拽住她，等等，我的小祖宗，妈有话问你，你，刚才说什么？小黄毛说，我不能跟他结婚，他他妈长得太难看了。是不是泥瓦匠又来了？小黄毛甩开老太太的手，用鼻子哼了一声，我上厕所。

　　老太太立即从大门口折回身。边走边嘟哝着，好看的有，一个一个，可那是别人的，不是你的，眼馋也白搭，命。

　　老太太开始忙起来。

　　不是去接活儿，也不是在家收废品，垃圾箱她已经不翻了。

她要造房子。

造房子可不是简单的事，因为不简单，所以老太太在心里差不多已经盘算了好多年，几乎是在自己还很年轻的时候。只是没有付诸实施，因为她们还小。现在是时候了。钱已经攒够，地号又是自己的，无非是找一些部门和人，办些证件，说白了，顶多是再花些不该花的钱。首先泥瓦匠有了，省一份钱不说，关键是能心甘情愿，跑前跑后地张罗这件事。有什么不心甘情愿的？造房子难道不是为了他自己？花的又不是他的钱，便宜占大了。总指挥当然不是他，否则太让人不平衡了。让她平衡的是，自己还算没看错人，人是她选的，应该说比较满意，关键是让孩子满意，至于对方，最好也满意——起码是看不出有多不满意，这就好，强扭的瓜可是不甜哪。

但办法总是有的。比如造房，说白了就是在城里给他造一个家。这是他的理想，也是招他做女婿的条件。她先给的，就像给的一份陪嫁。他明确地提出来一是强调，二是想确定一下真假。虽然直接，像做交易，可谁敢说婚姻就一定不是一笔交易？所以，直截了当总比拐弯抹角、心怀鬼胎要好。

许强却张罗得很有分寸，仿佛过一些，就会让人觉得是捡了便宜而沾沾自喜；收一点儿，就是因不满意而打不起精神。然而即便沾沾自喜，喜不自胜又有什么不可以呢？毕竟要结婚了呀。可是他没有，就连接吻这样的平常事都再也没有发生。好多时候她都已经准备好了，不光是准备好了，而且是很期待，有时差不多都先把自己给点燃了。环境也没问题。问题是他，他就像视而不见和熟视无睹一样，忙或以忙当幌子，匆匆逃离现场。这真伤人，是伤自尊。好，很好。她在心里恨恨地想。

然后，有一天他汗流浃背地溜进屋，就像偷袭一样，突然就撩起了她的裙子。是抓住了她两个脚踝，嗖地把她拽到床边，然后忽地就撩起了裙子。她在午睡，本来是倚在床边看书，捎带着偶尔瞧一眼窗外，窗外院子里许强裸着上身，穿一条又肥又大的裤衩，正率领两个小工和泥。阳光白花花的，晃得他们就像电影里某个原始部落的野人，也晃得她渐渐犯困，然后她就躺下睡着了，还睡得很实，直到裙子被撩上去，她也没有完全醒过来。他又撩了一把她的衬裙，就是一条像衬里一样的白色短裙，因为短，撩上去又落回来，又一撩才知，原来里面还有一条小裤头。她睁开眼睛的时候，他正把自己的小裤头像撸袖子一样往下褪，那个东西一别，突的一下就跳了出来。他又了叉腿，有点绊，于是干脆就把一条腿从堆到脚面的大裤衩里拔出来。他奇怪地拧了一下嘴角，然后伸手去拽她的裤头，来吧，他说，这工夫正好没人。

他一手握着那个东西，一手去拽她的裤头，说来呀，快点儿！

裤头被按着，他急切地说，快点儿！我知道你想跟我这样。

裤头被按住了。他急切而又有点儿烦躁地说，你不是天天都想跟我这样吗？快点儿！装啥呀？

她笑了，打开了他的手，并一一抚好裤头、衬裙、撩下裙子，说，穿上，干你的活去。

她不是成心想报复，没什么可报复的，只是没有一点儿准备，有点儿被吓着了，这是睁开眼睛一瞬间的真实情况；马上就好了，马上就出现了那种奇特的无力和瘫痪感。她按着裤头，仅仅是一种必要的矜持手段，说故作姿态，欲擒故纵也未尝不可。然而，有准备也好，没准备也罢，事实上他却只说中了一半，她确实是想，天天想，是想那样本身，之所以想到和他那样，仅仅因为他是一个具体的看得见摸得着的对象，是另一只巴掌，但肯定不是一只最好的巴掌。他却说得那么肯定，这也无妨，男人在那种时候总是要硬气和霸道一点儿，这或许能够帮助他们耀武扬威，否则就很难说，说不定、也许不行。就算是自以为是，或打肿脸充胖子那也应该，她并不反感。关键是急，急也罢了，还烦躁，这就破坏情绪了，竟然还说她装。这是什么话？很贬损人，很伤人自尊呢。当时，她看着他一脸的自以为是，想说的话是，提上你的裤头，它们太难看了。话冲到嘴边时，她却又禁不住看了看他手里握着的东西，这回她不是被吓着，而是被震撼到了。说心里话，它们的确是难看了一点儿，却跟她好多次在梦里看见的一样，是让她喜欢的那种难看。于是她的心就有点儿软了——是有些后悔。

这家伙却没再坚持，就像遭到一次重创一样，只呆愣了一会儿，就一把提上裤头和大裤衩，然后硬撅撅地走了。

她开始变得怅然若失。

证件办齐后，一天晚饭桌上，老太太给全家开了个会。没有小合同工张华和泥瓦匠许强，只一家三口。老太太夹了一片肉给小黄毛，说我要在后院盖两间房子，只能两间，就这些钱，这么大地方。你有工作，两人又在一个单位，结婚单位能给解决住的地方。小黄毛夹起那片肉，停住，说要是不给解决呢？老太太说，那也用不着我想招儿，找他爹妈。小黄毛把那片肉塞回盘子，说好啊。

老太太说，十个手指头伸出来，我咬哪个都疼，手心手背都是肉。

小黄毛说，是啊，十个手指头伸出来，并不一般齐。

老太太说，关键是你有工作。

她没说话。本来她想要说，象征性，或赌气似的说，我不结婚！就是结婚我也不要家里的房子！可是，她刚要张嘴，就被老太太用眼神给制止住了，意思是，什么也不要说，听着，你就听着。与此同时，她看到小黄毛眼睛里的意思是，说呀，看你怎么说。一瞬间她就有种被激怒的感觉，她明白老太太的苦心，同时也能接受小黄毛的妒意，可她没办法。她有什么办法呢？房子就像拐杖一样，代替着她的右腿；像砝码一样平衡着她的分量，她只能按各取所需这样的原则去找男人。说得难听点儿，就像一好一孬搭配着甩货一样。她没有办法，因为她想结婚，需要结婚。如果她的腿像她俩一样好好的，这样的事就不会发生了；如果她不生在这个家，她的腿完全可以不是这个样子，那多好，她宁可净身出户，连这个家里的一根草棍儿都不拿。只要离开她们，越远越好。现在，别人——不光小黄毛、老太太，包括邻里，还都以为她占了天大的便宜呢。不是吗？看上去确实是，可谁知她心里的委屈。她端着碗，一口一口往嘴里夹饭，一句话也没说。

老太太说，就这么定了。

小黄毛说，好啊。

婚礼定在"十一"，应该是个秋高气爽的好日子。房子当然已经竣工，很漂亮，而且还简单装潢了一下。这段时间老太太和她正忙着采购，主要是采购床上用品和一些小摆设。所有东西都是双份的，一份她的，一份小黄毛的。小黄毛的在价格上要更贵一些，是她要求的，仿佛只有这样，她才可稍微安心一些。

许强留在家里，东擦擦西抹抹，一是他对那些东西外行，二是即便不外行也不会参考到他的意见，因为花的不是他的钱，他当然识趣，他又不傻。既然花的不是他的钱，理所当然就由不得他挑挑拣拣，再说，他干吗要挑挑拣拣，他哪里见过这么多的好东西！想都想不到，欢喜还来不及呢。何况还白捡个新房子呢。但他把欢喜藏在了心里，藏在了脸皮子下面，他怕乐极生悲，还怕因此她们会更加小瞧他——她们已经在小瞧他了，他能够看得出来，并且能够感觉得到，是情不自禁或有意无意，是从骨子里流露出来本能的那种城里人对乡下人的傲慢和优越感。

这让他不由得想起小时候，那些像叫花子一样下放到他们那儿的"地富反坏右"们，他们都已经像叫花子一样了，却依然傲慢得很。既不去乡下人家串门子，也不跟乡下人拉家常，更不跟他们取借往来。他们只来往于自己的小圈子，那些同来的城里人。没过多久，他们就开始抱怨乡下的各种不好，甚至开始暗暗嘲笑起乡下人。完全忘了他们已经、就是乡下人了，只不过在城里弄了一身的伤和疤。那个叫小芬的面黄肌瘦的小丫头，面对他好心好意送上去的煮红薯，竟竖起眼睛说讨厌，脏死了！

走开！离我远点儿！我不会要你的东西！我讨厌你们这帮乡巴佬！

这句话他一直记到现在。当然，他不是因为这句话而来城里的，也不是因为这句话要留在城里的。事实却是他来了，不仅来了，而且还将留下来，子子孙孙永永远远地留下来。为此，他娶她做老婆并不觉得委屈，而且，他还明白了一个道理，即使是一个靠捡垃圾为活的城里人，到底也还是一个城里人。城里人就是城里人。面对乡下人，他们的优越和傲慢是天生的，就像狗面对生人一定要汪汪几声一样，否则反倒让人觉得奇怪了。

这没什么，何况只是小黄毛有点儿出格，老太太和她并没有，即便有，恐怕也只能在心里。再说她，已经是一个快要做自己老婆的人了，让她可劲儿牛还能牛哪去？不过是怕小瞧了她装装样子而已。大凡像她这种条件的女人，都是心比天高，私底下却自卑得要死呢，所以在男人面前总是要装一装的。还以为他看不出来么？就说那件事，看样子不知道比自己多想呢。现在好了，他反倒不急了，没必要急了，已经是放进锅里煮到半熟的鸭子了，难道还担心它飞了不成？不妨也押它一把橡皮筋吊吊她的胃口，说不定还能抬一抬自己身价，掌握一点儿啥主动权呢。免得日后她更小瞧了自己。通过这件事让她知道，不是啥事儿都必得由着她。他是男人，也顶天立地说了算呢。

再说小黄毛，总在有他的饭桌上整事情。比如，大伙儿正吃得好好的，她突然拿起筷子哃地一敲碗边，顿时就吓人一跳。然后她边紧鼻子边皱眉，说你们闻闻，这么臭，是谁身上这么臭？她的目光就跟剃须刀片似的，贴着他的眉棱骨向下唰啦啦刮一遍，跳开，在王玉梅眼珠上停一会儿，最后落到老太太的眼珠上，然后一星管二地说道，难道你没闻到吗？你鼻子不是最好使吗？还没等老太太回过味儿来，就被她用筷头给制止住了，得，不用说了，我明白了，是近墨者黑，久闻不识其臭。说完撂下筷子扭着屁股就走了。一时把老太太弄得愣呵呵的，他呢，就更尴尬，还有心里说不出来的堵。

再比如，饭菜端上桌，大伙儿正要动筷子，不，是他已经把筷子伸了过去，伸到了盘子里，而且夹了一口。这时，小黄毛的目光再一次像剃须刀片一样横切过来，不说话，而是飞快地站起来，转身去厨房拿过来一只空盘子，唰唰唰把菜挨样儿扒拉出一部分，就像吃份饭或自助餐一样。为什么要像吃份饭和自助餐一样？就是不想和他们在一只盘子里搅和筷子。为什么以前她不这样？因为以前饭桌上没有他。他明白了，她在用这种方式向他声明，她嫌恶他，她讨厌、瞧不起他！

——走开！离我远点儿！我讨厌你们这帮乡巴佬！

他笑了一下，仅仅是在脸皮上做了一个笑的样子，然后把菜慢慢放进嘴里。那是一盘冷拼，黄瓜丝青椒丝葱丝姜丝什么都有，因此被他嚼起来听着就显得格外脆生响亮，咯嘣咯嘣咯嚓咯嚓的，就好比那牙齿是一把刀，正在用力挥舞收割着一茬什么东西。

这天一大早，许强按吩咐蹬着三轮车从木器加工厂把定做好的大床拉回家，又按吩咐放在该放的位置上。本来，老太太和她临出门并没吩咐他铺床罩铺床单什么的，他站在屋门口抽完一支烟，回头又朝屋里打量了一会儿，就去老太太屋里把那些东西一股脑儿地给抱了过来。一出门槛他从嗓子眼使劲地咳出一口痰，低声骂了个脏字，心想，难道这些东西就不是我的吗？就算不是，难道我连使用它们的权利都没有吗？这样一想，他觉得不但应该铺上它们，而且还应该躺在上面睡上一觉。铺的时候他着实犹豫了一会儿，他发现几乎所有的东西都是双的，他以为这不过就是图个吉祥而已。所以他只花了一点儿时间做了一下选择。铺好，他并没有立即躺上去，而是远远近近十分怜惜地看了好半天，到小棚子里涂了肥皂洗了个彻底的凉水澡，完了才回屋。

刚钻进被窝，小黄毛就进来了。

好啊，你倒是挺会享受啊。小黄毛说。

一小般吧，没有你会。他翘着脑袋，怕湿头发弄湿枕巾。

我？小黄毛愣了一下，你什么意思？

没意思，一点儿意思都没有。他看她一眼，摸过一支烟点着。

我看也是，不跟你吹，臭他妈男人我领教多了，高的矮的胖的瘦的，有一头算一头，他妈的一撅尾巴要拉几个粪蛋儿我都知道。

那你可确实厉害，属于见多识广那伙儿的。

可就你这套号的没见识过。

那就好好见识见识，别错了机会。

我倒想向你取取经，看你到底是用哪根花花肠子把老太太给套牢的？

取经行，要多少给多少。可没长花花肠子咋办？那玩意儿不是在你身上长的吗？

你混蛋！小黄毛伸手撩开了他的被子，滚开！这是我的床单我的被子——然后她就愣住了，像中弹一样突然就愣住了。确切地说是僵在了那儿，甚至连伸出去的手都忘了收。她看见他两个瞳仁就像两个小刀片儿一样切在了自己的眼珠上，怎么样，他说，这下见识到了吧，我就是这套号的，比起你那位怎么样？她依然僵在那儿，竟连一点儿反抗的意识都没有。你不是想从我这儿取经吗，没问题，管你够。她嘟嘟哝哝地说，这是我的床单，我的被子……正好，现在你来享受享受，要不一会儿就该被我弄脏了。她两腿一软先坐在了床边，不到一秒钟，全身就像筛糠似的抖作一团，然后就像一摊沙子似的堆了下来。他伸手扶了她一把，说我可没洗澡，好多天没洗，身子都臭死了，你不怕吗？我也没刷牙，好多天没刷，嘴都臭死了，你不怕吗？

去你妈的，你给我闭嘴——

16　白羽和王玉梅

　　不行！王玉梅低叫了一声，一把推开白羽。她用最后一丝力气推开白羽，然后就后悔了。她看见白羽愣在那儿，侧棱着身子，一副既躺不下又起不来的样子，却像定格一样一动不动。屋子本来黑咕隆咚的，这时候偏有一束光从窗子打进来，那束光确实是有些过分了，而且来得很不是时候。黑暗瞬间被撕裂了一个口子，恰恰白羽就在那个口子里。所以她不仅看清了他裸露出来的身体，还看见了他的眼神，一种困惑、迷茫相交织的眼神，里面还隐约闪烁着一丝苍凉和可怜的忧伤。她的心这时迅速地疼了一下，这在一定程度上干扰了她的进一步行动。她想扭过身马上抱住他的头，却只是想，并没动，事实上已经动了，只是那条腿从来就没有听过她的指挥。而她并没努力，她在等那束该死的光彻底消失，或是在等他重新行动。可是那束光却静止在那儿，他也静止在那儿。他的眼神变了，开始变得坚硬起来。她就是在这时候开始后悔的，而且说了一句让自己更加后悔的话。

她说脏。

白羽迅速地整理好自己，靠在墙上，点着了一支烟。

她的手无力地向他伸了一下，说，这儿脏，要不回去，我们回去。

好吧。白羽吐出一口烟，淡淡地说。

这下子她彻底地后悔了。

她是要把自己和他的第一次放在黑暗的环境里草草完成，既要自然而然又要恰到火候，以便不露出任何一点儿人为和制造的痕迹，就像顺理成章，就像水到渠成。为此，她已经思虑很久谋划很久，并且矛盾很久痛苦很久了。事实上，事情已经在朝着她所预想的方向进行了，要紧时却出了意外，这全怪她自己。她让水到渠成的事情功亏一篑。

然后自己就变得被动了。

不仅是被动，可能……可能还会发生比被动更不好的事。她想把自己完整地给他，完完整整，不带任何一点儿"瑕疵"。这样想并不是说她现在有多爱他——还谈不上。只是她想让他记住，或者说白了，她不想很快就失去他，她已经没有本钱再失去，因为选择的空间太小了，她已经失去不起了。尽管失去是注定的，可谁说就没有一点儿相反的可能呢？尽管生活里幸与不幸大都比例严重失调，甚至朝两极发展，往往是幸者更幸，不幸者更不幸。但意外总还是有的，就像中彩票一样。一句话，她想抓住他，时间越长越好。所以，她把和他的第一次看得很重要，重要极了。她不仅要让他记住这件事本身，还要让他记住彼时的气味、环境，以及用过的所有物品。床上的一切都应该是干净的，不一定是新，新未必就是干净；周围的一切也要干净，包括空气；还要香，淡淡的青草味或淡淡的紫罗兰花香；身体也绝对要干净，这是必须的；还要有音乐，似有若无，就像角落里弥漫的彩色灯光那样。所以，即使不在店里，也绝不是在这种地方。可是，或许只能在这种地方。

因为她觉得自己已经不完整了。

那束光不知什么时候消失了，重新愈合的黑暗给了她最后的希望和勇气。她没动，在等。他却一直倚在那儿抽烟。她等不下去了，没有信心再等了，她怕他要离开，更怕失去这或许就是唯一的一次机会。她宁可放弃自尊，宁可被动，宁可冒着被他认为是勾引和看不起的危险了。她要抱住他，不仅抱住，还要替他解开每一颗衣服扣子，然后是拉链和拉链里面。她先把右腿拎了上来，再屈起左腿，就在用力支着上身的时候，他扔了烟，倾过身子抱住了她。天啊！她在心里狂叫一声，浑身顿时漾满感激——这么强烈的谢意，从每一处神经末梢，每一只张开的毛孔，像泉水一样汩汩溢出。她抬起胳膊，环住了他的脖子，就像一条无力的垂死的蛇，整个地瘫在他的身上，仿佛处于一种休克状态，很久都没想起来要做什么。

他却开始行动了。

突然，她的小腹一坠，心脏咚地跳了一下，她猛地被激活，几乎喊了出来，就要失声喊出来了——她的好朋友来了！她的像天使一样的好朋友，在这千钧一发之际，竟是不约而至地提前来了！上帝，它救了她。她认为它救了她。

不！她大叫了一声，竟一下子掀翻了他。还没等他反应过来，她就一下子扑过去抱住了他。然后开始吻他，就像暴风骤雨一样，吻他的嘴他的眉他的眼，连鼻子也没放过，一边吻一边替他划上拉链——好不容易才划上了它，又扣上了他的扣子，她焦急万分地对他说，走，我们回去，这就回去！

从朝族馆到出老街那段路，他是背着她走的。吃饭中途，白羽趁去洗手间方便的时候就把单买了，所以走的时候根本就不用和谁打招呼。可店小二还是屁颠儿屁颠儿地跑过来了，跑过来不算，还一直把他俩送出来，然后立在门口就不动了。他这样做一点儿没错，迎来送往是他的天职和本分。错在他脸上挂着的表情。按理，热情一点儿或者冷漠一些，都没关系，可是他眨着一双不大的眼睛看了看王玉梅，又看看白羽，脸上却挂起了另一副——十分困惑又十分奇怪的表情。王玉梅觉得他可能一直就站在包间的门口，是打开灯之后才迅速钻到某个角落里，而那双乌溜溜的小眼睛则一刻都没有离开过包间的门。所以门一开，他就立即跑过来了。他一定是听到了什么，猜到了什么，而且还猜得很坏，所以脸上才会挂上这副表情。她想，白羽也一定感觉出这点了。那么，他会有什么样的反应？是觉得很难为情，很没面子？还是大大咧咧地无所谓？这是一种态度，这种态度在她眼里很重要，重要极了。它说明一个问题，一个涉及到将来和以后至关重要的大问题。她不希求他大大方方，坦坦然然，这样要求太高太过奢侈，他只要马马虎虎随随便便地就好。

白羽跳下地，打开灯的瞬间，先看了一眼自己下身，然后冲她羞涩地一笑，走过来，抱她下地。那副拐杖被他抓起来，并没交给她，而是夹在自己腋下。开门，他说，我背你。然后身子往下一矮。这时那个店小二就跑了过来。她的手扶着门框，还没来得及表态，就见他的背一僵，迅速又直了起来。他把拐杖递到她手里，说，我去叫出租车。

店小二伸出手要扶她，被她一甩头给制止了。白羽背对着她朝老街两边张望了一会儿，回头说，我去那边叫。说完就跑远了。王玉梅一步一步迈下台阶，走进一团树荫当中。这时，白羽突然从不远处一棵大树后面跑出来，往她面前一蹲，两手不容分说抓过拐杖：这儿没车，上来，我背你走。她顿了顿，又顿了顿，然后趴到他背上。

她一趴到他背上，脑子里刚才那些乱七八糟的想法就立刻全都不见了。

有的只是理解、信赖和感激。从心口热热辣辣地涌出来，还夹杂着点儿难受、不平衡、委屈，以及透不过气来的堵。堵得心里发酸，想哭，哭不出来，是哭也不解决问题。解决不了。

午夜的老街静得就像一个飘渺的梦境。街灯全熄了，月光也褪了去。只有点点星光，泻落下来一段一段浮在青石板上。叮，叮——那是她一副拐杖底部铁钉敲打石板的声音，就像两只高跟鞋的铁掌敲打出来的声音一样。那副拐杖交叉着攥在他的手里，它们间隔着，十分不确定地敲打着路面，很涣散，有一搭没一搭的样子。而他的手，仅是手背托着她的两腿，轻轻的、象征性的、浅尝辄止的，这就够了，这就够了吗？她抱紧了他，把脸埋进他的脖领里，然后她闻到的不是香，而是淡淡的腥膻和汗酸味儿。她适应了一会儿，调开鼻子的时候想，一会儿要不要先让他冲个澡？那样会不会冒犯和伤着他？

——现在她是凡事都要考虑到他的感受了。她安慰着自己说，今晚是一个特殊时刻，过了今晚，明天，明天就不是这样了。她依然还是老板，而他不过就是自己手下的一个员工。可是，实际上呢？实际上会怎么样？而且，他会怎么想？事实上明天已经来了，就在不远处的老街尽头，凄迷的灯火中间。

他们做了。

做之前，几乎没有什么过渡和铺垫，甚至连灯都没有开。她没要求他去冲一下或者洗一下，一是时候不早了，最主要的是怕影响他的情绪——她又情不自禁地替他考虑了。还好，床上的一切都是早晨刚刚换好的，洒了淡淡的紫罗兰香水。这么做并不是说她在早晨就已经想到了，或说准备好了，爱干净是她的习惯。其实，即便不是在早上，就是在昨天在很早以前就想好了准备好了又怎么样？事实上说没有过渡和铺垫也是不准确的，因为中间还有一个小过程——

出租车停在芬芳文化用品店门口，白羽对司机说，等一下。然后扶王玉梅下车，看她打开门，什么也没说又钻进车里，然后车就开走了。王玉梅头重脚轻地迈进店门，感觉一下子就像掉进一个深渊一样。她扔了拐杖，就近坐在一把椅子里，一阵头晕目眩之后，困倦就来了。她咬牙振作了一下，想锁好门，去卫生间把好朋友处理一下，然后就睡觉。最好是一觉睡过去，就当什么都没发生，就当做了一个大头梦。她刚伸手摸过一根拐杖，白羽就进来了。我还以为你把门给锁上了呢。他边锁门边说。王玉梅仰起脸，就像看一个梦中人，脑瓜子一下没了反应。

好了，把尾巴甩掉了，他取走她手里的拐杖，说，我抱你。

王玉梅连说一句行或不行的力气都没有了。她感觉小肚一抽，浑身立刻就哆嗦起来，哆嗦得整个人都小了一圈儿。

他伸手抱住她的时候，她感觉自己差不多已经死掉了。

就在经过那个遮挡卧室的货架时，她的一条腿被狠狠地剐了一下，她一激灵，突然清醒了一下。她把嘴贴近他的耳根，就像梦呓，我身上是不是很臭？可是，白羽好像没听见，他用肘弯砰的一声支开门，正好把接下来的那句话给盖住了——我身上臭吗？我想洗洗——然后白羽抬腿跨了进去，把她放到了床上。

停了一下，他迅速把自己脱光，然后站在那儿，不动了。

黑暗被适应了一会儿，渐渐变灰，并透出些许光亮，蛋清一样，又轻又软。窗帘没拉，一些星光跳了进来，他站在那儿，就像一条闪着青光的鱼。她在等，压制着呼吸在等。时间却像一条弹性良好的橡皮筋一样被无限抻长了，并永无终点。他还是不动，就像一个鬼魅，一个主宰一样。她终于耗不下去了，她已经动弹不了，而且身体正像一块发酵的面团，迅速膨胀，仿佛立刻就要从衣服里炸裂开，像菊花一样。在此之前，她必须先把衣扣解开，还好，她的手还听指挥，三下五除二就把它们摆平了，有两粒是活生生地被揪了去，几乎都没经过她的手就迅速崩开，就像从死亡里挣脱出来重获新生一样，叮的一声，白光一闪就不见了。这让她十分气愤，气愤至极，却无从发泄。于是，她几乎又三下五除二地把身上所有累赘剥了去，统统地剥了去。令她奇怪的是，所用时间之短，速度之快——这在平日连想都不可能，确实令人惊奇。她看见他身子一挺，就像中了一颗流弹一样栽了过来，她身子一侧想躲开——事实上却是迎，并反手死死地抱住了他。恨恨地，就像抱住一条漏网之鱼，两只手死死地抠住他的肩胛骨，如同抠住鱼的两腮。然后，她果然感觉到他身子一甩，就像被弄疼的鱼的尾巴，一甩，又使劲一扭，嗓了眼发出呃的一声，她身子一木，即被钉住。然后白羽马上就……他把脸埋进她肩胛上方的枕头里，好半天才从嗓子眼咕哝道，是不是都这样？是不是？好像还没开始……

她感觉心尖儿一剜，立即抬起胳膊紧紧地抱住了他。

果然像他说的，一会儿就好了——如果她不清醒、不敏感，或稍微含糊一点儿，那么根本就分不清前后一二，因为前后是混在一起的，换句话说，两人一直就没分开。这让王玉梅心尖儿一直剜剜着。但这回她却达到了顶峰。

她颠簸起来，就像一艘被卷入激流无人驾驶的船，从一个高度一拧，十分顺畅地抵达漩涡的最深处。抵达的过程不是迅雷不及掩耳，而是非常的缓慢。就像坐进一部垂直下降的电梯，电梯却失灵了，不受控制，是控制不了它了。它正驶向最深最低点，结局已经知道，过程却被延长、放大，无限地延长、放大了。心被揪住，越揪越紧，就要从喉咙里飞出，却一直没有飞出，就热辣辣腥乎乎地卡在那儿。只能眼睁睁地等——欲活不能，欲死也不能，这是多么的被动和毫无指望啊，让人气馁、绝望，连死都不能。不能这样，不能这样下去。她要自救，必须自救。她呼唤舵手，她需要，需要他的驾驶，狠狠地把她和他抛进谷底，越痛快越好，哪怕是摔成一堆粉末。然后她要他带领着从最底部，从脱离死神的那一刹那开始，向峰顶、极限和重新获得的活着发起冲击，一千次一万次。她要与他并肩携手，齐心协力，互相砥砺，彼此鼓舞，如三生修得的手足兄弟，血脉相连的骨肉至亲，像垂死的鱼，溺死的鬼。

她颠簸起来，迎着他颠簸起来。就像两片扣在一起的什么叶子，两股拧在一起的绳。

奇迹出现。船向浪尖冲去。他就像一个伟大的舵手，正带领她一道航行，一路劈波斩浪，绕过暗礁，穿越星云密布，穿越血雨腥风，穿越生生死死穿越千秋万代。现在好了，他们只需一鼓作气，奋力一搏。曙光就在前面，令人心醉，令人狂喜。突然，更大的奇迹出现了，船冲上了浪谷之巅，在坠入另一个深渊之前，在拼尽最后一丝气力停滞的瞬间，她变成了一支离弦之箭，因害怕承受不起跌落造成的巨大落差，或想保持这千载难逢来之不易的高度，而变成了离弦之箭，一只振翅的大鸟。

她看见自己的两条腿一下子灵巧得就跟两只鸟腿一样，脚尖踏着浪尖，踏着浪尖上的泡沫，其实是点，仅仅点几下，甚至还未惊动那些泡沫，就两腿一屈，两脚一团离开了它们，她飞了起来。天啊，她飞了起来！云朵飘飞，清风八面——这不是她想要的，她只想感受和体会两只像鸟一样，随便什么鸟一样的腿。是一条，一条就够了。是的，她感受到了，享受到了，她放任它，恣意地指挥、调遣它，放肆地不计后果地支配和使用它。它一点儿都没让她失望，给予的好远远超过了她的想象。她飞了。

我好不好？他说。

我身上好闻吗？她问。

好闻。

什么味儿？

面包味儿。

她在心里长长地透了一口气。把他的手放在自己的右腿上，说，你掐一下，它好了。

他一愣，说，我好不好？

嗯，你掐一下，它真的好了。

你想要我，一直在想，是吗？

不，是一直在想这件事，不是非得和你。

你是说我不好，对吗？他倾着上身，手托着腮。

不，她伸手抹下他脑门上的汗，说往里点儿，别感冒了。

是你心里还想着什么人，对吗？

没有，我在想我的腿，我刚才看见它好了……

那你说，我好不好？

好，我会对你好……

好像只一眨眼工夫，她就醒了，就像魇着了一样一惊就醒了。透过自己零乱的汗涔涔的头发缝隙，她看到了正在被稀释着的夜色，它们从天边飘来，被后院里的植物破开，冲淡，然后一片片交替着敷在了门玻璃上，宛若一个半青半熟的梦境。她感觉小腹很胀，用手一摸，顿时吓了一跳，竟是光着！怎么光着？有那么一阵儿，她蒙了，又蒙又疑惑，她伸出一只手，向身边探了探，又探了探——这是谁？这个躺在自己床上光溜溜热烘烘的男人是谁？然后她用了好长时间才想清楚，想明白。她把手伸向他，内心随即升起一股暖流。于是侧过身，靠上去，一点儿一点儿地靠上去，轻轻地贴着，贴紧他。突然，他把一条腿横着扔在了她身上，她的心一动，向他伸出手……

还要是吗？他迷迷糊糊地说，等下，我去洗洗。

他拎着一条湿毛巾过来，揿亮床头灯，然后掀开被子——

她看见他一下子就定在那儿，就像一尊泥像，或者一道咒语。怎么会？他两眼发直，梦呓一般嘟嘟哝哝，为什么？怎么会……

后来，王玉梅却觉得自己睡得很好。

其实，那一夜王玉梅只睡了很短的时间，甚至加起来还没有她失眠时睡的时间长。

本来睡的时候就已经是后半夜了。她觉得很累，累极了，却跟平日里被活计弄累的不一样，非常不一样。那种累仅是累本身，是疲累，跟精神不发生联系，若发生大都也是连精神一块儿给弄累了。而现在王玉梅感觉全身骨节发酸，却是酸得熨帖，酸得正好，酸得舒服。就像它们被一一打开，拆解下来，清洗一遍之后又重新组装回去，所有的地方都被重新咬合一遍，正在磨合，并且运行状况十分良好。这是因磨合而产生的美妙反应，慵懒、倦怠、痒痒，之后舒服得让人直想叫，大叫、怪叫——

她眼睁睁看着自己身体一下一下地脱离床面，又飞了起来，毫无阻拦地突破屋顶，不知要飞到多高多远，风垂直向下，所有的景物瞬息万变，倏忽、很短，宛如一个闪念，然后就什么都不知道了……突然，身上的所有毛发又笔直地向上飞去，带着刺耳的哨音，接着地面上所有东西，奇形怪状尖锐突出的东西都迎面扑来，张牙舞爪，迅如闪电。奇怪的是，她一点儿都不觉得紧张，只有放肆、放任和不计后果的快乐和兴奋。因为一种依靠，伸手就能抓到的硬和坚实的依靠。

中间她又醒了一回，还是因为疑惑。

那疑惑来自很深的睡眠中间，就像下意识的一个惊悸，忽悠一下，就醒了。只醒过来一点儿，仿佛仍继续着一个梦境，或停在梦的边缘，一瞬竟不知是身置何处，怎么可能，怎么可能呢？夜色如同起伏的波涛，一切都被淹没了，包括身体、呼吸、表情。感觉一点点儿苏醒过来，现场逐渐变得清晰、具体和真切起来，一种强烈的不真实感，陌生、荒诞，说不出的荒诞。一些自责、内疚、负罪和羞耻感，以及由此带来的惊慌、无措，甚至恐惧，然后，一种清晰的苍茫的温暖和幸福感便涌上来，隐约的，因害怕得而复失所产生的忧戚和幻灭感涌上来，如同一场盛宴之后空寂的疲惫，宿醉醒来无着的落寞——于是，轻轻地挨上去，挨着，就又迷糊了过去。

17 母亲

饭桌上小黄毛趾高气扬的派头突然不见了，眼神变得躲躲闪闪，一副无处安放的样子。即便只有她们三个人。

她竟然变得勤快起来，却总是心手不一，常常帮倒忙。比如做早饭，几十年来，这一直都是老太太雷打不动的功课。不光早饭，而是一日三餐。什么时候见她伸过一把手？现在好了，小黄毛起得比谁都早，她好像就为做早饭这件事而一夜未睡，头发零乱，双眼布满血丝，还挂着一副黑眼圈。她在厨房里煮粥，取米、淘米，包括整个走动的过程又细又轻，几乎不发出任何一点儿多余的声音，连呼吸都是十分节制的。

品种多样的早点和荤素搭配的各式小炝拌菜，是她从早市上买的，花自己的钱——这是破了天荒的。用老太太的话说，是小母猪一下子生出头大象来，出息大发了。她把它们一样样摆上餐桌，然后就坐在那儿煮粥。接着问题就出现了，粥潽到锅外，或粥被煮煳了。而这一切并不是出于技术上的原因，而是她不知道，她坐在离粥锅很近的地方，明明在看着，一眼不眨，却是视而不见！

再比如，有一天洗碗，她一连弄掉了好几只小碟子，它们接二连三地扑向地面，就像猛地炸响一串小鞭炮，是那种叫大地红的小钢炮，又脆又响。其实不小心弄碎几只小碟子十分正常，那些小东西本来就需要常碎常新的，碎了就用笤帚一扫，抽空再买回几只就完了。可她却一下子变得十分慌张，这就令人奇怪了。她以前可绝不是这个样子，就算一把火把这个房子给点了，她都未必。可现在只弄碎了这么几个小东西，她就这么地惊慌，她一下子蹲下去，伸手就搂了一把。她的手被刺中了，她看着她的中指和食指，指肚上就像用铅笔分别画上了两道白印，白印逐渐变青，最先冒出几粒小米一样的血珠，血珠一轮一轮变大，连成一排，在指尖上迅速聚成一颗，就像红玛瑙一样。它们一颗颗摔向地面，声音悦耳，弹性十足。

瓦工许强好多天没来了。

一天早饭，老太太刚夹了一口饭放进嘴里，小黄毛就呕了起来。她像打嗝一样先呃呃了两声，接连又吞了好几口口水，还是没忍住，撂下饭碗就跑了出去。老太太正伸向菜碟的筷子停在了半路，同时连咀嚼都停止了。她的嘴就像一只塞多了杂物而合不拢的箱子，有几颗饭粒率先逃了出来。她顾不上吞咽它们，直着眼珠看着她说，小许咋这么长时间没来？你们俩是不是闹唧唧了？

他回老家了。

小张呢，怎么也没见着他来？

我怎么知道？你问她。

老太太撂下筷子，就像噎着了似的，一边打嗝一边说，不行，我待会儿就去找他。

找也没用。她推开饭碗，冷冷地说。

这天傍晚，老太太和小黄毛就在后院吵了起来。两人一前一后来到后院，老太太走得很快，边走边大口抽烟，直到抽完把烟屁掷到地上，用脚蹂碎，小黄毛才一步一蹭地走过来。老太太四面张望了一下，说，就这块儿背人，趁你姐不在，我有话问你，你必须跟我说实话。小黄毛说，没啥好说的。老太太又点了一支烟，说，下午我找过小张了。小黄毛说，找他干什么。干什么你自己知道，我问你，他说你连嘴都没让他亲过，这是啥意思？

没啥意思，他他妈有口臭。

口臭？

对，口臭，不信你闻闻。

我闻，你让我闻？那是让你给整上火了，谁上火嘴都有味儿，嘴没味儿那还是人吗？好了，我先不跟你说这些，我问你，你是不是有了？

你啥意思？

我问你是不是？

谁的？

说吧，敢作敢当。

说就说！你以为我怕你们呀？我早就受够了，从小时候开始，你就处处偏向着她，什么好事儿都可她先来，连找对象都是；你一见着她就像耗子见了猫，小鬼见着了阎王爷，屁不敢放，大气不敢喘，低三下四，低眉顺眼，你都成她生的了。知道我为啥找不到好对象吗？因为我长成这个样子，那帮该死的男人一见着我这口牙，吓得连亲一口都不敢，都他妈吓出尿来了！是你把我变成这个样子的，我天天吃该死的四环素，因为我天天拉肚子；知道我为啥天天拉肚子吗？因为我天天吃你用一双捡垃圾的手弄出来的脏东西！不吃不行，因为你不给我买奶油饼干，不给我买方便面，你连给我的碗筷都是脏的，跟你一样，臭烘烘的，看一眼恶心半年！

老太太啪地抽了她一个大嘴巴，我让你们恶心，恶心你们还吃？咋就没把你们给饿死！狼心狗肺的东西，我这辈子尽为你们活了，到头来还派我一身不是，你们两个狼崽子！

小黄毛用手摸了一下脸，突然笑了，好，打得好！请问你敢不敢把这些话当着她的面再说一遍？不敢是吧？你只敢对我说是不是？只敢打我往死里欺负我是不是？只敢把一肚子怨气冲我撒是不是？告诉你，我现在不怕你这一套不受你这一套了！你跟谁报辛苦？为谁活？为我还是为她？为你自己，你以为我不知道吗？谁拦着你嫁人了吗？你是嫁不出去，没人肯要你，连一个捡破烂的男人都不肯要你，你怨谁？他嫌你丑！嫌你脏！又丑又脏！洗都洗不干净，扒了皮都白搭！我爸就是受够了你，才整天喝酒，才出的车祸，是你害死了他！

老太太又扬起了巴掌，这回却在半空停住了。停了一会儿，放下，然后朝小黄毛一头撞过去，被小黄毛一推，一屁股就坐在了地上。愣了一下，突然就像一只老鹅似的伸长脖子，声嘶力竭却又有气无力地干号起来。

你省点儿力气，用不着这么虚张声势，我实话告诉你吧，孩子的爹是你给千挑万选的。

老太太一下止住哭，迅速从地上爬起来，你这是啥意思？

没啥意思，你自己寻思去。

我寻思不出来。

那是你心眼偏得太厉害，脑瓜子进水了。小黄毛叉了叉腿，把脸别向一边。

我脑瓜子是进水了，不进水我能混到这步田地？干这份下三烂的活？养活你们到现在还讨个让你们瞧不起？我凭好日子不奔我脑瓜子没进水是咋的了？不进水我当初就该想到这一步，就该听人劝掰开腿嫁人，何苦还要看你们的脸色受你们的气？你们以为我没人要吗？机会多了，实话跟你们说，没一个是捡破烂的，至少也是个废品收购店的老板，有一个还是人民教师呢，人又精神又文明，他定期买我收来的旧书报，给我讲那上面的蹊跷事，乐人事，一讲就是大半天……

算了，我先不跟你说这些，先说说你们的死爹，省得你们一天到晚瞎琢磨。就说那个死鬼咋出的车祸吧，他一天到晚是活不干，酒盅都能捏扁喽，吃我的喝我的不说，到头来还拿我的钱在外面搞女人！那天他跟那骚货正干缺德事儿的时候，被人家老爷们儿给逮个正着，连裤子都没穿就翻窗跳了出去。干吗要跳啊？好汉做好汉当，就挺着顶多是挨一顿饱揍，大不了就再糟俩鳖钱，也不至于把命给搭上啊，他的命难道就那么贱那么不值钱吗……也该他倒霉，跳出去立马撒丫子就跑也就好了，合该是跑家来还是跑哪儿去，都成，跑哪儿也不能把命搭上啊，嫌砢碜？干都干了还怕砢碜？砢碜还有他妈寒碜挡着不是？啥也别说了，活该他倒霉，男人要是好上这口就活该倒霉了……那骚货家里屋本来有两扇窗户，一扇冲着大街，一扇冲着胡同，他要是跳进胡同就好了，那条胡同大晌午基本没人，就几个晒秧儿的老头老太太，而且拐俩弯儿就到家了，怨就怨你们的死爹，他跟那骚货扯，扯就扯了——我睁一只眼闭一只眼就全当没看见，不就为了你们吗？好歹也是个囫囵个儿的家，不能轻易说散就散——可喝他妈的什么酒啊，想借酒助兴整两口就完了呗，别他妈贪杯呀，结果可倒好，跳错了窗户了！他跳到了大街上！那大街哪像胡同啊，大晌午人和车多得就跟蚂蚁泛蛋似的，都连成帮滚成球了，可他还光着屁股呢……他一跳出去肯定是蒙了，不蒙咋连车都不知道躲了呢？就跟个死橛子似的等人撞？咱得讲理，一点儿都不怨人家，人家车本来开得好好的，唰站出来一只光腚猴，毛的乎的一堆你说多吓人？人家还是个未出阁的大姑娘呢，关键是咋躲？人家也是倒霉，嘎嘎新的一辆桑塔纳后尾愣是被撞瘪了，你说这个死鬼多能耐，临了还把一连串小轿子都给整追尾了……能掏丧葬费就不错了，打官司告状也没用，因为根本就不怨人家，人家等于是平地起窟窿。要怨得怨那个骚货，你说她多狠，好端端一个大活人，就在她家窗根底下说没就没了，她却像王八土遁了似的，面儿都没露，要不咋说戏子无义，婊子无情呢，真是一点儿不假。你说我咋能咽了这口气？料理完后事，我抱着骨灰盒就直接住到她家里了！我他妈不走了！打也不走骂也不走。最后愣叫她吐出三千块！我都算了，我这是把死鬼那几年搭她身上的，零钱凑整钱，外加一分利给一块儿收了！不拿，我他妈把骨灰扬到她家饭锅里！

得，不说这些了，一想起这些我就生气、上火、肝疼……按说就凭他对我这样，我就该立马掉头嫁人，何况人又是那么好，知冷知热，一点儿都不嫌恶我干的活儿。你再听听人家是咋说的？他说活儿不分高低贵贱，只要劳动就是光荣的；说掏粪工人时传祥还跟周总理握过手呢；还说羡慕干我这行比他赚的多呢。他老婆得病死了，有个寡妇妈，挺看不起我的。他就劝我别跟她一般见识。其实我也没跟她一般见识，一个老太太能活几年？我是拿她当引子，想把这个头儿给掐断喽。他有俩儿子，就跟一对虎羔子似的，我为你俩担心，你还好说，好胳膊好腿的，你姐咋办？非被他们给欺负死不可。说了不怕你们笑话，我俩都已经相好快一年了，分开比蚂蚁钻心还难受。可那也得断，早晚得断，早断早好。

我明白你肚子里的孩子是谁的。但我告诉你，不行。做到这一步你已经坏良心了，赶紧打住。过两天我领你去医院，就当睡觉走错了屋。你说我偏心眼儿我就偏了，你就是再打我几巴掌我也这么定了！

小黄毛愣怔着，好半天才说道，你定？啥叫你定？我要是不呢？

没有不，否则我只好把他赶走，赶回老家。

小黄毛用鼻子哼了一声，我就是看她成天到晚拉拉着个脸生气，好像全世界的人都欠她似的，她压根儿就没关心过我，像对你一样压根儿就没看起我，我就是想杀杀她的威风，我承认自己长得难看，可我不想从她的眼睛里看出来！我就要看看这些到底是谁说了算，是她还是他？在他妈男人眼里到底是脸蛋值钱还是好胳膊好腿值钱！

够了，到此为止吧，我实话跟你说，啥都白扯，在男人眼里，就钱值钱。

她僵在厕所里，动弹不了。

她睡了一小天。像昏迷一样，把眼皮都睡肿了，脑瓜都睡大了。

实际上，应该是一夜零一小天。可是，那一夜的某一段却成了空白。那一段记忆里面某些具体的情节和内容被吞噬了，就像一勺豆腐脑或者鸡蛋羹，被一张不知是什么样的来自哪里的嘴给一口吃掉了。她的记忆在那一夜发生了断裂，就像一条断流的河一样。这是她二十四岁生命里前所未有的，是第一次。

她欠开沉重的眼皮，第一个本能反应就是，有一件事发生了。一件大事。

令她奇怪的是，她竟一点儿都没感觉到沉重，相反，倒觉得有一种解脱了似的轻松。一件东西被拿走了，一件压得她喘不过气来，早晚都是别人的东西被拿走了。它原是一件宝贝，一拿走就变成了一张破纸。这个变化在她曾经的想象里，重大得几乎能要了她的命，简直与庄严神圣旗鼓相当。而那个过程呢，自然应该动人得不行，因为经过漫长的煎熬和绝望的等待，终于得偿所愿；因为隐秘、新鲜，以及说不出来的那么一种可耻和下流，所以动人得不行。

然而事实却是，这一切成了她记忆中的一个盲点，一个黑洞。它像一口软滑的食物被吃掉了。没有回味，因为根本都没经过咀嚼和吞咽，甚至都没经过嗓子眼和口腔，嗖的一下就进入了食道和胃肠。原来，神圣滑向卑贱竟是如此之快，只需眨眼之间。

她笑了。

心底忽然升出一缕隔世之感。

盛夏两三点钟的太阳就像一汪化了的铁水汪在窗子的右上角，那一块塑钢窗框、玻璃和窗帘布融在了一起，黏糊糊颤巍巍，好像就要掉下来，却一直不肯掉下来。

她百无聊赖地躺在床上，很饿，却不肯起来。开始还有那么一点儿羞耻感，一会儿就变成了自我放任，后来则变成了某种展示和示威——只有我才可以理直气壮地在这间屋子、其他任何地方和他这样。包括在你小黄毛家和你小黄毛床上。她不起来，想这样等他们或其中任何一个进来。最好是小黄毛。她保证不会给她一点儿脸色，她会和颜悦色，甚至和风细雨，去，把他给我叫来，让他给我弄点儿吃的——这后半句，她不说，她不说她就会那么想，往那方面想。一定会是这个效果，一定，她不说，她就会，那么想。不想不行，她用表情引导她想。

好！她脱口叫道。

可不好嘛！老太太抱着一大堆被单床罩进来了，蔫头耷脑地说，好大发劲儿了，把人都给好医院去了。

她把右腿塞进被窝，你什么意思？谁上医院去了？

老太太立在门口，你还问我，你打谁了？

我，她直起脑袋，打谁了？

老太太把东西搭在一把椅子上，一个一个地叠着，背对着她，说要知道这样，昨晚我就不叫他来了，我寻思让你们合计合计结婚的事儿。都怨他拎的那两桶农村小烧，劲儿也忒大了，入口倒挺柔软，可后反劲儿，连我没喝几盅都觉着舌头大了，你一个平常滴酒不沾的人哪受得了哇？可你偏要喝，谁知你是硌着哪根神经了？我还以为喝上二两你就得趴下呢，哪想到整了三两脸还没红呢，还一门儿跟小许碰杯要喝交杯酒呢，把人家小许都给整傻了。看来人说的真没错，酒量这玩意儿还真就不是练出来的，要么天生，要么遗传，随你死爹——老太太背一直，把话头停住。她看着她灰白的后脑勺，心里一动，下面呢？

下面咋地了你不比我清楚哇，还问我——该咋地就咋地呗，早晚都是那么回事儿。

你少给我偷梁换柱玩岔话，我没问你那个，我是问你接下来！

什么这个那个的，接下来接上去都是那么一点儿事儿。

她把声音降下来，我真不记得了……

老太太的背又一直，说那你记不记着把这些东西都塞到脏水盆里了？为啥呀，人惹你东西又没惹你，害得我洗了大半宿不说，可惜了这些东西了，唰唰新都没沾过水呢。

她惊讶得张大了嘴巴。

到啥时都不能拿东西撒气，人有罪，关东西啥事儿？老太太嘟嘟哝哝，东西再脏也脏不过人，这世上就属人脏，连垃圾都比人干净。不信你就试试。

试，试什么？怎么试？

老太太转过身，坐在椅子里，看来你是让酒把脑瓜给整断片儿了，我也有过这时候。当时做啥事儿，为啥做心里一清二楚，第二天一睁眼就啥都忘了。有些过后能捋出来，有些就等于让狗吃了。所以那事儿你不能怨人家小许，完了你又翻脸打人就更不对了。人家又没强迫你，你一个劲儿跟人家喝交杯酒，

146

又拉又扯的，就跟换了个人似的，那眼神儿简直没法说了！把人家倒整得满脸通红，当着我们的面呢。我寻思反正就差去领个证了，根本就没打算拦你们，拦得住吗？小许行，你我可不敢。后来我和小黄毛要出去，你说啥不让，我就让小许扶你回这屋来了。人家把你一扶进去就到院子里站着去了，我们都听见你喊了，你喊他进来，不进来不行，估计他要是不进来，你在屋里都能一把火把房子给点喽。我去推了他好几把他才进来。

然后，我就听见你开始喝令人家，先是要水，要完水又要啤酒，要完啤酒又……后来灯就闭了。我俩出去转了一圈儿，等后半夜回来，我的天，没把我俩给吓死！小许用一条毛巾捂着脑袋在我屋里坐着呢。整条毛巾都红了。缝了十针，就在眉棱骨下边一点点儿，多悬没把眼珠子给造冒了！造冒了我看你后悔不后悔？看你们往后的日子可咋过？一个瘸子再加一个独眼龙那日子可就有的瞧了。没法儿过也得过，也不能把人家给蹬喽，你造成的后果，这个理得讲。

我问小许了，人家真不错，一个不字都没往你身上派，就说自己不好。

……你说这么多废话干什么，我怎么打的他？

完事儿你让人家滚蛋，还不让人家穿衣服，你把它们全塞进了脏水盆，然后开洗。他一拦，你回手就给了一拐杖……

黄昏的太阳又大又红，空气里是发酵的树叶子和花的味道，浓得像布，偶尔一缕小风会像一把小刀一样把它们从中划开，就像打开了人体的某一器官，之后立即又合上。却有一些东西借此溜进来，就跟小虫子似的，一波一波，断断续续，是尘埃和声音。

她坐在院子当中一把藤椅里，目光停在一枚树叶上，一动不动。一切仿佛都是静止的，黄昏、世界。光阴穿越千年，累了，停下了。

一辆出租车停在胡同口，一个中年男人下车，绕过来打开车门，十分小心地搀扶下来一个高耸孕肚的女人。那女人一手抓着男人胳膊，一手托着大肚，踮着脚跟一副不敢迈步的样子。她穿着一件火红的无领无袖连衣裙，宛如黄昏里栖落下来一只要分娩的火烈鸟。什么破地方啊，你非要来，女人说，我热死了。

你看，那儿有水，女人突然朝这边一指，说你扶我过去洗一把脸。

男人朝这边看过来，实际上他一直在朝这边望，只是她没注意，她的目光被女人，被女人的肚子吸引住了。她朝女人浅浅地笑了一下，笑得十分友好。男人犹豫了一下，低着头就像十分专注脚下的路况似的，甚至把大半边身子都隐在了女人的身后，看上去就像一个护花使者一样。女人的脸很白，白得有些漂浮，好似一块发酵得很好的面团，这让她的五官退居到后面，居于一个很次要的，完全可被忽略不计的程度或位置。于是，吊在她脖子上的那个小挂件便一下子突出出来，就像突地一下从她身体里面钻出来的一样。

那是一件桃木人面像，确切地说是半张人面，另半张沿脑门和鼻梁正中生生被削了去，削成一个平面，剩下的那只独眼和半张阔嘴仿佛由于极度的疼，狰狞而绝望地鼓突出来。我的天！她牙关咚地一紧，猛地打了一个寒噤，同时看见一把雪白的小刀正嘶嘶叫着颤颤悠悠迎面劈来。她感觉脑门一痒，那刀刃就凉瓦瓦地切进了自己的皮肤，沿脑门和鼻梁正中嗞地切了进去，然后刀刃一委一别，唰啦一声，那半面脸就被削去、抹平了。她牙齿打颤，被自己的想象吓得脸色发白。

一半是人，一半是鬼。她脑子里忽然冒出这么句话。

白天是人，晚上是鬼；穿上衣服是人，脱了衣服是鬼。她又对自己说道。

这时，男人放下胶皮水管朝她走来。他的目光半明半暗，就像遮蔽在时光深处灰蒙蒙的两盏灯。夕阳在他身后正熊熊燃烧，他宛如一个已经被炭化了的影子，或一缕灰烬，朝她渐渐飘移，却仿佛永远都抵达不了的样子，恍若相隔的两个世界。她望着他，就像合眼打量一个逝去久远的梦境。

你过得怎么样？还好吗？那影子泊在她脑门上方，对她说。

用我进去替你关上水龙头吗？你还是那么能浪费水。那影子又说。

一半是人，一半是鬼。她在心里对自己说。

那时候这儿还是一个小棚子，你天天在里面洗澡，那影子在她面前蹲下来，你看，现在我都老了，头发都没了。

她眉心动了动，事实上她想伸出手，去摸摸他的眼睛和脸，她想就这样闭着眼睛去摸他的眼睛和脸。她想和自己许多个梦靠近。可是，她的手一动没动。一动，梦就碎了。

你好像已经睡着了，听说这片老房子要拆了，特地回来看看。你要结婚了，是吗？他人怎么样？

她眉心又动了动，心里突然有些发酸。一半是梦，一半是垃圾。她对自己说。

对了，她是我第二任妻子，说了不怕你笑话，因为怀了我的小孩又死活不肯做掉，我才离婚又娶了她。女人可真是厉害，她爱你不一定会给你生小孩，恨你却可能会给你生小孩。其实这都是在报复你，没有比这更好的办法了，温柔地杀你，让你一辈子都休想跟她脱了干系，你心里会生出一把抓根草，铲也铲不掉，铲掉也不死。

她睁开眼睛，没有你们，她们能那样吗？

他一愣，关键是不可以把这当目的，更不该当要挟，当条件。

那你们男人的目的是什么？她想，只是玩一玩？女人的目的难道就只有结婚这一个？

因为事先都是讲好了的，只是女人更愿意出尔反尔。刚开始还好，一来二去就把感情扯进来了，一扯进感情事儿就麻烦了，后边跟着的肯定是婚姻。为什么就不能把这两件事分开呢？女人总是想不开。

为什么要分开？男人就一定能吗？

他们没有爱也能快活，只要想，即便是跟自己；而女人，只有跟自己爱的男人才能快活，只有觉得能让自己爱的男人快活时，才会真快活——一本书里就是这么说的，那上面还说，所有男人都是嫖客，却没有女人愿做妓女。另外一点，妓女很容易会爱上嫖客，甚至死心塌地去爱。她想，书上说得真对，即使一来二去，他们都不会把感情扯进去一点儿，不是嫖客是什么？既是嫖客，为什么不去找妓女呢？怕花钱还是怕染病？他们连最起码的都不肯付出，真是连个嫖客都不如。

她重又闭上眼睛。

你看见她脖子上戴的东西了吗？半人半鬼的，是从法藏寺一个一百多岁的老尼姑手里请来的，开了光的，说是专门用来对付我们这些男人的，叫"桃花煞"。据说那个老尼姑前半生情路非常坎坷，后来实在想不开就出家了。她用了比一辈子还长的时间潜心修行，终于得法，特别是在对付和收拾男人方面，一语破天机，招法灵验得很。说起来可能你都不信，自打她从那法藏寺回来，整个就换了一个人；我呢，也像突然一下就什么都看开了。就那么回事儿，什么叫爱，爱到最后都是生活。娶谁都一样，这往后几十年就可她一个人儿了，打死都不折腾了。早知这样，还离他妈的什么婚哪，不如让她也去求一次那老尼姑呢。你看见了吧，她现在一个人在一边转悠得多消停，连影儿都没了。跟以前比，那就是另外一个人。得，说得够多的了，不打扰你了，看看你我就放心了。我去找找她。

等等——她叫住他，并让他说实话，在男人眼里什么最值钱？他说命，完了是钱；然后呢？然后是老婆，孩子；老婆和孩子之间呢？他说孩子。她随即打了一个比方，比方她，加上这房子和另外一个女人比，男人会更愿意娶谁？他想了一下，说那要看对谁；她说如果她再有钱呢？他说那就好办了；她问钱能代替腿吗？他说钱连眼睛都能代替，有钱能使磨推鬼，钱是一个大魔法师；她说可是她没有。他说那就想办法去赚，然后问她，你很爱他是吗？她说不，跟这没关系——她闭上眼，再睁开时，满眼是泪。他顿时就被吓住。她告诉他，其实那一年的那一天，她心里一点儿都不想让他走，她只是心里实在忍不住想哭。现在好了，没事了。

她说，你走吧，以后好好过日子。

你也是。他站在那儿，就像一截木桩。

后来，她看着他的背影开始像糖一样变软、融化，先是化成不规则的几大块，那几大块逐渐变小，逐渐圆融，忽然浓了一下，渐渐地就淡了，稀薄了，开始接近透明，立刻，它们就变得五彩斑斓起来。她满脸是泪，心里却平静、明亮极了。黄昏浓了起来，不知什么时候，月牙儿挂在了树梢上，清亮新鲜得就像一汪刚从眼窝里爬出来的泪水。院子里静悄悄的，只有小虫子们在叽叽叽叽长一声短一声地叫。

她醒来时，身上多了一件带烟草味儿的上衣，辣丝丝的。这是她在买结婚用品时顺便买给他的。当时那个一额头粉刺的女售货员很是狐疑地看着她，那眼神鬼祟得就像两只欲将行窃的小老鼠一样，越过拐杖在她腿上急急切切地瞄了两下，说你真要买这件上衣？给什么人？父亲还是男朋友？她响亮地反驳道，不！是给我丈夫！那时她突然意识到，"丈夫"这俩字是可以给女人撑腰和打气的，同时，还可以给她们以某种程度的威严以至强悍。

她把衣服往身上紧了紧，月影横斜，风有点儿冷。这样的夜晚今生不会再有了。

你打算怎么办？她问。

许强说，我听你的。

你说实话，为什么要这么做？是因为我这条腿吗？

不是，因为你们一个比一个牛，你们其实都瞧不起我。

现在呢，现在你觉得平衡了，赢了，是不是？

不是，我觉得心里更难受了。

怕叫你滚蛋吗？

不是，就是心里难受，想一头撞死。

言重了，不会，打死你都不会。

你还不如一下把我给削死呢，省得不人不鬼的。

是吗？我不想欠谁的命，更不想沾上你的血，让你阴魂不散。

你是说我俩没缓了？

你说呢？

我不知道，我现在就觉得自己不是个人。

都一样。说说，钱和命哪一个对你重要？

……都重要，命是爹妈给的，就一条；有钱，我就不会像今天这样了。

会怎么样？

我不知道，起码不会让人瞧不起吧。

你就这么在乎这些？

是人都在乎。

那好，说说老婆孩子哪一个对你重要？

老婆，没有老婆哪来的孩子，孩子总不能像老婆那样守你一辈子，守你到了。

可现在你老婆孩子都有了。

你这是在骂我。

你太抬举自己了。

我知道连让你骂的资格都没有，是不配。

好了，我再问一遍，钱和命到底哪一个对你更重要？

我不知道你为啥非揪着这个问题不放，既然这么揪着肯定有你的道理。没问题，我会跟你说实话，咋说我们也算好过一场，只要你需要，我啥都会满足你。刚才你问时我没大想好，但我说的是实话，这两样真的都很重要，对你们来说，也许命更重要，因为你们不愁钱，不愁钱的好日子谁不愿意过？所以才惜命，生怕活得短；对穷人来说，命却是个愁人的东西，活得越长越愁人，年轻时还好说，咋地都能挣出一口吃的来，可七老八十啥也干不了了连动弹都动弹不了了咋办？就怕不死啊。说到底，穷人的命就是一样贱东西，有只能给社会添负担，给家庭儿女添罗乱，连自己都不稀罕，所以不怪别人拿来踩着玩儿。你就说像我们这些人，年年不就是在拿一条贱命换钱吗？你说对于我们哪个重要？你俩是都瞧不起我，但你俩还不一样，她的瞧不起是瞎咋呼，玩花架子，在面儿上，一点就破；你的是在心里，所以更伤人……念我俩好过一场，听我一句劝，以后你要是遇上可心的真看上的，必须得把这点给改喽，放下架子和身段，人心都是肉长的，拿真心才能换来真心……

你别看《三国》掉眼泪了，我用不着你跟我说这些，你也配跟我说以后？她把衣服扔给他，回屋说吧。

她问小黄毛，想没想好哪天去医院？小黄毛说，这是我的事儿，你不必操心。她说你不会也想做个单亲妈妈吧？那我就没有办法了。小黄毛说，你随便。你说得轻巧，她抓起拐杖指着小黄毛的鼻尖，说这么不要脸，还这么嘴硬。态度好点儿，或许我还能帮帮你。

别猫哭耗子假慈悲了，你什么时候帮过我？小黄毛突然哭了起来。

也许这回就能……她声音低了下来，说实话，你真的想嫁给他吗？

小黄毛说那又怎么样。

好吧，那我就成全你们。

小黄毛止住哭，老太太瞪大了眼睛，只有许强没什么反应。

但我有条件。

你说。老太太抢先道。

房子我也让给你们，不过不能白住，每月租金五百。贵是贵了点儿，但就这个价，还要一块儿交三年的。屋里的东西呢，也全变现给你们。你们说这么办行吗？

老太太说我看行。

还有，她看着老太太，这老房子的产权我也要一半，就是说等有一天拆迁，拆迁款我要一半。

我的小祖宗，老太太惊呼，你是想让我蹲露天地儿吗？

你不用蹲露天地儿，你上你的楼，你可以把存款拿出来。

我的小祖宗，你是想敲碎我一把老骨头吸我的骨髓油吗？我哪还有存款啦！不都盖房子了吗！

你当然有，这是条件。说句痛快话，行还是不行？不行就别唠了，行，我们马上立字据。

你个狼崽子！

不是我狼，我是被逼无奈。我要是好胳膊好腿，这院子我连一根草棍儿都不动。可现在——我需要钱。等有一天我赚了我会连本带利一块儿还你。她语调很平静，脸上的表情也是，连半点儿哭泣的意思都没有，却在不知不觉间，流了满脸的泪。老太太顿时就慌了，说还？你拿什么还？也许等不到那天我就死了。我要钱干什么？到最后还不都是给你们两个狼崽子，我又不能把它们带进棺材里。

小黄毛说，大不了你掰腿嫁人，找你的人民教师去。我们一分不要，我们又不瘸不拐的，我们自己挣！

好，你们好胳膊好腿的都去嫁人，去生儿育女，她在心里暗暗发恨，我、要、赚、钱！

18　第二天

怎样形容王玉梅这一天的心情呢？很难形容；如果非形容不可，只能用一句又俗又老的话，就是——这一天王玉梅的心情颇不宁静。

她知道，他当时是被吓着了。他定在那儿，就像一条闪着青光的鱼。她想，他是应该被吓一下的，只有这样才能印象深刻，否则不咸不淡算怎么回事？这件事不容易，不论将来怎样；另外就是她确认了他是头一次。通常情况，新手会在经验和技术方面存在诸多不足，但好处是潜力大，可塑性强，同时，也会更勤奋、专注，甚至沉迷。因此，空间和可能性就增大了，是一些想不到和不敢想的好的可能性。这让王玉梅心头不禁掠过一阵暗喜，以至于当时她的脸上还出现了跟年龄、身份、阅历等很不相符的一种表情，有点儿撒娇，有点儿扮媚，还有那么一点儿放浪。她几乎就要抬起一条腿来，是先叉开一下，然后再抬起来，搭在他的肩膀上。这样可以让他更加一目了然，让他手里的那条湿毛巾派上更多用场。这个想法当时是那么强烈地鼓舞和煽动着她，却硬是让她给制止和平息住了。还不到时候，她对自己说，会吓着他，会让他想到一边儿去。说白了，会让他觉得自己是一个不正经的女人。

但她并不甘心——撒撒娇扮扮媚总还可以吧？用眼神、表情和幅度适中的肢体。这是对对方的肯定、尊重和褒扬。想想，女人若是在那种时候板着脸做一本正经状，那将会多么地大煞风景和令人扫兴。简直是可恶和可恶之极。这样一想，她不但侧脸拿眼珠开始剜他，还象征性地扯了一下他掀开的被子。同时身体就像怕光和怕冷的蛇一样，扭了几下，扭到了一边。于是，身体下面的那块地方就像慢慢平移过来的一个特写镜头，一寸一寸地呈现出来。

他果然被吓住，吓坏了。怎么会这样呢？在王玉梅的想法里，他是要被吓一下的，然后呢，应该是千般爱抚，万般柔情，更加心疼和怜惜她，也许还会让他再次付诸行动，会的，一定会，挡都挡不住。可实际情况却是，他被吓住，一切都因此而中止了。这可是王玉梅所没想到的。有一刻，她几乎就要张嘴把真相说出来了，说出来主要是想让自己轻松——她不想在今后背负这样一个十字架，很卑鄙的。吓他一下就够了，怎么可以这么欺骗人呢？若是对一个身经百战的男人便也罢了，而他还是一个从未历练过的男孩子。她张嘴了……一时却不知道怎么说。他却说了，竟两眼发直，像说梦话似的直嘟哝，为什么？怎么会？这就有点儿羞辱人了，是笑话她是一个老处女吗？关键是为什么会吓成那样？他认为老处女跟小处女一样难缠，还是更难缠？结果只能说明一个问题，他怕被她缠住，他不想让她缠住。换句话说，他也不是认真的，也只是想玩一玩。

看来男人不分老小，都是一样的。尤其是在对待她的态度上。于是，她闭了嘴，心说，随他的便吧，随他妈的他们的便吧。只要自己也不当真就好。可他既不躺下，也不离开，一手拎着被子，一手拎着毛巾，就像中了邪一样，站在那儿。她感觉突然一下子就困了，而且是有点儿烦。于是她扯过被子，侧过身去。

睡吧，没什么大不了的，要么每个月也有这么一回。

他眨巴了一会儿眼睛，你睡吧，我去把床单洗了。

她睁开眼睛的时候，身边已经空了。

尽管如此，王玉梅在这一天精神还是很不错，甚至可以说是相当不错。这很奇怪，以往，那些平静如水的日子，精神呢，也跟着一块儿像被打蔫了的树叶子；现在呢，心情已经很不平静甚至相当不平静了，而精神反倒像被浇了水施了肥的花，竟一片一片鲜亮和水灵起来。

其实，从睁开眼睛的那一刻起，她的心就开始七上八下。她先是盯着一半搭在老板桌上，另一半搭在转椅上的床单发愣，看上去那儿就像支了个帐篷似的，而且还好像被里面的人给折腾得半塌不塌的样子。愣了一会儿，她突然抓起拐杖把它们给挑了过来。果然是半湿不干的。这时她心口先禁不住咚咚地跳了起来，天已经亮了，她又把床头灯打开，看，上面很干净，里外都很干净，还飘着湿乎乎的洗衣粉的香味儿。她蒙了——他是什么时候，怎样把它们从她身下换掉的？自己怎么连一点儿印象都没有？她闭了一会儿眼睛，再睁开时，突然在那上面发现了一根毛发，又粗又黑、弯弯曲曲的一根毛发。她心里一惊，手下意识地跟着一抖，使劲一抖，它却趴在那儿纹丝不动，就跟长上去的一样。她伸手飞快地捉住了它，却怎么也揪不下来，滑腻腻的，就像叮在那儿的一条水蛭。是他的，她心里这样一想，指尖立即跟着一痒，就像被那东西叮了一口似的，一下子缩回来，再也不敢去碰它。只迅速地一团，把它包裹在里面，却眼看着那东西在里面活了起来，一撅一撅，越来越大，就要一下子跳了出来。她在心里忽然发出一声长叹，一声半是无奈半是思念的长叹，然后抓过它们，塞到身旁。

他是什么时候离开的？去哪儿了？会不会一走从此再也不回？

她不愿再想下去了。决定起床，并开始收拾。

一切收拾停当，环视一遍屋子，她忽然又生出了一丝惆怅和恍惚之感——这还是昨晚以前的那间屋子吗？一切都好像不一样了，已经不一样了。这时，她的心又慢慢升起一缕沧桑和苍凉来，就像午夜的月光和月光下静默的流水。心里有点儿发酸，淡淡的，抽丝剥茧一般，一缕又一缕，长得无边无际，看不到终点和尽头。再躺一会儿，再躺一会儿就会好些。这样想的时候，她已经佝偻着身子歪在了床上。于是，另外一种感觉倏然之间又悄悄降临。

那是一种怎样的感觉啊，它从心底，从刚才那一缕缕苍凉下面，从它们的尽头，缓慢而沉重地浮上来。一种隐隐的期待隐隐的羞耻，隐隐的快慰和隐隐的甜蜜。那么绝对，那么私人，那么的不可言说和无法言说，它们是感觉的源头和终极，感觉的至高无上，感觉的母亲。

她觉得有一些像汗一样的东西从身体的某一处分泌出来，

然后又像汗一样丝丝蔓延。这让她的身体发生了反应，仿佛某一根神经被接到了电源上，电伏不高不低，正是让人受用的那种。酥的一下，心一聚，身子渐渐开始发热，脸也跟着一块儿发热，脑子却没有，脑子被击了一下，活了。那么厉害——一瞬间，思绪和思绪想法和想法缤纷而至，竞相沓来，一部分被挤落在地，另一部分倏然升空。让人来不及弄清所以，它们便一闪即灭了。就像炸裂的烟花，盛放的烟花，繁花似锦，次第簇拥，留下的不过是倏然一现的瞬间和碎片。

——他现在想我吗，他像犁地一样弓着的上身，他再回来看我的第一个眼神，他一额头的汗水，他脸会红吗，像个老手，他再要时会怎么说，他可真下流，我不主动说，下流，我主动说还是不说，还会再有吗，回来回来回来，回来了，不回来了……

她身体里不断地涌出一股股热流，它们就像波浪一样拍打着她，让她的呼吸变得此起彼伏，到后来就连身体也差不多跟着一块儿此起彼伏了。这一刻，王玉梅感觉自己变成了一条船，仿佛随时可以扔了手里那两支该死的家伙，颠起来。就像小船扔了双桨，在绸缎般的碧波里任意颠簸荡漾着一样。

多么的好。

从床上再起来时，她变得容光焕发。

小艳像小妖一样咯噔咯噔踩着碎步迈进店门。她在货架拐弯处突然一停，迅速紧起鼻子嘟噜起小嘴，然后大惊小怪地叫道，哎呀！什么味儿呀？

王玉梅一惊，说什么味儿？小艳又走近两步，在门旁站定，紧紧着鼻子朝她翻棱着眼珠，你真的没闻到呀？王玉梅看了她两眼，把脸转向窗外，不去理会。

垃圾！小艳突然说道，垃圾和臭男人味儿！

王玉梅感觉耳朵嗡地叫了一声，就像有什么东西在里面炸裂了，她感觉半边脑瓜一木，就没了，被炸掉了。

干吗一大早就开窗户呀，那边新放了两个大垃圾箱，好几个老太太起早在那儿翻呢，还有工地上那帮臭男人总在那儿解手。说完小艳就咯噔咯噔地走了。

回来！王玉梅冲她的背影突然喊了一声，去，把窗户关了。

小艳停住，转过身之前，冲着白羽的办公桌狠狠地做了一个大鬼脸。

还有，王玉梅说，把椅子给我搬出去，今儿我不坐这屋了。

她冲疑惑着的小艳笑了一下，说，你不是说这屋里有味儿吗。

小艳把那把转椅往白羽办公桌对面咚地一放，眼珠子在眼眶里转了一圈儿，然后做出一副大大咧咧的样了，说任务完成啦！还没到点儿呢，我出去吃一口饭行吗？不等王玉梅回答，就像一股小旋风一样飘出了店门。

有人"啊唷"了一声，吓了王玉梅一跳，抬头看，是旁边葵花小学退休多年的老王老师，一个当年的上海知青。她迈进门来又一连啊唷了好几声。啊唷，她说，这个小妖精，这一大早急赤火燎地是去干啥呀？比找汉子还急，好悬没把我给撞倒喽。啊唷，她又说，昨晚你干吗去啦？那么早就闭了店，害得我白跑一趟。喏，就要那串小毛猴，孙子昨晚点名要的，没买着害得我奶奶好悬都没做成，闹腾我大半宿，还直嚷嚷要认楼下收破烂的老太太做奶奶，啧啧，这可怎么得了。

王玉梅的手一顿，笑容立刻在脸上凝住了。本来她想说给

162

她打折，可她的话密不透风，她插不进嘴去。也好，现在她不准备给她打折了，至于抹不抹零头看情况再说。她又恢复了笑容，说，收破烂的老太太做奶奶有什么不可以的呀？啊唷，那可不得了，绝对不得了，我做教育这行一辈子，这方面经验还是蛮大的噢，家长可是孩子的第一任老师，不承认家教怎么能行？龙王爷的儿子会凫水，熊瞎子的儿子顶多就能学会个打立正。再说白点儿，守着什么人学什么人，孩子就是一张白纸，能在那上面画第一笔的可绝对不是老师，要不咋说给儿娶媳妇得先看丈母娘呢。啊唷，看我都跟你说些啥嘛，不说了，不说了，多少钱？听了价钱，她啧啧了两声，既不还价也不掏钱，却紧盯着王玉梅看，喏，她说，你去照照镜子。

王玉梅顿时被吓了一下。

啊唷，我说嘛咋一迈门槛就觉着这屋子亮堂了呢，原来是你人亮堂了，瞧，跟前两天那么一比，简直就是换了个人儿，水灵得整个人都放出光来了！对了，那个小伙子呢？今儿咋没来？王玉梅又一惊。吃了，准是吃了，这你可瞒不过我老太太。我跟你说噢，啥都不如那个补，都赶上仙丹了，人蔫巴了一下子就能给补精神喽，连丑人都能给补俊喽。这回服气了吧？不嫌恶心了吧？

这回王玉梅可是被彻底吓住了。她在心里骂了一句老妖精，想，真是人老奸马老滑，怎么都赶上火眼金睛的孙悟空了？赶紧让她走，宁可把东西白送她了。于是她强作笑脸，说您要是诚心，就五折吧。对方立刻抓过花猴，付了钱。

啊唷，我跟你说，为了这串小毛猴，昨晚我差不多把嘴皮子都磨破喽，咋商量小祖宗都不干，没办法，都好十点了，我就又跑你这一趟，你猜，我碰见谁了——她压低声音，又朝门口看了两眼，示意王玉梅把耳朵挨她近一点儿——就刚才那小妖精，她坐在老柳树底下一口接一口地抽烟呢。我寻思这下可好了，就不用折腾你了，让她开门卖我一个不就完了，哪想到竟碰了一鼻子的灰，她先说不管，让我找你找白……哦对，白羽，就是那个小伙子吧？我问上哪找去呀？你听她怎么说，她说上马克思那儿找去！哎呀呀，你听这是什么话？这不是在咒人吗？这可怎么得了，年纪轻轻红口白牙的，我得批评她几句，这也是为她好，我得让她明白做人的道理，做人的道理是什么？就是要厚道，怎么能随随便便咒人呢？别说是自己的老板了，就是毫无瓜葛的两姓旁人那也是不行的噢。再说，这要是遇上别的老板那还不得被炒鱿鱼？

可是，还没等我开口，她立马就变卦了，说是挺同情我一个老太太的，为个针鼻儿大的东西这么地前仆后继，还就可一个地儿，比铁粉还铁粉，简直就是一根超级巨无霸宽粉，伤这样顾客的心那简直就是犯罪呀！唔，这都说些啥嘛，我估摸着也不是啥好话，倒还能让人接受喽，说完她嗖的一下弹飞手里的烟屁，过来贴住我的脑门冲我翻棱眼珠子，说，要不找一把铁榔头，咱把店给砸喽？啊唷，吓了我一大跳。我问为啥呀？她叹了一口长气，说因为她不是这儿的，因为她也是铁杆宽粉。瞧瞧，这都是些什么话？多亏我当过老师记性好，要不就像跟你说梦话似的。她一口咬定说不是这店里的，打死我都不信，我又没老糊涂，还能认错人？真是活见了鬼喽。

啊唷，你看我又说哪儿去了，得了，家去喽。走了一截，她又停住，回头冲呆愣着的王玉梅突然说道，我是认错人了，肯定是，连我儿子都说我最近总认错人，老喽！对了，忘问你了，你这是吃第几个啦？

什么第几个？

啊晴，瞧你这记性，她用手比量了一个圆儿，就我以前给你出的方子，别忘了再放点儿当归和黄芪，效果就更好喽。

方子？什么方子？

胎盘呗！

王玉梅一下子又恍惚起来。她看着老太太离去的背影，突然发现，她走路不是用脚——既不用脚尖也不用脚跟，而是脚不沾地地飘，就像一个纸剪的假人，或者就是一张纸。她感觉脊梁骨一阵发冷，有一股小凉风像针一样从脚心穿进去，然后直贯头顶，唰的一下，浑身的汗毛孔就炸开了，汗毛、头发都竖起来。屋子里的光线不知什么时候暗了下去，就像午夜一样。

小艳——

小华——

白羽——

白羽真的就来了！他就像个梦中人一样来到她身边，扶住她，把她扶到他的椅子里。你怎么了？他焦急地问。是你吗？白羽，是你吗？她望着他，感觉就像在梦里，一遍遍大声呼喊着这些话，却一个字也喊不出来，或者，即便喊出来了，也是没有声音的。声音被消去了。可是，她却看见白羽一下子慌了起来，别喊，他说，你别喊了，是我，我在这儿呢……我去给你倒一杯水去。水来了，她抓住杯子，就像一下子抓住了一件救命的什么东西一样。杯子很烫，却被她抓得紧紧的，她不松手，也不把它放到桌子上，她需要被烫的感觉，仿佛只有这样才能让她辨识出自己究竟是在梦里还是现实中。啪的一声，杯子碎在地上。她看着自己的手，突然笑了。

好了，没事了，她看了白羽一眼，说，我刚才喊你了吗？

不光喊我，还喊了小艳和小华。

哦——王玉梅一副大梦初醒，如释重负，却又若有所思的样子——我刚才好像做了个梦。

是吗，梦见什么了？

记不清了，好像梦见一个老太太，王玉梅闭上眼睛说，我从来都记不住自己的梦，一睁开眼睛就全忘了。

可是，你没——白羽看着她，把话又打住。

没什么？你是说我没睡觉，在做白日梦？

我不是这个意思。

你刚才在哪儿？在门口跟她俩说话？算了，招呼她俩进来，马上就来人了。

没等白羽出去，小艳和小华就一块儿进来了。

王玉梅说，白羽，你扶我回屋，我想躺一会儿。

她看见他立刻又慌了起来，而且在用眼神告诉她，这屋里还有别人呢。王玉梅却越发坚定起来。其实，她并不是一定要用他扶，自己又不是不能站和不能走，她只是想看看他的反应，他在人前的态度和反应。她想他完全可以平平常常地走过来，那样，都用不着他伸手，她自己就会站起来，她都已经伸手去抓拐杖了。可是，他竟然这么紧张，因为有小艳和小华，她们在看。他怕被她们看，他在乎被她们看，如何看！王玉梅去抓拐杖的手停住了，她的目光变得坚定起来，她一面用正眼看着白羽，一面用眼角扫着小艳，果然，小艳在朝这边看。王玉梅说，你过来，扶我回屋，我要躺一会儿。

白羽神色复杂地走过来，刚一伸手，王玉梅抓起拐杖，一点，自己就起来了。算了，她说，我自己来！

白羽说，对了，家里有点儿事，我得回去一趟。

什么时候？

下班以后。

下班以后的事儿你不用跟我说。

我是说还有明天后天，大概得三五天吧。

王玉梅定眼看着他。

你可以按天扣我工资。白羽拧了下嘴角，转身走了。

19　白羽

　　白羽离开芬芳文化用品店时，天还没亮。他在漆黑的大街上茫然地站着，一连抽了三支烟，才慢慢想起来要去的地方，是呀，怎么能没有地方去呢？这样一想，他感觉浑身似乎轻松了起来。于是，扔了烟头迈开大步，朝着城南取柴河方向走去。当他在水边一棵老榆树底下坐下来时，天已经开始麻麻亮了。

　　黎明时分的取柴河，被一团又一团蓝灰色的雾气涌满，看不见水皮。那雾不时地被风捎过来一缕，立即像蛛网一样展开，然后随便地往他脑门和裸露的肩膀上一搭。他还没有彻底地从那个过程里走出来，身体还在烫着，紧绷着。那些蛛网似的雾帘搭上来，一聚，立刻就凝成水珠变成热气。有一阵，他觉得自己的心被这些雾气给塞满或裹住；又有一阵，则变得像出汗一样湿淋淋的。

　　这是自己必然要经历的一件事，它总要发生的。这样那样，好或不好。就好比吃饭和走路，总得吃第一口，走第一步，没有什么大不了的。可是，是这样吗？它并不只关乎自己呀，它已经涉及到，很深地涉及到了另一个人——一个正经人，一个与自己眼下及今后许多事要发生联系的正经人。而且还不是结束，因为涉及以后的许多事才刚开始。可这件事却气势汹汹横冲直撞地插进来了，所有的开头都要为它让路，它就像是一个前提，结束它就意味着结束一切，是这样吗？看来，问题有点儿严重了。

然而话说回来，如果她不是一个正经人，这件事会发生吗？有那么多不正经的地方，很方便的，可自己没去；再则，如果不因为以后的许多事，这件事会发生吗？白羽拿不准。他心里的真实想法是，要等等看。等什么？看什么？他一下子说不清。但现在，他给自己的回答和解释是，至少，不应该这么快。的确是快了一些。可是，不快该要多久？到什么时候？

这个清晨，白羽思虑重重，有些迷茫，有点儿忧伤，还有一丝隐隐约约的不对头。然后竟又渐渐泛起一种朦朦胧胧、不明所以的期待……他突然为自己感到失望，仿佛那个熟稔于心相知日久的自己正在一步步离开，远去，剩下的这个自己突然变得复杂和奇怪起来，且让他讨厌，十分地讨厌。他隐隐约约感觉到自己与以往不一样了，这个清晨与以往不一样了，他来这里，不是晨练，不是看风景，而是与什么告别，与以往的什么告别。不同的是，这一次不像曾经告别中学校园，告别军营那样仓促和突然。

应该说多少是有一些准备的，多少是已经想到的，所以，应该是平静的。白羽想，自己应该平静，不要再想了。

他性格中，本来就没有那种瞻前顾后、思虑重重的东西，他原本也不是一个在某件事上颠来倒去打磨磨的人。相反，凡事他都能看得很开。实在不行，就先打包扔到一边。这时，他喜欢那些能把人弄得大汗淋漓、筋疲力竭的运动，像踢足球、打沙袋、速跑、剧烈的俯卧撑、飞快地举哑铃等。

除此之外，白羽最喜欢的就是安静，一个人的那种安静。比如，以前他会经常光顾这样一些地方，取柴河边，净月的山坡，以及他家的菜地。不包括公园，白羽不喜欢公园。在这些地方，白羽能一气待上一小天。你千万别以为他在这些地方，垂钓啊徒步啊或给菜地锄草施肥什么的，他什么也不干，手里拎一瓶可乐，眯着细长的眼睛，向一侧翘着下巴，然后慢悠悠地抽烟；你也别以为他在想什么，他什么也不想，脑瓜轻得就像一片云或一缕雾。尽管有时候，他会把目光落下去，盯着一处水面，一朵浪花，一个漩涡，一块草地，一棵草，一朵小花，一嘟噜黄瓜或一串辣椒，像想什么一样出神得很。

还有一种方式也是白羽喜欢的，就是夜幕降临以后，一个人出去喝酒。喝酒的地方当然不止他一人，有时还会人很多，这有点儿闹中取静的意思——有时，如果孤零零地把我们撂在没人的地方，反倒无法安静下来，心会发毛。就像有句话说的，在人堆里的孤独才是真孤独；同样，在人堆里的安静才是真安静，比如这样一些地方，步行街、农贸市场、商店、澡堂或者饭馆，你既可以来寻孤独也可以来找安静。前面那些，白羽一年也去不了几回，白羽最常光顾的是澡堂和饭馆——一些小馆子。

夏季的傍晚，暑气像光阴一样一片片散去，风是绿的，阵阵拂来，里面满是好闻的树叶子味道。白羽从不同的住处出发，有时乘公交车，有时步行。这时候，他习惯穿一条迷彩短裤，一件迷彩背心，和一双千层底布鞋。这种装束让他看上去更加健壮和英气逼人，就像早晨八九点钟的太阳一样充满希望。是的，那时白羽虽然不知道具体的希望是什么，但他知道它们在，在前面某些未知的地方，或即将展开的日子里。他的眼神依然迷离，脚步却坚定有力，两只胳膊一甩一甩，摆幅很大。

他要去老街——

老街大都是通宵营业的小馆子，店面局促，桌椅简陋，连灯光似乎都是半青不黄的，且一过晚上十点，食客就稀疏起来。可这正是白羽喜欢的一个人喝酒的好感觉。酒意阑珊，如诗如画。生活也跟着如诗如画起来。

在白羽看来，这样的地方应该开一些当铺、钟表行、首饰店或书屋什么的，就是开几家铁匠铺也可以。可偏偏开了一些馆子，开馆子也罢，若像起初只经营一些吊炉饼、小笼包、砂锅馄饨和热汤面什么的也不错。但现在不是，现在这里大部分店主都干起了烧烤。一进老街，老远就能感到沙粒般扑面而来的烟气，和打鼻子的烤肉的奇香。白羽一方面为这些生意破坏了他心中对老街的期待深感忧虑，一方面又很是享受在这种环境下吃烧烤的感觉。白羽常常为此纠结。

另外还有老街旮旯胡同里的那些散摊儿，不光静，而且是别有一番滋味呢。因为是跟店主们抢生意，所以常有一些出其不意的好东西，比如牛、羊、狗身上要命的那个玩意儿，偶尔运气好还会碰上鹿的。这玩意儿是分开来叫的——分别叫"鞭"和"蛋"，吃了据说很管用的。白羽不要。白羽一直等到摊主嘴丫冒白沫地说完，才笑一下说，留着给别人吧，我吃白瞎了。

摊主就说，扯，谁吃都不白瞎，补要趁早，等用时就不赶趟了，不信到时候你就试试！

白羽只要几样小海鱼和小杂碎。这些散摊儿都是流动性质，给人很是神出鬼没的感觉，可以说是烧烤游击队。他们本身不掌灯，甚至离街灯都远远的，黑暗中几个比黑暗更黑的影子，影子与影子中间，一闪一闪地透着炭火的红。香味儿却老远就能闻到，只不过粗枝大叶的人是区分不出其中奥妙的。白羽能。一般人往往也不大容易发现他们，工商和城管的人却能，且既准又狠。有几回，白羽捏着酒瓶，在等的间隙，正盯着某个虚无的暗处出神，呼啦一下子，烤串老太太拎上装串的泡沫箱子，端着烤炉就跑了。烤炉上的烤串还嗞嗞啦啦地冒烟呢。白羽盯着那老太太消失在黑暗里的背影，吃惊极了。他想，一个满脸褶子，坐在小木墩上就像快要散架的人，逃跑的速度怎么会这样快？等他回过神来，才发现那是一辆警车，停在一家洗脚房门口。老太太估计错了。白羽一手拎着酒瓶，一手拎着小木墩，一边招呼一边也朝黑暗跑去。有段时间，白羽的耳朵和眼睛在黑夜里变得特别灵敏，他成了他们的义务观察员。

白羽还给这些摊主挑了几处更加隐蔽的地方，主要是车辆不愿、不想和不能光顾的地方，比如老街末尾铁路桥下面的一片杨树林。很快，那片杨树林就成了这些散摊儿们的集散地。一闪一闪的炭火，蓝瓦瓦的烟，影影绰绰的人影。没有月亮的午夜，远看上去，鬼森森的还挺吓人。白羽看着却舒服，酒喝得也格外的爽。仿佛有一种力量在激励和鼓舞着他，让他觉得自己一下子变得自信和强大起来……因为这些说不清道不明的原因，有几回他都喝高了。

高中二年级，因为一块砖头，白羽被学校开除。那块砖头是从围墙上随便弄下来的，却目的性很强地拍在了一个人的脸上，这个人是体育老师，手大脚大浑身哪儿都大，尤其是鼻子，就像个大喇叭似的。不知道为什么，白羽就是看他不顺眼，其实不顺眼完全可以不看，一周才上一节体育课，睁一只眼闭一只眼就轻轻松松过去了。可偏偏是，越看着心烦越是盯着看，看也罢了，还紧紧着鼻子一副找茬儿挑衅的神态，还背地里琢磨研究人家。听说这家伙那方面特本事，害得不止一个女老师以身相许发癔症。可他却掉过头来，改弦易辙，有点儿要对女学生下手的意思。上"鞍马"课，那些一跑到鞍马前就被吓住的女生，往往真就像骑马一样骑在上面，这时恭候一旁的体育老师百分之一百地要出手，掐住女生的小腰窝。掐住了，往前推波助澜一下也就可以了，还往上提，这是什么意思？往上是什么地方？而且，不光是对这些半途而废的女生如此，就连那些唰唰跳过去的，他也会瞄准时机，然后以闪电般的速度上去，伸手就摸上一把。更气人的是他的大喇叭还配合着一喷一张，一翕一合，里面几根又粗又硬的黑毛往外一伸一伸。白羽眯着眼睛，向一边翘着下巴，瞄他，一直瞄，就像瞄准儿一样。体育老师终于注意到了，他刚掐住一个欲知难而退的女生的小腰，手还没有动作，嘴巴却发出了声音，停！他说，白羽，你过来，演习一遍！白羽没动。他又重复了一遍，白羽还没动。他松开女生的小腰，说白羽你什么意思？白羽说没意思，我在看你鼻子。鼻子？我鼻子怎么啦？

长得有点邪门儿，收拾一下就好了。

173

几天后，就出了这事儿。实际上，那天白羽就是说说，就是想气他一把，碜碜他一回，并没打算真要收拾他的鼻子。鼻子长在他脸上，像蒜头还是像喇叭，邪不邪门儿跟他没有关系，那些女生跟他也没一点儿关系，他一个也没看上她们。然而问题就是这么奇怪，白羽就是看他和他的鼻子别扭，心烦。这天晚自习，白羽和体育老师在学校围墙边的公共厕所里突然相遇。而在此前，这种情况从未发生。老师和学生的厕所就像学校的办公楼和教学楼一样，是分开的，井水不犯河水，倒是有一些学生专爱舍近求远地跑到老师厕所里方便，尤其是高三女生，据说那儿相对干净点儿，为此那个厕所外墙还专门贴过几回公告呢。白羽也从没见过哪位老师往学生厕所里钻，偏偏又是体育老师。这很奇怪，可能是内急吧，白羽愣了一下，想。可体育老师并不像内急的样子，他边慢悠悠小解，边斜眼打量他。白羽看了他一眼，想调头走开，一想不对，该走开的应该是他。他终于完了，却不走，也不把东西装回去，而是斜眼看他，并一下一下地抖擞着手里的东西。白羽厌恶地清了一下嗓子。体育老师说白羽，你嗓子有毛病吗？白羽说没有，我在看你鼻子，确实像——

像什么？他稍侧了一下身子，手又一抖说。

像什么你不知道？出来时，白羽一眼就看见从围墙上支棱出来的那块砖头。那块砖头很奇怪，不是红的，竟黑乎乎的，这样一块难看的破砖头要是老老实实地待在里面也就完了，竟还炫耀地支棱出来，这就有点儿欠收拾了。白羽上去就是一脚，没下来，翘棱起来；又一脚，没多大变化；白羽铆足了劲儿，一脚上去，它下来了，却把那只刚上脚的新皮鞋前尖给啃

174

下来一大块皮子。白羽把这只鞋抵在灯光下，看了半天，扭过脸又盯着地上那块砖头看了半天，啐一口唾沫，弯腰一把抓在手里……

这年秋天白羽当兵去了。第二年夏天就被遣返回来。

白羽人长得精神，遇事不是多会迎合，只是不发表议论，不过多表态，好坏只做到心里有数，而且人不懒，愿意帮助别人。这些自然素质让白羽在年轻气盛、不谙世故的新兵中间，立即变得突出起来。师长相中了他。新兵集训一结束，白羽就被调到师部当勤务员——给师长端茶送水，服侍日常起居。这把白羽那些老乡一个个都羡慕得不行。年轻嘛，明知尽是些拍马屁的话，听了也受用，听多了也禁不住飘飘然；豪气的话呢，也会跟着说出几句。于是事儿就来了。

白羽先是带一个最要好的老乡到师长家，看师长家里的那种录像带。不久，这个老乡又带一个最要好的战友来师长家看那种录像带。白羽不看，白羽坐在师长家门口的水泥台阶上望风。一天，老乡和老乡战友硬拉着白羽去一家馆子以表感谢，那是白羽第一次喝酒。席间，饭馆老板娘过来敬酒，老乡和老乡战友借机又高抬了一把他，那老板娘就挨着白羽坐下来，并一连敬了他三杯。事后，白羽都不记得是怎么回去的，他只记着自己坐在师长家门口的水泥台阶上，浑身轻得就像要飘起来，必须用很大的力气才能让自己的屁股着地。那个下午，白羽大部分时间都用来做这一件事——让屁股着地。盛夏午后白花花的阳光烟一样在他眼前飞掠，一缕又一缕。他双眼迷离，意识停止。后来，他只闻到一种气味，一种越来越浓的气味——多年后，白羽依然记得——那是城市所有树木的叶子一齐在太阳底下打卷儿、变焦，蒸腾起的气味。白羽在这种气味里恹恹欲睡，后来，就真的睡着了。他把屋里的两男一女给干干净净地忘到脑后去了。师长提前一天出完公差回来，在他身边站住，慈爱地看了一会儿，还拍了他两下，他也没醒。然后师长就进屋去了，师长被屋里的情形给吓住了。

一周后，白羽、老乡和老乡战友就都回家了。实际上，白羽可以不回家，再回新兵连，如果再跟师长好好求求饶，继续留在他身边也不是不可能，可白羽张不开口。当盛怒下的师长揪着他的耳朵进屋，他还如在梦中，而那场景，则让他刻骨铭心地记住了两个词——羞耻和无地自容。

师长吼的那声"滚"！可能并不包括白羽，但白羽当晚就坐火车滚了，连牙具和他最喜爱的黄军挎都没拿，它们在师长家里。他先于那两男一女冲出屋子，在这个本打算开启未来新生活的城市，双腿发软地转了一下午，却没能再回师长家，就因为那两个词。

在火车上，他流了很多眼泪。

后来，白羽就像变了一个人，外人是看不到的，只有他自己知道。偶尔再想起失学原因，想起那个体育老师，他觉得自己真是挺可笑的。之后几年，白羽在饭店当过跑堂，挨过老板的拳头；做过改刀，给主灶师傅端茶递烟打洗脚水倒洗脚水，洗工作服洗衬衣洗袜子和洗裤衩；在跟亲戚合开的小吃铺里上灶。白羽还出过柜台，卖打火机木梳篦子等各类小百货。农历年关前后临时摆摊儿，卖春联挂旗和烟花爆竹——这是白羽干过的所有行当中，最让他喜欢的一种，两个字，喜庆；赚不赚钱都在其次，只要不赔，就图那两个字，喜庆。买的和吆喝的都是，就连一走一过，卖呆儿和看热闹的都能被沾染上。多好！白羽想，要是一年三百六十五天，天天都在卖这东西多好。

渐渐地，白羽就把当兵的那段经历给看淡了。他这样跟自己说，当兵是为一份工作，工作无非是为赚钱，而赚钱不一定非得经过当兵这个环节。它只是一个环节吧。但，白羽还是不常回家，尽管父母再也不提那档子事儿，邻里们也不提。白羽想，他们不会忘，也许比自己记得还清楚呢，只是不提。

这中间，好像是在和亲戚合开小吃铺前，白羽还干过一个行当——传销（那时候传销还不违法）。这样说不准确，实际情况是白羽当时拿不出几千块的学费，他只是到传销课堂上卖卖盒饭，中晚两餐；捎带着从书商手里批发一些传销方面的书卖给听课的人。讲课的是他的一个朋友。

就是在这时，白羽注意到了一个人，一个女人，她竟然挂着一副拐杖来听课，而且风雨无阻，一天不落。他一是觉得吃惊，二是佩服。因为这，他记住了她。可她没有，他确定她没有。她当时把全部心思都用在了听课上，怎么会注意到一个卖盒饭的毛头小子呢？多年以后，每念及此，白羽都禁不住从心里涌出一股莫名的惆怅和感伤，不是因为她曾经对他的忽略，而是由此及彼的一些想法和感受，类似睹物思人或对流年似水的某种感慨、缅怀或凭吊吧。

——陌生，是多么的好。

它让这个世界在合适的距离内保持着美妙的温度，纠缠干扰破坏、暴力血腥情色等等都不会发生，它让生活其中的人们尽显华贵、端庄和美好，就连某些战争都是可以避免的。

可现在还能吗？自打来到店里，和决定留下来，白羽就知道，所谓陌生这个界限就将不存在了。事实上，他是期待它不存在的，甚至潜意识里还隐约期待着另一种界限被打破……

当他第一次迈进芬芳文化用品店，立即就被满屋子的香气给刺激到了，他浑身刹那本能地一颤——究竟是怎么回事呢？数九寒天，这个名叫芬芳的文化用品店里并没有一盆绿色植物，怎么会有那样一种气味？就像……满街树木的叶子在盛夏午后太阳底下打卷儿、变焦，然后蒸腾出来的气味——那个忘却已久的画面突的一下就跳将出来，比原来更逼真更具体，而笼罩其上的那种羞耻和无地自容却不见了。

真香啊！他当时为了掩饰自己，慌不择言却是发自内心地说道。

20 母亲

那片棚户区就要拆迁了。

这天晚上，她从租住地回到老房子，老太太在黑暗里对她说，你也别恨许强，好歹也算一家人，肉烂在锅里，肥水没流外人田。再说是他帮你盖的房子，这下好了，你赚了。现在，你是拿钱买房子呢，还是拿钱找男人——看来这是最好的一步棋了。我已经物色得差不多了，同意，我就把人给你领回来。不过有一条我得先告诉你，你要让他们知道你有钱，但不能让他们摸着底，你既得吹着说又得捂着说。去他妈的吧，她说，我要拿钱找钱。一回事儿，老太太嘟哝道，殊途同归。一连抽了两支烟，老太太又说，我说话算话，这个老房子的钱我也给你一半，全当补你那一条腿了。剩下的再分一半给小黄毛，手心手背都是肉。存款呢，还有点儿，是我捡了一辈子破烂，扣除吃喝拉撒，扣除盖房子剩的，我谁也不给了。我也看透自己这步棋了，谁也指不上，养你们一回，就全当肚子没疼过。也好，钱一分，这个家就算散了。我呢，也该找自己的水喝去了。

你要嫁人吗?

我才知道,那死鬼原来打探我存折是啥意思,他要在他农村老家盖一所学校,钱不够。后来学校到底还是盖起来了,他也娶了别人,只过了不到一年,人家就不干了。那儿太苦,吃水就跟吃油似的,一辈子也洗不上几回澡。

你要去吗?

他得了半身不遂,儿子儿媳恨他把钱都填了大坑,面儿都不见,学校倒有良心,派人轮流侍候着,可那能侍候好吗?

什么时候走?

就这两天。

两人一齐沉默下来。

她从老太太烟盒里抽出一支烟点着,咳了两声,然后一口口就抽得顺了。

别愁,老太太说,愁也没用,总会有一个人在那儿等你,前世土地佬就给配好了。

妈,她突然叫道,想喝酒吗?我请你出去喝两杯!

空气好像突然被凝结,而且静得出奇。连躲在墙缝里的蛐蛐一下都不叫了,只有悬在两人手丫上面的两枚红点儿发出嗞嗞燃烧的声音。

哎,哎——好啊,好啊,那可敢情好了,老太太如梦方醒,声音都变了调,她吱嘎一声离开木板床,一时却好像误进了别人家,半天也没找到灯开关,那你可得等我会儿,我得好好收拾收拾,我这一老天忙得连脸都没顾上好好洗,咱娘俩这回得挑家大馆子。灯哗的一下亮了,老太太顿时慌了一下,没看她,而是立刻背过脸去,对了,我才想起来,你肯定是饿了,又一天没吃东西了是吧？那我麻溜儿、快点儿、马上——我还是先给你找点儿吃的，有饼干有方便面，我想想让我放哪儿了……

不用，你快收拾去吧。

两人上了出租车。老太太在前，王玉梅在后，因为拐杖在前面放不下。这让老太太似乎觉得很过意不去，不时地回头看她。后来被王玉梅用表情给制止住了。司机问去哪儿？老太太立即回答，去馆子，大馆子。司机问，啥名儿？老太太说，不知道。司机一咧嘴就乐了，说那你叫我咋走啊？老太太说，那你说吧哪家好？司机歪头扫了一眼，说好地方可多了，只要兜里有子弹，这年头就这种地方多，海阔天空、喜来登、圣豪、艺龙、大富豪……这是连吃带玩的；老太太说，玩？你看我俩能玩什么？司机顿了一下，说光吃不玩是吧？那地方就更多了，香格里拉、阿一鲍、名人、运发、凤凰楼……说着又歪头看了一眼。老太太说看什么看，怀疑谁没钱是不？司机说那可不是，这年头人不可貌相，海水不可瓢舀。我就说别看下岗工人满街操，没准儿还是好事儿，说不定明儿就发了呢。老太太说就是，别狗眼看人低，我跟你说，我是没钱，可俺闺女有钱哪，喏，大老板。

王玉梅说别磨叽了，去喜来登！

司机立刻"啊？"了一下。

喜来登酒店位于城市的繁华处，门前是著名的商业步行街，右侧则是繁华的桂林路。酒店四层楼高，外形非常奇特，没开一扇窗，整个墙体呈现着蜂窝状任性的凹陷和隆起，看上去三扁四不圆的，宛如一头张牙舞爪的巨兽。

门口很安静，没有保安，也不见门童，两边排满各式小车，闪着内敛而华贵的光芒。大堂巨大开阔，灯火辉煌，一迈进去，两人立刻感觉矮了十分，刚才的豪气则被一扫而空，就见里面的人个个光彩夺目，不能直视，就跟假人似的。王玉梅脸上顿时烧了起来，仿佛那灯光不是灯光，而是迎面扑来的小火苗；她脑瓜嗡嗡响，一时连手里的两根拐杖都不知道该怎么使了。这时她听见老太太说：

那俩小伙儿，过来，领我们上楼！

俩小伙儿立刻从吧台处小跑过来，一前一后护卫着两人来到电梯口，电梯升至四楼，经过一段灰地蓝花地毯的走廊时，王玉梅一根拐杖底部的铁钉剐在了地毯上，让她一趔趄险些跌倒，这时在她后面的小伙儿立即伸手扶住了她，一直到进入包房很久，王玉梅还感觉被扶过的那只胳膊有点儿微微发烧。两人被带到一个房间门口，移交给一根棍似的背手垂立门旁的服务生。

这服务生长得更加令人赏心悦目，明眸皓齿，大高个儿，瘦长脸儿，一身红色燕尾服、白衬衫、黑领结，小背头梳得溜溜光，翘棱出来的一绺头发就跟小钢丝似的。

红碎花地毯，水晶吊灯，鎏金磨砂厚玻璃桌，真皮黑沙发椅。那小伙儿上身向前一倾，右手随即一伸，说了句"请——"王玉梅感觉顿时就如腾云驾雾一般，仿佛永远也走不到眼前的那张桌子旁。

红缎面菜牌既大又沉，王玉梅费了很大力气才翻开，一时却眼花得很，半天看不清上面的菜品和价位。老太太回头看了两眼，招呼服务生道，孩子，我们也不看菜谱了，就交给你，你掂量办，看着，就这俩人，好吃、便宜，最好是吃不了兜着走的那种。服务生笑，说好嘞！便来到两人中间，王玉梅感觉有一朵什么花在身边猛然开放了，散发出粉尘状的异香，呼吸一时有点儿受堵，眼睛一下更花了。后来在那"孩子"的推荐下，稀里糊涂地要了一款特价三百九十八元的套餐。包房费等除外。

那服务生一走，老太太立刻惊呼起来：我的天！这哪是饭店，简直就是绑票的匪窝。王玉梅这时才放松下来，她闭上眼睛道，要的就是这感觉。老太太顿了一下，说对，先不说地场，就说这人儿，就值——你看这小小子一个个长的，就跟从电影里走下来的贾宝玉似的，谁生的呢？

反正不是你生的。王玉梅心里说道。

你说将来得配个啥样的丫头呢？

你问谁呢？王玉梅一下子把眼睛睁开。

一瓶干红，一杯扎啤，一杯鲜榨玉米汁，一盘点心；四菜一汤：清蒸蟹、油焖大虾、柠檬汁穿心莲、水果沙拉，汤是一种青菜汁，绿得像染料。菜盘是纯银的，碟子、筷子、羹勺也是，汤盘是掐丝珐琅彩，它们和菜品相互辉映，让餐桌变成了一幅画。两人变得局促起来，仿佛筷子是一把什么锐器，上去就会破坏掉一幅艺术品。

服务生过来斟上红酒，老太太说，倒这一杯就行，你出去玩吧，用你时再过来。

吃，吃啊，要不一会儿就都凉了，服务生一走，老太太立即感叹道，这地方就是一辈子来过一回，死都值了。

那是你。王玉梅说。

可不是，说不定往后你能常来，我这辈子怕是没机会了。

可你是去嫁人呀，王玉梅端起酒杯，说喝吧，这地方可是按时收费的。

随他们便，谁家过年不吃一顿饺子！你看这，说着老太太拍了拍左胸脯，里面呢，让我用别针给别上了！哎，不是说这地场能连吃带玩吗？待会儿我问问那小伙儿，都玩啥，咋玩？

怎么，你还想玩呀？

一不做二不休，今儿我豁出两平方的房子了！

说你胖你还喘起来了，明儿不过啦？钱都花光了到那儿万一过不下去都没回来路费，再说说好了今儿是我请。

留着你的钱下崽吧，有你这句话就够了，有你之前叫那一声就够了。说实话，去了我就没打算再回来。

两人默默地吃了一会儿，老太太说，我一直琢磨到底玩啥呢？不会是——妈呀，我知道了，咱可得快点儿吃，赶紧走！

真有意思，凭啥？兴他们玩还不兴咱们吃呀？

也是，这叫井水不犯河水。可说到底还是咱们吃亏，得替他们背缺，你看这东西贵的。

得，不说这些，说说你的人民教师吧。

都到这步田地了，还说啥，刺啦一下好日子就过完了。他在农村当了二十年民办教师，转正后才聘到咱这儿来，老婆是农村的，俩儿一个在城里一个在农村。我认识他时，他老婆刚没……得，不说这些，给你说个乐人事儿，就说他妈，一个又干净又要强的农村老太太。老太太本来是打算来他这儿养老的，那年端午节，饭桌上他把我俩的事儿挑明了，可老太太不同意，嫌我是个捡垃圾的，下贱、埋汰，连我包的饺子都不吃，递的筷子都不接，脸拉拉得就跟吊水壶似的——农村人遇事儿不藏着，要么当面端，要么就全挂在脸上。他孝顺，虽然一直没松口，事儿却含含糊糊拖了下来。后来是我提的，一是不想难为他，二是我也有自己难处——这话不说了，来，喝一口——后来，老太太在城里住不惯，就又回去了。那时候白天他上班，就老太太一个人在家，可能是缺水缺怕了，从来没见过这么多的水，他家院里有一口井，不用交水费，老太太就天天洗天天涮。她也是真干净，院子里扯根晾衣绳，天天都是满满的，那白被单让她洗的，就跟透亮奔儿似的，就连院子里铺的砖块都是泥丝儿不挂。可偏就巧了，大门口放着个铁的固定的大垃圾箱！这下好了，我给那包片儿的买了两盒烟，让他跟我调换一下，捡出来的东西全归他，开始他还不信，以为我有病呢。从那天起，我就天天去他家大门口翻倒，除了礼拜天。赶上刮西南风，我就一天翻它两遍，上午一遍，下午一遍。

你真有病。王玉梅说。

啥叫有病？这叫以牙还牙。当时就是气不过，现在想想就跟个笑话似的。一晃老太太都走了好多年了，你说这日子多不经过。

还有一件事，我想得告诉你，不管你听了生不生气。

还记得那个小李大夫吧？估计一辈子你都不会忘。我去过他老家两趟，一趟是要钱，很晚才到；第二趟你猜我干啥去了？我是奔着签字画押去的，这回赶在白天，我细看了，一细看不要紧，我的妈呀，就他那个家，可真吓死人了，说穷得叮当响那都是抬举，四壁溜空，根本就没有能出动静的玩意儿，响从哪来？我一看，得，就是他们想，我都不干！要不你猜我想怎么着？我想让你给他做团圆媳妇去，不，不是这么回事儿，我是说先把事儿给敲定下来，然后等你长大了，再去给他做媳妇。可惜了，那孩子倒是个好孩子，长得也溜光水滑的，可投生的家不对，是个穷坑、无底洞，咱不能跳啊。

王玉梅的脸一下子变得煞白，什么叫穷坑？为什么不能跳？你说不能就不能？

老太太顿时就被吓住，好半天才嘟哝道，你是说你愿意？那，许是我错了？不是，你是没吃过胡椒不知道胡椒辣，要是你真掉进穷坑里再想爬出来那可就难了，就像掉进了烂泥塘，越蛄蛹越深，到那时可就啥都晚了。从前有句老话叫穷不扎根，富不挪坟。这后半句一点儿没错，那是刚吃了两顿饱饭的人怕破了风水运道再穷回去；可前半句纯粹就是屁话，说穿了那是穷人自个儿安慰自个儿。我跟你说吧，穷不光扎根，而且还遗传呢，那叫一辈穷辈辈穷，就跟驴打滚似的，你就骨碌去吧，到最后除了一身灰，毛都不剩……

谬论！王玉梅晃荡着酒杯，盯着杯里的酒说，可我听说他去了深圳，还开了一家大诊所，把爹妈都接了过去。

那，还真是小母猪下大象，出息大发了——你听谁说的？有没有地址？

你要干啥？

杀人偿命，欠债还钱。我他妈找他去！欠条还在柜子里锁着呢。

得了，别提这茬儿了。

你到底有没有地址？

只是听说，哪来的什么地址。

唉，那就完了，听说那地方每天就跟气儿吹似的长，一个月就能冒出来一大片高楼，没法找，除非他来找咱。

你能不能说点儿别的？

我倒想说，可就怕你不爱听。

好好，说吧。

说就说，要不以后就没机会了。就说这灯泡厂眼瞅着都黄了一年了，都让这"砸三铁"给闹的，一下子把厂子都给砸黄了，整得满大街都是下岗工人，吃啥喝啥？小许都一个月没找着一份正经活了。我原来还琢磨着铁北的房价低，我给的再加上俩人这两年攒的够买个小的了，孩子小先将就住。可光有房子，没活儿干也不行啊。这不琢磨来琢磨去，俩人决定还是回老家，在依兰县城不仅房子能买个大一点儿的，还能余富出一些钱干点儿啥，在站前摆个小摊啥的。

那房租我不要了，回头你捎给他们。

那怎么行？白纸黑字，事先都讲好的，说话得算数。

要不也得退回去一年的。

对了，你还没见过那小小子呢，啥都会说了，长得虎头虎脑的，可稀罕人了。待会儿走我把这剩菜剩饭给包回去，他得乐坏了，连见都没见过呢。得，老太太透出一口长气，今儿我把该说的话都说了，这回轮到你了。

我没啥说的。

那好，咱俩喝酒！

从酒店出来，两个人都有了几分醉意。本来是要打车的，可一连过来好几辆都没停，有的是载客，有的就是空车，本来想要停，而且差不多已经停下了，司机却一脚油门嗖的一下又开走了。王玉梅哈地乐了一声说，司机怕我们两个醉鬼不给钱。老太太说，你说得不对，他是嫌拉一个瘸子麻烦，再，再打。不，我想走，她说，我感觉痛快极了，想飞。那好，妈陪你一块儿飞。去你的吧，跟你的人民教师飞去吧。

后来王玉梅一屁股坐在步行街的椅子里，老太太紧随着也坐了下来。天色尚早，步行街灯火通明，八月的小凉风一吹，两人酒劲立即就下去了一截。

老太太点着一支烟，并顺手递给王玉梅一支，我的天，她说，这一顿饭干进去我半年的饭钱，头一回听说吃饭要房钱，难道点了酒菜要端到外面吃去不成？又得给服务员付小费，凭什么？伺候客人难道不是他的本分？酒店难道不给开工资？再说咱俩根本都没用他几下，真好意思，一百块还嫌少，要知这样我让他把腿跑细喽。哎，我跟你说，待会儿打车你付账啊，我兜里就剩两块零钱了。多悬没花冒了，到时你再不掏，那可寒碜死了。

王玉梅扭头看了她一眼。

你说我就纳闷了，这厂子都黄了，这糟钱的地方咋还天天满呢？还得提前两天预订，多亏有人临时变卦，要不咱凭着猪头还送不进庙门了，真是没天理了。

还天理，我看是你脑袋进水了，厂子就是不黄，这地方小工人能来？

可我还是纳闷，这是什么年头呢？有人连饭都吃不上，有人钱却多得跟淌水似的，咋花都花不完，咋挣的呢？

反正不是吹灯泡和捡破烂挣的。

那是，没事儿时我就想啊，不知是哪个中央大干部一时酒喝多了脑瓜子就蹿出这么个幺蛾子，要不你说好没秧的砸什么三铁呀，这下好，一下子把人都给砸家去了。我看往后这城里日子可要不好过了。

我知道了，王玉梅伸手又要了一支烟，怪不得你要撤退呢。

你看，要不我在那儿给你物色一个？保准人又帅又好，到时也好给我做个伴儿。

给你做伴？王玉梅吐了一口烟，得了得了，那绝对不行，再说了一年不洗澡，臭死了。

你要是爱上一个人，他就是一辈子不洗澡，你都不会嫌他臭，我说的是真的。

可他会嫌你臭。

那是他的事儿，只要你喜欢他，连他臭都喜欢，你就幸福。

就像你对我爸，和这个男人？

你喜欢他，喜欢得把自个儿都忘了，就是为他死你都眼皮不眨，你恨不得把心掏出来给他，恨不得让他把你拴在裤腰带上，离开一步离开一会儿你都受不了，你想把他镶进你的骨头缝儿里，想让他一下把你给弄死，一口把你给吃了。你天天都活在一种盼望和想头里，心焦磨烂，就好比，就好比天天渴想喝水一样。你所拼命干的一切都是为了这一件事儿，盼他回家，给你个笑脸儿，最好是给你说句暖心窝子的话，然后吃你做的饭菜，睡你暖的被窝。你在这盼望和想头里，觉着一天好比一年那么长，觉着天也不蓝了树也不绿了，觉着自己眼看就要完蛋、死了，结果不但没完蛋没死，反倒越来越精神了，就像跟什么摽上了劲，就像上了大粪，抽了大烟一样。

王玉梅突然觉得心里有点儿发冷，这还是那个捡了一辈子破烂儿的女人说的话吗？反倒像一个被男人摧残了的死心眼的贱货发表的不要脸的爱情感言，要命的是她竟然能够理解并感同身受！她怎么突然就变成了一个有点儿神圣和神秘色彩的占卜师了？

而就在刚才，她付账时，还是那么一副猥琐相，那钱根本就不是用别针别在上衣内侧的口袋里，而是被她缝在了下身里头的内裤上，还不知被缝了多少道，她就在那种场合那样地方当她的面就解开了裤带，一条脏兮兮的白布条子，就跟一截猪肠子似的，然后半天也拆不开那些缝线，这是在掏钱吗？简直就是在往外掏垃圾。本来说好是她王玉梅付账的，可一看到她这副模样，王玉梅顿时就觉得这地方白来了，这顿饭白吃了，连空气都被糟蹋了。既然如此，她理应付出代价，就让她掏好了！可现在她却变成这副样子，然而，这能叫幸福吗？

扭头看，老太太挺胸抬头，目光炯炯，果然是一副神圣而又较劲的样子。她在跟什么较劲，跟谁较劲？跟这个年头，跟她爱的而不爱她的男人，还是跟她自己？爱上一个并不爱自己的人，和被一个自己并不爱的人爱，哪一个会让人更难过？问题是，会不会有一个人爱自己，不管他是一个什么样的人。难道在自己面前，就只有一条跟老太太走的同样的路了吗？一种来自心底深刻的绝望，以及与之同步而生的反感和厌恶，就像胃里被搅翻的食物和突然蹿升到嗓子眼的呕吐感，突然一下就爆发了。

她抓过拐杖，拼尽了从童年开始，从使用它的那一天开始，蓄积起来的全部力量，抡起来，朝她挥去！然后她感到她竟然是那么的不堪一击，就像一段朽木，一截火燃过后的灰条，一歪就倒下了——是一歪，倒下的过程却极其缓慢，就像飘落，从地面一弹，先飘了起来，然后才落下去。是的，就像飘落。而没发出任何声响。之后她扔了手里的拐杖扑了上去，她看见两条美丽的蚯蚓分别从她两边嘴角蜿蜒着爬向自己的手腕、胳膊，又湿又滑，就像从新犁的土地里刚刚钻出来的一样，新鲜又可爱。奇迹随之出现，她发现眼前这张看了二十多年、丑陋的让人讨厌的脸突然变得年轻、生动和美丽起来，让她简直不敢相信自己的眼睛！这还是那个捡垃圾的女人吗？还是那个从来就没有年轻过的女人吗？那眼睛、鼻子、嘴巴竟很像自己呢！她把手放在那上面，慢慢地一点儿一点儿地放在那上面，过了一会儿，又把自己的脸慢慢地一点儿一点儿地放在那上面，这时，她突然听见从她嗓子眼发出的声音，就像一条老蚯蚓嘶嘶啦啦从土里爬出来一样——好了，现在你拿钱去买你的幸福，你比我强，够狠，你不用给自己留后路，记住，有你脏到份儿的时候，你不过就是一个贱货……

王玉梅被自己的想象吓得面无人色。

仅仅过了十五分钟，王玉梅的这一想象就变成了一桩惨烈的现实。老太太走了以后，她又坐了大约五分钟，然后又花了不到十分钟的时间，才拦下一辆红色捷达出租车；这时老太太乘坐的那辆222路公交大巴车已经开上了松花江斜拉大桥。出租车后车座上有空位，司机扭头撩了她一眼，说了一句不顺道就要开走，王玉梅一把扯开后车门，连人带拐杖瞬间扑了进去。哎哎——司机喝道，谁叫你上来的？不是告诉你不顺道吗？王玉梅迅速地摆好自己，抓起拐杖指着司机道，你妈的给我闭嘴！不顺道就把我拉你家去！司机嘿了一声，瘸了吧唧还挺灵巧！说罢一脚油门出租车便箭一般开了出去；此时222路公交大巴车在大桥上行驶正常，时速为五十一公里，距离南桥头七百四十八米，然而就是在这一刻，大巴车与对向正常行驶的一辆红色小轿车突然相撞，然后就如脱缰的野马，冲上路沿、撞断护栏……就像飘落，从近三十米的高度坠入江中。

调查得知，大巴车共载客十五人，包括司机在内。除里面仅有的两名儿童奇迹般生还外，其余十三人全部遇难。据参与第一拨下水打捞作业的一名项姓潜水员透露，一个中年女人本来是有生还希望的，甚至她已经从碎裂的车窗里爬了出来，并且整个上身都呈现着一种奋力向上的泳姿，却不知何故，被车内一个六十多岁的老太太给死死拽住了。这导致第一拨都没办法把两人打捞出水。令人惊骇的是，直到打捞出水，迫于无奈，弄断了那老太太的五根手指，才让她把手从女人的脚脖上撒开。令人费解的是，老太太并不是为了求生，因为她不但没从车窗里爬出来，另一只手反倒死死抠住了车窗边沿，"果然两手都很硬，抓得那个死，就跟焊上了似的，这明显就是要同归于尽嘛，我的妈呀，你说这活着时得做下多大的冤仇啊！"

五天后，根据调查事实和对公交车SD卡的数据恢复，相关部门提取到了事发前车辆内部的监控视频，还原出了事发时的车内情况——当晚八点二十五分，乘客刘某在抚松路站上车，其目的地为永春家园。由于道路维修改道，222路公交车不再行经此站。当车行至前一站时，驾驶员冉某曾提醒过到永春家园的乘客在此站下车，刘某未下车。当车继续行驶途中，刘某发现大巴车已过自己的目的地站，要求下车，但该处无公交站点，冉某未停车。九点三分三十二秒，公交车行至临江街站，五人——有两位因不堪其扰提前——下车，只有老太太一人上车。车开走后，刘某从座位起身走到正在驾驶的冉某右后侧，靠在冉某旁边的扶手立柱上开始指责冉某，冉某多次转头与其解释、争吵，双方争执逐步升级，并相互有攻击性语言。九点八分四十九秒，当车行驶至松花江斜拉大桥时，刘某右手持手机击向冉某头部右侧，九点八分五十秒，冉某右手放开方向盘还击，侧身挥拳击中刘某颈部。随后，刘某再次用手机击打冉某肩部，冉某用右手格挡并抓住刘某右上臂。九点八分五十一秒，冉某收回右手但却用右手往左侧——而不是右侧——急打方向，致使车辆跃入江中，十三条鲜活的生命刹那终结。

老太太抓住的人正是刘某。然而监控录像显示，整个行车过程，包括大巴车跌落之前，两人都未发生任何摩擦，更谈不上身体接触了。另外调查还发现，两人生前并不认识，完全就是八竿子都打不着，或者说是井水不犯河水。

老太太的丧事整个是许强和小黄毛操持的。王玉梅大病了一场。丧事之后，许强去了王玉梅租住的公寓一趟，这是时隔两年两人第一次见面。彼此都发现变化很大，王玉梅瘦得脱了相；许强人也瘦了很多，还憔悴了不少，眼里布着血丝，胡子拉碴，头发乱蓬蓬的。王玉梅从床上起来，把双腿耷拉在床下边，许强坐在屋角的一把藤椅上。两人好半天都没说一句话。后来许强从上衣口袋里掏出了一把小钥匙，捏在手里，并用拇指和食指不断地摩挲着。

还打算走吗？王玉梅问道。

嗯，下个月，要不是咱妈出这事儿，上月就走了。

不出这事儿，你会不辞而别是吗？

不会，咋说也得过来和你打个招呼，哪怕是吃闭门羹。这是火化场存放咱妈骨灰的钥匙，就放我这儿吧，看看明年清明在哪儿给她买块墓地葬了入土为安吧。还有——说着从怀里掏出一个信封——这是咱妈的存折和存单，里面还有一张借据。我和她合计过了，我们不要，你一个人不容易。

我不要！王玉梅突然崩溃一般喊道，顷刻间，泪水便夺眶而出。

我不要，我要是要了我会不得好死……她喃喃道，然后扔过去一把钥匙，许强，你替我把大头桌左边倒数第二个抽屉打开，里面有只信封，你把它拿走。

是什么？

房租。

可是……

没有可是，拿着，马上走！

还有，听说过后可能会有一些赔偿，我让他们到时通知你。

你混蛋！王玉梅声嘶力竭地喊道，别再跟我说这些事儿，你走，赶紧给我走！

那天晚上最后一刻，王玉梅用拐杖指着老太太，说你走，赶紧、马上，坐你的公交车去，让我清静一会儿！她连看都没稀得看老太太一眼，所以她根本不知道最后一刻老太太脸上究竟会挂着一副什么表情，她只恍恍惚惚地感觉到老太太投在地上的那一抹影子，磨磨蹭蹭黏黏糊糊，好半天才揪断、扯开、挪走……

21　脸

　　白羽回来时，王玉梅正要给门窗上栅板。天刚黑下来。

　　他从人民广场下车，没有换乘公交车，而是一路走来。走走停停，最后在小学校门口停下来。他远远就开始朝店的这边望，心里忽然升起一缕从未有过的感觉，有点儿像惦记，有点儿像牵挂，仿佛把一样自己很在意的什么东西落在了哪儿，又不是去取，取是取不回来的。胸腔里有点儿热辣辣的，还有点儿发酸。他无声地叹了一口气，停下来。店门口静静的，灯光从窗户透出来，像在墙根儿悄悄打开了一把扇子。她这几天过得怎么样？店里忙吗？

　　他掏出一支烟点着。刚抽了两口，就看见店门开了，先开了一小点儿，门却自动要合上，就要合上时，一支拐杖先探了出来，然后是一只脚，又一只脚，这时门全开了，另一支拐杖和整个人就出来了。白羽心一动，几乎是本能地跑过去，我来！他说，你把钥匙给我。王玉梅手里的钥匙叮的一声落在地上。干什么呀？她扭过头，愣了一下，说，吓了我一跳。怕我打劫啊。白羽冲她笑了一下，放下手里的方便袋，捡起钥匙。不怕你，是怕别人。白羽的手顿了一下，感觉王玉梅在看他，目光有点儿烫。他张嘴本想说怕劫财劫色啊，转念变成，换卷帘门吧，方便。好啊，王玉梅垂下目光，你能换吗？没问题，白羽说，包在我身上。再回头时，王玉梅已经回屋了。他的方便袋还在地上，它并没被拎走。白羽的脸略微热了一下，想，自己要不要进去？可钥匙还在手里，总得给送回屋里吧。

　　他一手拎着方便袋，一手捏着钥匙，站在门口一副既出不来又进不去的样子。他好像在看王玉梅的反应，或是在等王玉梅说话。怎么会这样呢？这完全大可不必。他一直以为，或已经确定，她是欢迎他的，随时随地。可此时他竟有些胆怯，胆怯的原因是，他隐隐约约地预感到，自己这一次进去恐怕是再也走不掉了。纵使随时随地可以找到离开的理由，只是从此他不会心安。他是一个好人，做不得太丧良心的事。还有在此之前，她还是一个完整的女人呢，是自己破坏了她。想负责、永远，又不能，是不甘心。那么最好的办法就是悬崖勒马，让自己在她面前彻底消失。

　　他还从未把某个具体的女人和自己放在一块儿想过，他的生活还未真正展开，一切似乎都处于某种过渡状态。应该说，对此他多少是有些准备的，多少是已经想到的，只是他没想那么远，还不到时候，他不具备那样的能力。他需要冷静地想一想，这是他离开这几天的原因。事实上他觉得自己已经想好了，并已经决定了。他计划下了中巴，直接换乘公交车去浴池，那是他一直住的地方。可在收拾东西时，他却情不自禁地吩咐母亲装一罐头瓶新做的韭菜花。这是她曾说爱吃的东西，他竟记住了。他在把工资交给母亲时，突然情不自禁地说了一句，我们老板对我挺好的。母亲问男的女的？他愣了一下顺嘴答道，男的。母亲说，那你就跟他好好干，家里需要钱，翻盖房子，给你弟往纺织厂办工作。还有，再过一年半载就得给你张罗成家了。就那么点儿菜地，也挣不了什么钱，你爸关节炎也干不动什么了。

母亲的一大串话并没引起他什么特别的反应，都在自己心里呢。只有两个字让他心里疼了一下——成家。这种感觉也是以前所没有的，以前母亲也经常把这两个字挂在嘴边，对此，他没一点儿反应，就像耳旁风一样。现在却不同了，有什么地方变了，变得跟以前不一样了。他看着母亲想，如果自己说了实话会怎样？她还会很坚定地要自己跟她好好干吗？这样一想，他的心又疼了一下，同时，在脑子里又重复了一遍自己的决定。他把那瓶韭菜花拿出来，心里随即生出一股厌恶，是对自己深深的失望和厌恶。他怎么会变得这么小气了？不就是一瓶破韭菜花吗？他脱口喊道，妈，你再给装一瓶！

话一出口，他又后悔了。

一路上，他都是这么翻来覆去，矛盾重重。却是身不由己地朝着芬芳文化用品店走。真的是身不由己。他感觉自己的脑子和身体已经分开了，脑已经指挥不了身体，身体已经不听脑子指挥了。脑子一直是凉的，清醒的，身体却渐渐开始发热，就好像里面被谁给安了一个小发热装置，是那个小发热装置在支配他的身体，渐渐却又开始控制到他的脑子了。他为自己身体感到失望却又无可奈何。最后他悲哀地发现，他想，想她……

他站在那儿，既不出来又不进去，其实是在等她的反应。她放下电话，说叫了俩菜。昨晚我自己做了好几个，没吃，早晨都坏了。他想她为什么要做好几个，是盼自己回来吗？为什么没吃，是自己没回来让她没了胃口吗？这已经是最能自圆其说的台阶了，抑或就是她的一种表态？他想再确定一下，就说，你自己能吃多少？做一点儿就行了。她看了他一眼，说，都是冰箱里剩的，要不也得扔。他顿时有点儿失望，停了一会儿，走过去，把方便袋放到桌上，然后随手打开了抽屉。这时，他愣住了。

抽屉里有两条骆驼牌香烟，一打男式三角内裤，还有一盒安全套……白羽一时有点儿蒙，好像错开了别人抽屉窥见了别人的隐私一样，他一把关上了它。当确定那就是自己的抽屉以后，他的心开始乱七八糟地跳起来。他慌乱地偷看一眼王玉梅，她竟跟没事儿人一样，正侧脸迎着门口，似乎在等送餐的人来。还好，没让她看见自己的窘相。转念一想，又觉可气，她这不是挑完了事儿又躲到一边看热闹吗？她会看不见？恐怕早已心知肚明了。可是，这点儿生气，一点儿都没能制止和平息住他的慌乱，他摸自己衣兜里的烟，一连摸了好几下，掏出来，竟然空了。

没烟了是吗？王玉梅头也没回，在你的抽屉里。白羽脑子一乱，盯着桌面上的方便袋说，韭菜花，我从家带的韭菜花，你爱吃的。好啊，说着，王玉梅咯吱一下扭过转椅，却没看那个方便袋，而看他，爹妈好吗？我听你跟小艳说等以后有钱了天天抽骆驼。你现在就可以天天抽，挺便宜的。不用，我还是觉得抽金桥好。可现在你不是没了吗？王玉梅咯吱咯吱地转了过去，然后打开抽屉，把烟拿出来，撕开包装，抽出一盒，又打开烟盒，抽出一支塞到白羽嘴里。那个抽屉就那么半敞着。她揿着打火机时，发现白羽的嘴唇在抖，那抖先是经过他的嘴唇传递到了烟上，又经过火苗传给了打火机，然后是拿着打火机的手。

你饿吗？白羽敲打着牙齿说。

太慢了，电话说一声，叫送餐的别来了。白羽又说。

你想干吗？

我想试试这两样东西……

白羽说，其实我挺佩服你的，在传销培训班里我就认识你。王玉梅说是吗？帮我把后面按扣解开。我在那儿卖过盒饭，还卖过学习资料。王玉梅说哦，我的过膝袜脱不下来了。你每天拄拐杖来，大伙儿都挺佩服你的。王玉梅说我不要大伙儿佩服，就要你一个人，你怎么不脱呀。你想没想过，赚钱到底为啥呀。王玉梅说想过，你还穿着袜子呢。告诉我，为啥？王玉梅说你刚才不是很急吗？怎么又不急了？我想急就急，不想急就不急。王玉梅说好，那我把衣服穿上。那我跟你说实话，你也得跟我说实话，我在控制，我怕太急你不尽兴。王玉梅说那就先别说话了。

你还没告诉我。

那我告诉你，我赚钱是为了你。

假话。

真的，为了我们俩。

为我们俩什么？

以后。来呀。

以后什么？

以后……都有钱。

还有这样。白羽说。

白羽做得很好。很认真很细致，主要是敬业。拿捏和控制得还不算太好，甚至有点儿大起大落，忽热忽冷的意思。这真要命，尤其让人摸不着头脑，比如，他很猛地动作着，动作动作就不动了。而此前，两个人正一道爬坡，坡不陡但很长。具体地说是她在前，他呢在后，一下一下，一下紧似一下地推动她向前，向上。坡已经爬到一半，已经爬过一半了，已经看到坡顶了，那儿有红旗在飘，有香烟美酒咖啡牛奶好茶和面包，那儿是希望和未来。快，他对自己说。快，他听见她说。然后他就不动了，他看着她然后就不动了。快呀！她说，你要死啦！不，他说，我要活得更好。我会让你活得更好，她说，快，快点儿！不，你不会。会，会的，我保证，你要什么？他伏下脸，开始动作起来，说，我在控制，我想让你尽兴，我不要别的，我就要你。他又开始推她向前，多费了不少力气才重新达到刚才的位置，因为一时的松懈让她退回很大一截。活该，都怨他。她闭上眼。可他一点儿都不气馁，似乎要的就是这种效果。他一下一下蓄积着力量，并开始不遗余力了。她睁开眼睛，不能自持地睁开眼睛，就要抵达坡顶了，再有一步，再有一步就他妈的不用他了，现在，她已经摸到坡顶的旗杆了，只需一步就能张手握住它了。突然，他又停住，不但停住，竟抽身而起！然后侧过身点着了一支烟。她一下子滑下去，滑向坡底，滑向深渊。叫不出声，因为差不多已经窒息，死掉了。只有两只胳膊还保持着原来的姿势，因为没有内容，而显得格外空洞和绝望，看上去就像环扣着即将枯萎死掉的树枝。就在这千钧一发之际，他一把将那该死的烟掐灭，一跃而上，扬鞭策马，冲锋向前！

别离开我，她从嗓子眼咕哝道，我不要你控制，我就要这一次。

我不会离开你，我会给你许多次，要多久给多久。

一年，就一年，行吗？

别这么说，我刚才想起了一件事。

说行吗？

我想把店规模扩大，再经营一些图书音像制品什么的。

我同意。说行吗？

你干吗不把左边那家店盘过来，我可以承包，你等着提钱就完了。

行吗？

那样，我可以搬到店里住，你明白吗？

好吧。说行吗？

别说傻话了，我不是正在做呢吗？

行吗？行吗？

我闻到一股香味，是树叶子被太阳烤打卷发出的香味儿，你闻到了吗？我还看见一张床，床上有赤身裸体的两男一女正做，做，做咱俩这事儿，呃，我就要……呃，呃！

他终于热汗涔涔地睡着了。我的天啊，我的小孩。

刚才他还那么地生龙活虎，气势汹汹，现在他却睡着了。

多么乖巧，多么柔顺，所有的强度都化掉了，所有的危险都解除了，他就像一个刚刚从子宫里诞生出来的婴儿，安卧在她身旁，如同安卧在母亲身旁，安静而甘美地睡熟了。世界血雨腥风，只有这一刻离天堂最近；世道人心险恶，只有这一刻两人才能够携手同心。天地茫茫，人生寂寥，两个人如同两粒尘埃，需要多少年，走过多少路，才能抵达相遇的一刻？又要经过多少波折多少痛苦才能如此贴近如此相亲？却仅仅是那么一刻，只那么一刻。而分开则是天长地久，是注定了的。分开便意味着彼此不再占有，意味着结束，就像此刻。什么是永远？除了死还有别的什么永远吗？王玉梅觉得心口突然一剜，就像被什么给刺了一下。

她侧过身，看见一缕月光正好照在他半面脸上。就像舞台追打的灯光一样，它集中得确实是有些过了，不仅使周围背景一下子暗了下去，同时还把它们给推走推远了。却让它照耀下的那半面脸显得更加突出，而且是被放大了。然而，那脸却变得陌生和虚幻起来，就像明星们的脸一样，只能远远地看，却无法真正触摸和亲近。刚才，它还离自己那么近，近得都能感觉到那上面的每一根汗毛，以及它们经过自己皮肤时，和自己的汗毛相互纠缠拒斥所产生的静电，那种细碎的咯嚓声就像某种天籁。她看见一缕又一缕淡蓝色的光焰从它们中间蹿升而起，萤火般把暗夜照亮和点燃。现在它却不属于自己。她的手开始变得迟疑和胆怯了，伸出去又缩回来，然后就那么一眼不眨地看，看着那半面脸。一道眉毛，一只闭上的眼睛，半个鼻子和半张嘴巴，它们升起在枕上，因另一半的消隐非但不显缺失，反而更显生动突出，完整和完美起来。完美得令人心悸和心颤。

她想起一本书上曾说，人的两面脸是不一样的，就像左手和右手，左脚和右脚，不光是有大小之差，还有好看和不好看之别。总有半面脸要更好看或更难看一点。现在，她看到的是他左面的半张脸，右面那半张是什么样子她却忘了，想也想不起来，就像它不曾存在过一样。

这半面美轮美奂的脸啊，其实用不着追光灯，连月光也不用，它本身就会发光，那是一种自然之光，不像灯光那么假，比月光要稍暗一些，它们从每一颗毛孔里升发，然后就悬在汗毛和汗毛之间，像烟像雾，仅一薄层，薄如蝉翼，却不飘不散，就聚在那儿，在毫厘之间起伏跳荡，并闪耀着。于是，那上面的每一厘一毫之处都充满魔力，摄人心魂。仅看是不够的，远远不够，就是想要和占有。一次次，没完没了。

她想挨上去，让自己的手指变成一群小鱼，从暗处潜入，寻找那光的源头，或说产生它的罪魁祸首，那个致命之处；找到那儿很容易，然而想真正抵达却并不容易，鱼儿们突然变得战战兢兢，缩头缩脑，不光停滞不前，甚至在朝反向游弋。那儿是一座暗礁，一座刚刚探知可待开掘的矿藏，一块水草肥美可供栖息可供繁衍的处子之地，同时也是充满魅惑充满危险的可生可死之所。鱼儿们不能不胆怯，只好长久忐忑地在它四周流连逡巡。后来，实在忍不住终于有一条冒死般先游了进去，接着，所有的就都跟了上去……

她要挨上去，让指尖戳破那道光的藩篱，抵达其下面的皮肤上面。然后让手指变成一把梳子，一把既细密又疏朗，既轻盈又具分量，极具耐心又极其柔韧的梳子。从他棱角分明的下巴开始，然后到唇，到鼻，到眼毛，到眉，最后是又硬又密的发际和发际里面……再出来时，它们却变成了一条又湿又滑，就像一缕小火苗一样的东西——那是蛇芯子！它是如此不安又如此热情似火，它不仅要燃遍那上面的每一寸地方，还要潜进暗处，潜进乱石林立危机四伏的暗处，燃遍那里的每一寸地方！

她就要挨上去了，脑子却突然变成了一朵云，一朵刹那盛开白莲花似的云，然后一忽就飘了上去。而她的身体，只被带到半空，就被丢弃了。它上不去也下不来，就那么十分难看地吊在那儿，还不安静，张牙舞爪，一忽要奔向上面，一忽又要奔向下面，它就那么上不上下不下地吊着，一直吊着。她终于明白，自己根本就挨不上去，再也挨不上去了。它们统统都不属于她，而属于另外一个女人，那会是个什么样的女人？她想象不出来，但可以确定，她在。她比她幸运，为什么比她幸运？她不甘心。

她想再做一次努力，一次挣扎。这时，这时她听见一个声音在上面说——这回你看到了吧？明白自己是什么东西了吧？看看下面那张床吧，弄得比垃圾箱还乱，再看看床上那俩人，弄得比垃圾还脏，怎么样？我说过有你脏到份儿的时候。她头一低就看到了，那个一团糟的女人在干什么？她吐着蛇芯子一样的舌头在那男人身上干什么？他们怎么一身一脸的垃圾啊？看到了吧，那个声音说，人就是这个样子，半疯半魔，半邪半恶，半畜半兽，半人半鬼。连脸都不要，还有什么体面和干净？说罢，朝着她就把一个大垃圾箱铺天盖地倒扣下来……

垃圾——她大叫了一声。

脸——她又叫了一声。

怎么啦？你说什么？

它们包围了我……我摸不到它……

摸不到什么？

你的脸。

不是摸不到，是腾不出手，你一直在摸我下边，还用嘴……舒服死了。

垃圾！

垃圾就垃圾，来吧。

我要你的脸。

你在说假话，脸能解决什么问题？

22 爱与承受

如果说这段时间，王玉梅没感觉到幸福，那是不真实的；但要说她确确实实觉得自己幸福了，同样也是不真实的。幸福和幸福并不相似，而是差别很大。王玉梅觉得她的这种幸福，是一种空落落极不踏实的幸福，是悬在半空，上不着天下不着地的。也不是空中楼阁，因为它真实存在着，只不过着地的部分被隔断了——只隔住了她，让她找不到落处和落点，但并不等于别人也找不到——那些属于未来、不久，暂时则处于隐形和看不见的女人。这就让她的幸福大打折扣，而且还平添了一些毫无来由的妒意，和因自惭形秽而生的忧伤。因为看不到对手，这样的感觉日益强盛，到后来几乎吞噬了原有那点儿可怜的幸福和幸福感。但她确定，对手不仅存在，而且还十分强大。

她有一种无力感，一种近乎虚弱的无力和疲惫。

爱是需要力气的。而她觉得自己越来越没有力气了，越来越无法把握眼前这种飘忽不定，转眼便可失去的幸福了，越来越不确定它的存在了——它存在吗？存在过吗？只有当两具肉体相互搏击、厮杀的那一刻，她才感觉到它的存在，它和他是连在一起的。一旦两个肉体分开，她立即就变得六神无主，魂不守舍起来，觉得什么都不存在，什么都没有了；一切都变成了水中月镜中花。他不属于我——即便做爱，在两具肉体相互交融的那一刻，她也这么想——他属于别人，马上、立刻就属于别人了。只有这一刻是属于我的。于是，她立即变得像赴死一样，是和他一块儿赴死。每一次她都这么想：让我死吧，让我和他一块儿死吧。可她知道这是不可能的，即便自己死了，他也不会。连想都不会。他说过，他想活得更好。这有什么错呢？他现在跟自己在一起，或哪天不跟自己在一起，都是为了这个目标。话说回来，连分开都是一朝一夕的事，又怎么能谈上让他和自己一块儿去死呢？不会，他只会陪另一个女人慢慢做爱慢慢变老然后慢慢去死。而她只有这一次，连下一次都是不可能和不确定的。所以，她只能一次比一次更绝望更疯狂更彻底。而肉体的一旦分离则让她变得越来越心焦如焚，无法忍受，一天仿若一年。她感觉自己已经变成了一座废墟。

她常常忍不住地想到那个隐形的还未出现的女人。她会是什么样子呢？比她漂亮还是比她难看？一定会很年轻吧？可以肯定的是，她不会是一个瘸子。奇怪的是，一想到她是一个既漂亮又年轻的女孩，她反倒不会太难过；而一想到她是一个又老又丑的女人时，她则会难受得要命，嫉妒得要命。凭什么呀？年轻漂亮也就罢了，偏偏不是，连自己都不如呢，可却打败了自己，就因为她有两条好腿。于是，那个又老又丑的女人就会又着两条好腿趾高气扬地出现在她眼前，在她眼前用两条好腿做出各种趾高气扬的动作，然后，然后会把衣服一件一件地脱去，直到脱得一丝不挂，这时候他就出现了。她像婊子一样并且极骄傲地把腿一送，他呢，就像嫖客一样却是极怜惜地抓起她的腿，往腰间一抬。天啊，他们就在她的眼前，得意洋洋地站着做！就像表演一个杂技节目一样炫耀而卖弄地站着做！为什么她会那么骄傲啊？为什么他会那么怜惜啊？她没有钱，又那么老丑，就因为她有两条能站能走的好腿！

于是，她又常常忍不住这么想，有一天她突然就不是自己了，而变成了时下某个正当红的明星。钱当然是要多少有多少，要命的是，她不光有一张天使般的面孔，还有一副魔鬼似的身材——一对酥胸，一个小蛮腰，一双美轮美奂的玉腿。全世界的男人都为她神魂颠倒发癔症，有抛家舍业撇妻别子的；割腕卧轨跳楼喝药的；哭着喊着跪着求爱的；吃了豹子胆想来个一夜情的；最不能容忍的是那些土鳖暴发户们，竟苦苦哀求她，说此生非她不娶！真是太不要脸了，简直就是在污辱人！她说过要嫁了吗？嫁了一个，不得气死成千上万啊。拜托，千万别跟她提"娶"这个字，她烦，烦得要命，烦死了。娶他妈的谁呀？回家做你们的春秋大头梦去吧！

——还以为娶是跟女人兑现一个多么了不得的承诺呢，切，只有无能和傻瓜才会稀罕呢！而她是谁呀？想娶？连身上的一根毫毛都甭想！再说了，都是啥档次啊？怎么就不搬块豆饼照照啊？怎么就不撒泡尿照照啊？就凭兜里那俩臭钱？没听说么，有个款爷出手就是一百万，目的就为让她陪吃一顿饭。一百万！我的乖乖，够芬芳文化用品店几辈子挣的了！就这，她还一直犹豫着没答应呢。为什么？是怕他不高兴——她的想象这时突然中止，而且是又绕了回来，她禁不住一下子悲哀起来，却仍在想，假如自己真能那样就好了，即便如此，她也绝不会和其他任何男人发生一丁点儿的事。她已经不喜欢别人了，只想和他在一起。而且那样，他就永远不会离开自己了。这样一想，她就有点儿不怨他了，也不怨说不定哪天就会出现并把他从自己身边夺走的那个女人了，或年轻漂亮或又老又丑。她只恨自己，恨自己现在这样，而不是想象中的那样。

而她只能是现在这样。于是，她开始羡慕所有的女人了，无论年轻年老，只要她们不瘸。凡是来店里的女人，她都会先从她们的双脚开始，然后向上，看到腿部终止的地方，呆愣一小会儿，再转回来，又看一遍。这让她不仅常常忽略了她们的脸，还常常听不见她们跟她说的话。要命的是，看过之后，她总会把她们跟他放到一块儿去想，想得又深又远，又卑鄙又下流，可谓想入非非，直到把心脏想得生疼，疼得透不过气来。

特别是那些一脸幸福状的已婚女人。不知道她们是真幸福还是假幸福，面对同类，她们总像展示一件奢侈的衣品或饰物一样，把幸福尽挂在脸上。单是这一点，就足以让王玉梅妒意丛生百感交集了。结婚对于一个女人来说是多么的好啊，即便是吃一些苦头，也是好的——这是一本书里写的，很多年前她一看就再也忘不掉——然后她又开始想入非非了，首先想到的是做爱，多么充足，多么及时，多么随便。就像吃饭和喝水一样，每天都在一起，只要想，随时都能，随时都有。即便是不爱，也是可以满足的。关键是可以理直气壮地说要！还有，就是不用担心，至少在一段时间之内不用太担心他的人离去。

而现在王玉梅的情况是，每天都在担心，都在提心吊胆。每天都在饿——不是每顿吃不饱，而是因担心米仓的储备断档而产生的类似恐慌的饥饿感。她对做爱的要求，就像肺气肿病人对氧的需求一样，不停地喘气，大口喘气，每次却都喘不彻底。因为喘不彻底，就得不停地大口地喘。

她常常在做爱时盯着他的脸想，这张在她最初印象里蔫了吧唧甚至是很平常的脸，为什么现在对她如此重要而又充满魔力？它正在扭曲，极其放肆毫无羞耻地扭曲、变形，弄得又丑又狰狞，在她心里却反而更真实可感生动鲜活，更可亲可爱充满魅惑更勾人魂魄而挥之不去！为什么？她记得曾在午夜的老街，他背她时她所产生的那种感觉。那是爱吗？真实的情形是，她想和他完成一件事——做爱。她想做爱这件事本身，而不是它的对象。或者说她爱这件事本身要远远大于爱它的合作对象，甚至可以把这个对象忽略不计，把此对象和彼对象混淆和等同。再进一步说，如果那件事不发生，一直不发生，她或许已经不记得世上还有他这么一个人了。而现在的情况就不一样了，很不一样。它发生了，而且一次又一次不停地继续发生，爱就来了，而且越来越浓越来越强。爱是做出来的——她想，做爱这个词造得可真是他妈的好啊，精准到位，一针见血，入骨三分。做才能爱，反之不行，或不能。做了爱了，然后又要求不停地去做，就像一个循环，一个被抽打下旋转的陀螺，停止抽打显然意味着旋转终止或结束。当然抽打得不好，可能也会导致这个结果。所以说这是一件既费心又费力的事，光有力气是不够的，它还是一个技术活儿。话说回来，就像一个饥饿的人首先需要的是填饱肚子，而不会去关注营养的搭配和比例，王玉梅现在还顾不上所谓的技术层面，她的身体背叛着她的脑子让她顾不上这个层面——它像一口井，一口需要不停注入反复注入，焦渴得就要干涸的井。

问题是停或不停一点儿都由不得她，那条小鞭子根本就不在她手上！

她知道，要想不停下来，最好的办法就是尽量满足对方的想法和要求，而好上加好的办法就是还不等对方说出自己的想法和要求，就已先于一步或几步，揣度好，并且做了，做得很好，这种被用烂了差不多就是三流偏下的小套路小手段和小把戏，通常被说成是给对方一个惊喜什么的，实际做起来却并不容易——对王玉梅来说的确是如此。首先她要战胜自己，过自己这一关，一句话，她要说服自己。举个假设的例子，比如说，如果对方需要的爱的是她的钱，并且为得到它们而做出爱她的样子，她会很难过，不是一般难过，是难过死了，因为挫败感，一种彻底让人灰心绝望的挫败感。即便早就把这最坏最糟糕甚至最可恨的一层想到了，想开了，可一旦事到临头，还是难以接受，是不甘心。谁甘心自己彻底地失败呢？就像彻底放弃美好梦想一样，这是需要勇气和强大的内心力量才能面对的事，因为很残忍。她多么希望对方爱的要的就是她这个人，就像她对他一样纯粹，即使她就是一个瘸子加穷光蛋。但这几乎是不可能的，她这样确定，要命的是她又放弃不了。

所以只能不断地制造一个又一个惊喜送给他。

他真的会惊喜吗？

那么她呢？她将一次比一次更深地体会到那种绝望得令人窒息的挫败感。一种可怜的自卑的酸楚，有点儿像花钱求人揭自己的一个伤口，然后再往上面撒盐。而求人的过程是不能公开的，伤口也是不可示人的，却是要不停地一次又一次重蹈这个过程。渴望和梦想一次次被拎出来，然后再通过自己的手一次次把它撕碎。它们却顽固疯狂得令人心悸，碎后自己拼接，伤痕累累却垂而不死，并一次次卷土重来。

满足身体和满足脑子，哪一个能让人更好？

否则，哪一个更让人绝望？

什么叫纯粹？她对他就那么纯粹吗？

世间只有一种纯粹——死，如同活着只能遵守一种规则——各取所需。

然后是活该和愿意。

剩下的除了矫情，还是矫情。

这样一想，王玉梅心里就多少宽慰了一些。有一点需要说明，即便是王玉梅心和脑子里再翻江倒海，外人一般也很难从她外表发现太多的蛛丝马迹。人们看到的依然是面带微笑，说话和风细雨的芬芳文化用品店老板王玉梅。她是一个心里能装住事儿的人。

白羽呢？白羽后来一直都处在矛盾之中，而且越来越矛盾。

开始时还好，那段时间，他甚至还有点儿沾沾自喜。征服一个人，尤其是一个心高气傲的女人，对男人来说，感觉一定都会不错。征服本身就是快乐的一部分，何况这个女人还是自己老板。这让白羽的自信心获得了前所未有的满足，而自信又是所有快乐的源头。

首先这是一个工作机会。当然，以往他也不是没工作过，或说除此就找不到别的工作了。只是相比较而言，眼下的这份工作更赚钱——不是更容易——这点对年轻的白羽来说很重要。

赚钱都不易，只要能赚、多赚，他不怕吃苦。

然后才是身体和生理上的。也正是因为这一点，让白羽经历了由矛盾到满足，再到满足的顶峰，之后就像所有自然规律一样，开始走下坡路，重新抵达矛盾。一次次，循环的过程仿佛，抵达的矛盾却越来越深。

现在，白羽经常问自己，他爱这个女人吗？回答是他爱这个女人身上的许多优点，比如聪明能干身残志坚等等，可是，如果非要刨根问底的话，他宁可选择只爱她的身体。是的，他的身体爱这个女人的身体，这能叫"我爱你"吗？他想这一定也是她想要问的问题，可是她没问，一次也没问。他却说过这三个字，而且说过许多回，那是在最初的一段时间，进行之前，或进行之中，这三个字好比是为他身体的一次图谋热身和打前站，显然是为身体能够顺利实现其目的。中间呢？有点儿抚慰人心的味道，抚慰的目的是为点燃对方身体，从而使自己身体达到满足的最大峰值。说白了，就是给自己的身体擂鼓助威，加油呐喊。一旦身体和身体分开——事实是一旦他的身体达到顶峰，那三个字立即就像他跌落的身体一样，疲乏了，萎掉了。有一天，当他确定她的身体无需再做提示或被点燃，而是随时就可自燃，他便再也不说这三个字了。

他的矛盾也随之来临。先是从心里泛起一个小漩涡，漩涡一波一波扩大，并渐次升高。还是说身体。那身体就像一张弓，一次次涨满，一次次耗损它的弹性，这种实质性损耗注定了它的极限。他想，男人的身体果真就是一张弓呢，一次次开弓、射箭，总有射不动和不想射的时候。男人本身不过就是一架破播种机，而女人则是一片芳草地。播种机不会记得每一次播出的种子，它只是播种的一个工具。但大地会记得，因为种子会在那里生根发芽长叶开花甚至结果。比如做爱，男人可能更关注做本身这个机械的过程，而在此过程中，把诸如爱和情感等与之剥离，至少是暂时剥离，有时甚至滑向截然相反的一面。而女人则很可能是因爱而做，为爱而做，或者因此而产生爱或情感。至少有可能在这一过程里把诸如爱或情感放进去，或把性和爱相混淆，而很难把两者剥离得那么完全和彻底。这难道就是男人和女人的不同吗？或说男人的身体和女人身体的不同？幸还是不幸？

不能再说那三个字了。白羽觉得那三个字点燃的不光是她的身体，还有别的什么。包括那三个字本身。有几次白羽一觉醒来，发现王玉梅在黑暗中正大睁着眼睛看他，她用手指肚上的每一个螺纹抚摸他，一圈一圈地抚摸他的脸，他身体的每一寸地方。抚摸得让他心头发紧。他知道这时他可以提出任何事，因为所有的事儿都不算事儿了，包括所有的问题都不是问题了。同时，他也感到害怕，他害怕她说出那三个字。若真的说出来，他该如何回应？怎么说都像做交易，怎么说都不像是真的。还好，她没说。这真是一个聪明的女人啊。

他害怕，因为即便她没说，他也能感觉到，而且早已经感觉到了。开始时他是希望这样的——若不，一些事何以落实啊。一旦落实，他就一天比一天更害怕了。他怕惹火烧身。一句话，他不可能娶她。而他又不想伤害她。他是一个好人，且知恩图报。他怎么能伤害一个有恩于自己的人呢？而娶则是对一个爱自己的女人最有说服力的安慰和交代。一个字胜过所有甜言蜜语，是这样吗？既然不能娶她，既然只是想借着她的实力和能力赚钱，那么这种关系就应该只是一个中介，一种让两个人沟通和交流的方式和方法。说得再狠一点儿，就是让两个人彼此都能获得满足和愉悦的手段。还是一句话，各取所需。不是吗？所以，在他和她之间，白羽宁愿只停留在两个身体的碰撞、沟通和交流上，两个可以互相抚慰带体温的工具而已。可是，事实上真能这样吗？不光她不能，随着日子一天天流走，自己好像也正在一点儿一点儿身不由己地偏离着这个预设的轨道。

她做的给的不仅仅是他向她提出来的，竟然还有那么多他连想都没想的。她在把未来提前预支给了他。他不想接受，不愿再接受，是不能再接受了。他不要自己欠她太多，已经太多了，无法回报，无法交代。除了那一个"娶"字。他一面在心里告诫自己不能了绝对不能了，一面却又管不住自己，每一次都半推半就地照单全收。这让他矛盾越来越深。就像一个要戒毒的人面对一次次送到嘴边的毒品一样。这样形容是很不恰当的，因为王玉梅给的可不是毒品，而是一个又一个的惊喜，是钱，是人民币。这让他甚至连拒绝的借口都一点儿找不到，拒绝只能意味着自己不识好歹，太拿自己当回事，和对对方的歪曲或轻蔑——以为人家会爱自己或以此要求自己去爱吗？尽管已经感觉到了，或许就是如此，一层窗户纸而已，可人家没说这些，自己能捅破吗——避之还唯恐不及呢。

何况，对方总是以很恰当和让人很舒服的方式去做这些，有些甚至是过了很久他才知道，应该说让他非常地感动。

比如夏末，家里要翻盖房子，等白羽回去送钱时，房子已经差不多快完工了。白羽把两万块钱交给母亲，说从哪儿借的？赶紧还上。母亲愣了一会儿，说她没告诉你吗？然后盯着他的脸看了好半天，突然说，你一直就住在店里吗？白羽愣怔着哦了一声。母亲笑笑说，谁的钱都不是大风刮来的，往后你得更卖力些。说完就撂下更加发愣的白羽，忙别的去了。

后来，母亲又来"借支"了两回，巧的是都赶上白羽不在；也许就那么一小会儿不在，母亲就来了。就好像她在一个暗处盯着一样，他前脚一离开，后脚她立马就进了去。一回是白羽弟弟把工作办成了，办到了纺织厂，需要给人家一万块好处费；另一回说是父亲要治风湿的老寒腿，八千。而这两回母亲对他却只字未提。王玉梅也只字未提，是小华悄悄告诉他的。白羽当时脸很红，他想，王玉梅应该直接告诉他，怎么能让小华知道这事儿呢？又一想可能是自己想多了，冤枉了王玉梅。最后他到外面很激动地给家里打电话，他对电话里说，再来借支自己就饿死了！母亲却一点儿都没有生气，说是忙忘了没告诉他，又说饿死？又不是六三年，凭我儿那么能干还能饿死？然后就挂了。白羽就坚持着不要工资、提成，却更加卖力地干。

总之，这一切最后带给白羽的就俩字——感动，而感动背后就是压力，有形无形和看不见的压力，还有深深的矛盾。都因为她对他太好了，而他却不能娶她。不光不能，甚至一天天厌倦和害怕——和她在一起发生那种关系。可又不能不保持。它就像一根链条上的某个特殊而关键的环节，它一断，可能整根链条就都不存在了。就这么严重，白羽想。关键还在于，他的身体逐渐在失去热情和力量，而另一个身体则越来越激昂和澎湃。而这种澎湃非但没能调动和提升起他的热情和力量，反而让他有一种抵挡不住招架不了的恐惧和厌烦。他一面自责，一面应对；一边应对，一边厌恶。时间开始变得缓慢——尤其是夜晚，一个个夜晚变得无比漫长和难挨了。

夏天，夏天悄悄过去。

秋天越来越深，越来越浓了。

23　我是谁

　　左边那家店盘过来以后，本以为可以打通的，至少可以开一个门，或一扇窗。没想到物业不准，主要是楼上的住户不准，这就严重了，性质变了——不是花钱就能解决的。那些热心的住户仨仨俩俩就像参观或盼着新店开张一样，他们瞧瞧白羽，又瞧瞧王玉梅，立刻就像明白了什么似的。于是，好像根本不曾存在过的物业管理人员就来了。来了就把话说死了，就像板上钉钉一样——花多少钱都不行，墙是承重的，楼又是老楼，通了你们方便了，塌了呢？谁负责？

　　什么叫通了你们方便了？事后王玉梅越想越觉得不舒服，感觉就像被人强行刺探了一把内心或隐私，捎带还往身上甩了一把鼻涕。可当时她并没做回应，她看着白羽就像卸下一副担子或甩了一个包袱似的说，不让通就算了，听你们的。那种轻松的表情只有一瞬，转眼就被无可奈何代替了，是无可奈何，而不是失望或者沮丧。虽然只有一瞬，但王玉梅看到了，而且就像一根刺一样扎在了心上。她脑子里瞬间被一种感觉填满，我犯了一个错误，我把自己跟他隔开了，而这正是他一直盼望和设计的。本来她想问白羽，你不是说能通吗？一想问又有什么用？就像店已经盘过来了，还能退回去吗？问除了让他尴尬，只能暴露自己心思，说不定还会招致物业的人来一句，他说通就通啊？

她看了一眼白羽，说，行，通不了更好，本来就知道，本来就没想。说完就走了。

那些日子，白羽对王玉梅特别温存，温存极了。让王玉梅禁不住想到，这样的温存里面似乎还包含着别的什么。别的什么呢？一时又想不清。后来，后来即便是能想清她也不愿去想了，想也没用，也不解决问题，干脆就把它撂在一边吧。同他一块儿撂在一边吧——她想这么做，可又怕他借此真就躲在一边，而且永远。能这样吗？起码暂时不会。王玉梅脑子里想这么做，因为既不冒险，又可表明一下自己态度——是时候、该表明一下自己的态度了。可是，她的身体却背叛了她，她脑子里发出的拒绝信号，给她身体的反应只是一怔，一怔，身体就禁不住接受了那温存，甚至迎合上去。她无法拒绝他，一次都舍不得，拒绝一次就意味着少和没有一次。她需要，除了脑子，整个身心都需要。它们背叛了她的脑子，这是她矛盾和痛苦的一个方面，另一方面，它们还泄露了她内心的秘密，一次次。

其实她明白，即便事先自己什么都知道，她也会这么做，因为不做他就会不高兴，她所做的一切都是为了让他高兴，只有让他高兴，他才能让自己高兴。问题是自己真的高兴了吗？否则呢？

白羽说，不就是隔一堵墙吗？你有什么担心的，反正我也跑不了。

我担心你跑了吗？

那问题就更严重了，是一会儿不见，如隔三秋吧？

你真这么以为？

得，开句玩笑，你想想这样不是更好吗？暗度陈仓，省得让人瞎琢磨。

你早就知道通不了是吗？

你说这样不好吗？你不是怕别人瞎琢磨吗？

现在不是我怕，是你怕。

我？你不怕，我怕什么。

那好。

白羽买回来一张沙发，长条的，一下可以坐进去好几个人，除此它还有一个功能就是可以当床用，只睡一个人。连床都买回来了，王玉梅想，为什么不买那种能打开的呢？打开的那种能睡两个人。有人替王玉梅问了这个问题，是小华。小华在上面鼓捣了一会儿，说笨死了，怎么不买那种呢？看上去跟这一模一样，可是能打开，打开了差不多就是一张双人床呢。我家就有一个。是吗？白羽拧着嘴丫笑了，那正好你可以回家住了。他这话是什么意思？不光小华，连王玉梅都愣了。可他避开了那个对王玉梅来说很敏感的问题。避开又有什么用呢？谁知他安的是什么心？王玉梅招呼了一声小华，俩人就一块儿走了。回屋后小华还在发愣，嘟哝着，他是啥意思呢？

小艳笑了一下，说白总的意思是怕你上他那儿住。老板，我说得对吗？

不怕你住。小华恶狠狠地还了一句。

王玉梅突然变了脸色，但没接茬儿。

果然，下班后白羽往那沙发上一歪就不出来了。新雇的那个小小子临走时来这边转了一圈儿，说老板还有事吗？王玉梅笑着摇头，说白总呢？小小子说，在沙发上歪着呢。等饭菜叫来以后，王玉梅出屋一看，门已经锁上了。王玉梅忍着不打他的手机，一是为了照顾他情绪，二来是为自己面子。她想，应该给他一些自己的空间，饭不吃就不吃吧，睡觉回来就行。可回屋往饭桌前一坐，就再也没有一点儿胃口了，而且开始胡思乱想。他上哪儿了？正在干什么？和谁在一起？男的还是女的？为什么连招呼都不打？为什么要打招呼？我是谁？

偶尔，一整宿白羽都没回来。王玉梅当然是一宿没睡。前半夜还好，前半夜她在床上等，一会儿躺下一会儿坐起来。后半夜情况就不一样了，她在床上待不下去了，在小屋也待不下去了，在整个屋子都待不下去了。她想出去，到外面去。但她忍住了——说不定他就快到门口了，还没等自己走出小屋他就进来了，或者刚一打开店门正撞上他，怎么说？五更半夜这副腿脚出去干什么？怎么说都像是去找他。为什么找？是监督追踪，还是离不开？怎么说都尴尬，都不好。其实她就是想看一眼左边的那个店门，说不定他早就回来了，而且就睡在那张该死的沙发上。左想右想她还是忍住了。只能忍住——这种情况，这种事，除此没有更好的办法。

关键是怎么忍？如何忍受？

王玉梅开始整宿地打扫卫生，或整宿地洗衣服。

树叶变黄，正在簌簌飘落。王玉梅开始孕育一个计划。

这时候，白羽经常整宿不回来了。他的朋友渐渐增多，呈扇形、树枝状发展。他或她们隐藏在电话的那一端，像一群又一群夜晚出没的鸟，咕的一声，就能把白羽引走，然后在属于他们的领地里神出鬼没，纵情狂欢也说不定。他们从不招惹王玉梅，却反而让王玉梅觉得更加危险和恐怖。仿佛在她头顶正悬着无数根暗箭，以及在她周围埋伏着无数个卧底。她觉得夜晚空间，她和白羽的空间突然被侵占、挤满了，被陌生的体液、异味、隐形的肢体、游离的器官、奇形怪状咄咄逼人的眼睛给侵占挤满了。它们互相撕扯、碾压，并发出阵阵啾鸣。

她把所有的灯都打开，连电视和电脑也不例外。所有能擦的地方都擦了，所有能洗的东西都洗了，一遍又一遍。她的忍受达到了极限。

奇怪的是，人却平静了。平静得无声无息，平静得就像换了一个人。

现在她不擦也不洗了，而是在看一大堆碟片。这是她花好几天时间从不同的地方挑选的。都是一些挺刺激人的片子，跟以前的不同，以前的那些是和白羽一起看的，或说更适合男女在一块儿看，有观摩借鉴，还有煽风点火推波助澜的作用。现在她把它们统统扔到床底下。而这些她只是自己看，悄悄地慢慢地看。都是些扑朔迷离的凶杀片。它们共同的特点，就是让侦破机关束手无策。一句话，就是一些蹊跷的无头案。奇怪的是，在王玉梅眼里，它们并不血腥，一点儿都不，甚至还很温暖。只是，因为蹊跷，越看越觉得不像真事儿。她想，事实上，要了一个人的命远没那么复杂，手法多的是。甚至远比爱一个人容易得多，省事儿得多。只要想，咔嚓一下就结果了。

是爱让它们变得复杂了。比如，那个叫尤丽西斯的女人，她杀死了她的小情人。她从爱上他的那一天起就在想这件事，因为她觉得这注定是一场没有结果和毫无指望的爱，是越来越没有指望。要命的是她已经爱上了他，爱得无能为力，爱得万念俱灰。她觉得只有死才能让两个人平等，让两个人的关系平等，从而使自己得救。这是化解两性矛盾的最好办法，是男女最后达成和解的唯一方式。一开始她是打算和他一块儿赴死的，甚至在某些时候打算自己独自赴死——比如，做爱，做得很好，完了躺在他怀里，她就这么想，让我死吧，让我现在就死，死在他的怀里吧。可是，一年过去了。情况发生了变化，是经历了一些事情。她决定杀死他，而不是自己死，或陪他死。但她决定给他生一个小孩……

王玉梅看得心领神会，看得肝肠寸断，泪雨纷飞。

这段时间，王玉梅的身体渐渐有了变化。她先是见了食物就吐，吐得昏天黑地，差不多把胃液胆汁儿都给吐出来了。过了几天，突然又胃口大开，恨不得一口吃成个胖子，一顿吃下去一头牛。然后开始乏困，困得不行，只想睡，就想睡，黑天白天。却不想干什么，一点儿都不——这是最让她觉得欣慰的。谢天谢地！终于安静了，该死的身体，该死的情欲！终于也能说不了！有一天后半夜，白羽回来，把她从睡梦中弄醒，说来吧。她吓得一下子坐了起来，然后本能地抓过被子护住小肚，干什么？她吃惊得叫起来。装，跟我装——白羽一边扯被一边笑嘻嘻，你看，我都这样了。不行！她死死地按住被子。你怎么像换了一个人？白羽仍不屈不挠，脸上的嘻笑却不见了：时间

223

太长了，生我气了？把手拿开！再不拿开我就喊了！白羽吃惊地收了手，一脸的大惑不解。王玉梅说，穿上你的衣服，它们太难看了，要不回你的破沙发上睡去。白羽僵了一会儿，穿上衣服，走了。

这天晚上，王玉梅懒在床上一边吃话梅、杨梅、草莓，一边吃牛肉干、鱼干、豆腐干，捎带着还看了两集六角恋的韩剧，令她想不到的是，那些曾经让她感慨万千的痴男怨女的故事，此时却只让她心烦。她立即切换频道，心说，还他妈不如看动物世界呢。然后动物们就来了。是说蜘蛛。屏幕上一个母蜘蛛生下一窝小蜘蛛，像蚂蚁一样，黑压压的一窝。它们的肚子瘪瘪的。不一会儿，它们就像找奶吃一样聚满母蜘蛛周围。再一看，是聚在母蜘蛛的身上，然后是一片嚓嚓嚓嚓吃的声音。这时，骇人的一幕出现了，这层黑压压的小蜘蛛不是在吃奶，而是在喝血吃肉，喝它们母亲的血吃它们母亲的肉。它们像享用天下最好的美味大餐一样，咔嚓咔嚓活生生吃掉了它们的母亲！它们像饿皮虱子一样的小肚在逐渐变鼓，就像一只只真正的虱子一样。它们在长大。王玉梅立即呕了起来，她觉得自己刚才吃进肚子里的不是别的，而是母蜘蛛的肉，或者——人肉。她呕得翻天覆地，一开始她用手紧紧护着自己的小肚，突然就觉得里面有一窝饿皮虱子一样的小蜘蛛，它们也会吃掉自己，就像——她用手抓着它们，耳膜和脑仁却充满了它们咀嚼的咔嚓咔嚓声，声音逐渐变大，然后就像棍子一样布满了整个房间。她一把关掉电视，随手把遥控器掷了出去。

呕吐停止了，她闭上眼。却看见母蜘蛛一下一下抽搐的身体，有两条美丽的蚯蚓分别从它两边嘴角蜿蜒着爬出来，爬向她的手腕，忽然变成两条水蛭，迅即钻进她的皮肤，不一会儿就变得通体透红。她打着冷战，用手指捏住它们滑叽叽却有着惊人弹性的身体，拽一下，缩回去，拽一下，又缩回去，最后咯嘣一声断了，血，就像绽放的菊花一样，溅了她一身一脸。白羽——她喊道，白羽——白羽——

她爬起来，叮叮咣咣冲到外面，然后立即就安静下来。

秋夜阒静，月光皎洁。多么的好。

多么的好啊。王玉梅一下如置梦中。怎么会这样？为什么以前没有发现？浪费了多少好时光啊。她在心里这样感慨了一阵，忽然想要干点儿什么。这种想法一经产生，立刻变得无比强烈。必须干点儿什么，她对自己说，这么好的月光，一定得干点儿什么。然后她闻到了一股奇异的香味儿，仿佛一股巨大的气流从脚下盘旋升起，她顿时觉得身轻如燕。她贪婪地吸溜着鼻子，奔着奇香的源头而去，如同发现了一座宝藏。这个月光如水的秋夜，王玉梅呼吸急促，两颊绯红，两支拐杖叮了叮叮了叮地敲打着地面，就像她一阵又一阵不规则的心跳。她满眼燃烧着急切和渴望，就像一个神秘而又不安的影子，朝两只黑魆魆的大垃圾箱飘去……

就像迷途知返，就像安全归来，或者就是咕咚一声一块石头落了地。王玉梅仰天长舒一口气，然后连犹豫一下都没有，立即就熟练地操作起来。现在，她终于可以扔了手里那该死的拐杖了，扔掉一支，另一支就当工具用。她神清气爽地往那上面一靠，立即无师自通地操作起来。

这天半夜，张目来了。她就像蒸发掉的一滴水，在这天半夜突然降临，如同一场空穴来风，瞬间就把王玉梅给击晕、弄乱了。

张目来的时候，王玉梅正准备吃夜宵。她一觉醒来，感到浑身酸痛，又饥又渴，就像干了一天的体力活一样。精神却好得很。于是，她决定给自己做几样好吃的。刚上桌，张目就来了。

王玉梅愣了一会儿，喃喃道，你是张目吗？张目，是你吗？

是我，怎么不是我？死鬼，想死我了。

你怎么变成这样了？你的脸是圆的，胖乎乎的，怎么变长了？你不是缝了双眼皮吗？怎么又变成单的了？

别问了，一会儿再告诉你，先给我拿一把刀，要快的。

那就拿那把木柄的。干吗呀？想杀人啊？

防别人杀，得，我也吃点儿，饿死我了。

拿起筷子，张目的眼泪却涌了出来。你怎么样？她看着王玉梅问，过得好么？

王玉梅看着她，没说话。

我听人说，女人过得不好才一个劲儿吃东西，拼命吃，往死里吃。说完，她就像跟谁较劲和赌气似的一口接一口地往嘴里塞东西，塞得满满的。却不嚼不咽，腮帮鼓得像蛤蟆，眼泪一道一道地流下来，经过那儿立即分了岔，变成多股，然后接二连三地披落下去。得，饱了。她仰脖把它们咽下去，说，现在可以回答你的问题了。那个王八蛋说看够我原来那张脸了，说看得下边都快废了。我就整成这样。可还是不行，他说更吓人了，办事儿时他要么从后边，要么就用枕巾把我的脸蒙上，有两回差点儿没把我给闷死。现在好了，他滚蛋了。妈的，谁说女子和小人难养？小男人更难养！没钱的小男人更难养！钱给少了，他跟你闹情绪耍叽歪；给多了，他背着你出去胡吃海喝，狂嫖滥赌，让你整天连影儿都搭不到，边儿都摸不着。再说，我们能有多少钱？成百上千万的富婆一夜之间就能冒出一大堆。反正是一步赶不上，步步赶不上，永远都是马后炮。被动，憋气，窝火。对了，他让一个搞房地产的大妈给拐跑了。说完，张目抓过一个水杯，咕嘟咕嘟一口气喝光，打开包，重新补了一下妆，说，这回我想开了，哪天逮住一个老的，立马办证，然后赶紧生小孩，再晚就生不出来了。你说，咱们女的，除了自己小孩，谁还和咱亲？日他妈的，我为他做了三次，有一个都四个月了，眉眼都看清了，是个男的。

那为什么不生下来？你个傻瓜！

他说不行，他还没做好当爹的准备。

该杀。王玉梅突然说了一句。

说说你。

老样子。王玉梅拧着嘴角笑了一下。

这时，张目突然紧紧着鼻子说，什么味儿？你闻闻这屋里什么味儿？她站起来，四处走了一圈儿，然后从货架后面拎出一支拐杖，怪不得，这么脏，怎么弄的？

王玉梅眨巴着眼睛看了一会儿，一副莫名其妙的样子。

知道了，张目说，准是卫生间堵了，谁拿它通的？

王玉梅哦了一声，一副将信将疑的样子。

我替你洗一下。

不，不用，王玉梅劈手夺了过来，心却一下子乱了，她说，我有点儿头晕，想睡觉。改天再聊好吗？

不让我住这儿？

改天，改天好不好？

有人？那个小帅哥？什么时候拿下的？怪不得半夜还没锁门呢，张目不怀好意地笑着，说好吧，改天我来取取经，不过我得先提醒你一句，多藏几个心眼儿，这年头男人都是他妈的白眼狼。不分老小，有一头算一头。

还有女人，女孩也不例外，那个小妖精，你还没开？最好开了。临出门张目又说。

她说的是小艳。其实，王玉梅之所以没开除小艳，一是她货卖得好，而且是元老级店员了，凭什么开人家？没有理由。就因为她对白羽有意吗？不是没穷追不舍吗？即便是，那也不是什么错。何况，这种事还得看白羽是什么态度，既然白羽按兵不动，开除这件事也就没有多大意义。否则，只能让自己掉价，而且还显得很不厚道。另外就是，把对手置于自己眼皮子底下多少还能让人放心，否则不是放虎归山吗？就算她要辞，自己还得劝呢。

小艳呢？小艳不用劝，她根本就没打算走。她不走的原因主要是舍不得白羽，另外就是不甘心。凭什么？她当然知道，凭的是钱，而她凭的是年轻和身体。可她不知道到底哪一个在白羽眼里更重要。她从来都不相信白羽会对王玉梅这个人产生感情，当然也无法保证有一天他就不会对她产生感情，更无法保证他会对自己产生感情。可她喜欢他，不，是爱他。所以她就不走，她想只要能天天看到他就好。看他一举一动，一颦一笑，甚至吃喝拉撒。最关键的是，要看他哪一天彻底地厌烦了她，包括她的钱。会有这么一天吗？他会厌烦她的钱吗？有谁会厌烦钱？一想到他和她在一起，在一起做那事儿，她就心痛得受不了。她几乎都要崩溃了，几乎都要等不下去了。她开始恨，恨钱，恨他，和她。他竟然对自己如此冷漠，越来越冷漠，他连她都能要，为什么就不能施舍给自己一点儿感情呢？她想不通，可又救不了自己，因为她满心满脑子装的全是他。她想，也许跟了他一次，她才能甘心，才能得救，才能去跟别人，才能从心里渐渐地把他给忘掉。只能，必须这么做了，她受不了了，眼看就要死了。实在不行，就豁出去了，大不了就他妈的鱼死网破。

——这些王玉梅从来都没认真想过，或说远没想得那么严重，有什么了不得的呢？那么年轻，又不缺胳膊少腿，满大街都是男人，找谁不行？拿鞭子赶都赶不过来呢。就算是失一把恋，跟发一次烧害一回感冒差不了多少，烧一退就没事了。所以她只想到了上面那两层，而没想到最后这一层。这天半夜，她把那两层意思在心里又想了一遍，安静了下来。

王玉梅已经不看那些碟片了，她把那些碟片装进一个双肩包，在一天半夜走了很远的路，扔进了一只垃圾箱。她不想再看了，那些故事在她脑子里差不多都快要生根发芽了——一天，那个叫尤丽西斯的女人和她的小情人去野游。两人来到深山野地，突然就起了兴致，然后一拍即合地决定玩点儿花样，第一回合是男绑女；第二回合是女绑男，跟前一回合相似，男人四只手脚被分别绑在四棵树上，之后女人跨上去，就开始做。疯狂极了。完了，男人要求松绑，女人却从兜里掏出一卷胶丝绳又一一加固了一回。然后往男人嘴里塞药片，喂水，不一会儿男人就又行了，女人又跨上去。后来是男人不停地要求松绑、挣扎、叫喊，却不停地被喂水塞药片、塞药片喂水，女人一次次地跨上去。天黑了，男人就不动了。女人合上男人的双眼，亲吻着他，说好了，这回我可以安心地在家照看咱们的宝宝了。

另外两个就比较俗了，一个是用汽油，另一个是用煤气。

现在，即便没有了那些碟片，夜晚对王玉梅来说，也不再显得那么漫长和难挨了，就连电视她都好久没看了。她不再苦等白羽回来了，甚至是有点儿怕，怕他突然回来惊扰到她。她总觉得觉不够睡，越来越不够，有时睁开眼睛天光早已大亮。她想不明白，怎么睡了一宿还是睡不够？而且，就像干了半宿的体力活一样浑身酸痛，为什么？屋子里没有什么迹象表明她的确干了体力活，两支拐杖都是干净的，只有一成不变晾在卫生间里一件黑色麻纱裙让她感觉到了奇怪，昨天早晨不是收起来了吗？怎么这会儿又晾在了那里？用手一摸，还有点儿潮乎乎的，好像刚洗过不久的样子。什么时候洗的？她感觉就像做了一个梦，一个内容相似却又美妙无穷的梦。她被那个梦牢牢吸引，就像去会一个热恋着的秘密情人，守时守信，雷打不变而又行踪诡秘。每天晚上，她都为此精心地做着准备，包括晚饭多吃一点儿，再睡上一小觉。这时那个梦就清清楚楚地挂在眼前了，而一旦早晨睁开眼睛，它们就如隔夜的一缕轻烟薄雾，顿时就消逝得无影无踪了。

这天晚上，王玉梅刚在床上躺好，白羽就一身酒气地进来了。他捏着一卷报纸，翘着嘴角奇怪地盯着她看了一会儿，然后勾着脑袋一屁股坐在床沿上，立刻就跟僵尸一样挺了过去。

真舒服啊，好久没在这个床上躺着了。

是吗？因为不舒服，所以才好久没在这个床上躺着了。

不对，是怕你反胃。我知道你现在烦我。

我连你的影儿都搭不着，烦不烦又能怎样。

我欠你的。

没有，你不用这么想。

我一直这么想，我还想有一天你是不是会把我给杀了。

杀人偿命，我没那么傻。

可以神不知鬼不觉地干掉，方法多的是，很容易。用不用我教你几招儿？

留着你自己用吧。所以我得离你远点儿，别用到我头上。

假如，有一天我们不在一起了，你会恨我吗？

会。

会杀了我吗？

看情况。

什么情况？

不知道。

是你先烦我的。

是吗？你不用找借口，想怎么样就怎么样。随便。

不想问问我衣服是怎么破的吗？刚才好悬没让一个丫头给办了。多亏我意志坚定。

知道，是小艳。

什么？你怎么知道？哦……我是在跟你编瞎话，逗你玩儿的。对了，过两天，我俩出去散散心好不好？你不是说自从和我在一起，就想着有一天能跟我一块儿出去散散心吗？听你的，你说去哪儿就去哪儿。

然后呢——这时王玉梅忽然心疼了一下，她没把话说出来——各走各的，从此就是老死也不相往来，是不再相见，不能相见。她想，他是在用这样的方式跟自己说分手吗？

好吧。她说。

白羽回身抱住了她。

睁开眼睛，天已大亮。恍惚了一阵儿，王玉梅侧身盯着枕边的凹窝。阳光像一汪水似的汪在那儿，还像在那儿凿了一个洞。看着看着，王玉梅的心就跟着一下一下地空了起来。就像弄丢了一个梦，有一件什么事儿给忘记了。应该说是被干扰了。这让她昨晚的一些准备变得虚无和空洞起来。比如，上床先睡上一小觉，本来是想养养精神的，实际上却变成了一种暧昧的等候。这一夜白羽相当温柔，而且相当卖力。他不停地在她耳边追问着她的感受和满意度，她却自始至终不吭一声。她隐约感到，他的温柔和卖力实际上包含着许多补偿和透支的成分，仿佛一场谢幕演出，确切地说，是他对她，一个人，穷尽所能孤注一掷的谢幕演出。是那种即将解脱了的酣畅和快意，希望和茫然交错，坚定而又持久。

——好不好？他问。

——这样行吗？他问。

——明天我回家一趟，我妈说有点儿急事儿。他说。

王玉梅缓慢地抬起手，伸过去，从那片光亮里捏起一根头发，拿它跟自己的比了一下，又放在鼻尖上闻了闻。然后噗地一口气就把它给吹跑了。她决定起床。起床后她觉得浑身不再酸痛，而是很轻松，轻松但却空洞。她坐在床边，愣了一会儿，感觉心里更加空落起来。有什么地方不对头，她想，自己要的不是这样的效果，甚至不是做爱这件事，而是——她忘了一件重要的事。

一张本地晚报被叠成很齐整的小方块放在她办公桌的显眼处，好像正等着她看，和非要她看不可似的。她坐在椅子里，目光发散地盯了它一会儿，抓起来。

一女子杀死情人然后自杀

[本报讯] 昨日 22 时许，莲花小区内许多居民还没休息，有人在事发现场几步远外的楼前闲坐。突然，一声沉闷的巨响把现场的人们惊呆了。一女子从十二楼窗口跳下，当场身亡。据目击者称，该女子不偏不斜，正好落在两个花坛中间的水泥砖地上，巨大的冲击力使其身穿的一件紧身牛仔裤当场爆裂。

"中午，她还来买过四瓶啤酒呢。"一楼食杂店老板说，"并没发现什么异常。""前段时间刚和男朋友分手，不过，最近好像又处了一个，看样子比她小很多。"一位居民讲。

22 时 30 分，110、120 分别赶到现场，在居民的指引下，打开死者房门，让人触目惊心的是，一年轻男子一丝不挂被绑在床上，并身中数刀，已经死亡。凶器是一把木柄军工刀。经证实，死者正是其新男友。据初步断定，该男子之死可能系跳楼女子所为。

据悉，该女子名叫张目，本地人，现年 38 岁，个体从业人员，曾有短暂婚史。该男子年龄约二十二三岁，身份不详。据法医鉴定，两人死前数小时内，曾多次发生性关系，而且基本排除强奸可能，因为现场并无明显搏斗痕迹。究竟什么原因导致二人在如此美妙时刻反目，还不清楚。目前，此案已移送公安机关，正在调查中。

24　到法藏寺去

　　有一天晚上，王玉梅做了一个梦。她梦见了坐在莲花宝座上的观世音，观世音先是朝她静静地微笑，然后抖了一下手里的东西，说来，把这个拿去吧。她定睛一看，是那个半面人护身符。醒来时她想到了法藏寺，还想起了一些别的。

　　白羽再没提出去散心的事。

　　秋风一天比一天凉了。

　　王玉梅又招了一个服务员——把刚招来不久蔫了吧唧的那个给辞了——一个年轻能干的小帅哥。有一段时间，白羽显得很落寞，人也变得憔悴起来。他母亲来找过他几回，每次都是把他叫到外面，不知道两个人都谈了些什么。有一回王玉梅隔窗望过去，看见白羽气咻咻地丢下他母亲，径直到马路的另一边去了。他母亲——那个曾经对王玉梅眉开眼笑的女人，却再也没看过王玉梅，她把她忘了，就像从来没认识过一样。

　　这时，发生了一件事。一天傍晚，白羽洗菜时不小心把油瓶碰到了地上，那个油瓶是一个干红葡萄酒瓶，里面的内容让

235

王玉梅和白羽两人在一天夜里给喝了。那是两人刚刚在一起不久，发生的事不过几次，生涩而又拘谨，那天晚上白羽来时手里就多了这瓶酒。小酒怡情，犹如润滑和黏合剂。喝光之后，两人不仅放得很开，效果也分外的好。再看这空酒瓶就生出了一种别样情愫。于是就用它装了豆油，一为纪念，二也算物尽其用——想想，哪天能少了它离了它？倒应了一句老话，食色，性也。是王玉梅悄悄这么做的。果然，有一晚，白羽捏着它左看右看，竟一把关了煤气，撂下正冒烟的油锅，然后直奔王玉梅。现在，它被白羽碰到了地上，然后碎了。这不奇怪，奇怪的是里面的内容变了。不是大豆玉米花生瓜子等什么能吃的油，也不是什么酒，而是——汽油！白羽心一聚，就僵在了那儿。他看看锅，想了想锅和汽油的关系，烧热的锅和汽油的关系，以及这些和自己的关系，然后就像突然害了感冒一样，牙齿打战，浑身哆嗦起来。他咬着牙帮骨，嘴唇发麻地冲小屋喊，王玉梅！你给我出来——

小艳说，汽油是她放的，她没想弄死谁也没想烧了这个店，其实根本就没那么严重，实验她倒没做过，但她新买了一只泡沫灭火器，就在厨房地旮旯放着，她怕万一出现意外，那两只旧的不好使。小艳说，她只想毁了他的脸，因为他长了一张那样的脸，你王玉梅才会那么喜欢他，别的女孩才会那么喜欢他。她恨那张脸，毁了它，或许自己才有希望。即便没有，也不让别人像现在这样好受。小艳说，你在听我说吗？你以为他只对你一个好啊？根本就不是那么回事儿！不信我现在就领你去一个地方，看他到底在干啥，跟谁在一块儿。

——这天半夜，王玉梅刚一出门，就被小艳截住了。

月华如水。一推开门，她的心咚地跳了一下，感觉就像上了一艘小船，而小船正要驶离码头，航行出去。雾霭把水面遮住了，看不见。但她分明已经听到了水波拍击船胛两侧发出的哗哗声，感觉到船脊即将像鱼脊一样划开水波，犹如一把剪刀游走在一块巨大的丝绸上。她感觉到了向后的风和惯性，刚要向前稳一下身子，小艳就截住了她。多么讨厌啊，她想，她来得可真不是时候啊，马上就要出发呢。什么事儿？快说——她看着她，在心里说。

然后小艳就噼噼啪啪地说开了。奇怪的是，她听不见她的声音，她的声音被风滤去，被水吸走了。她只看见她两片像花瓣一样的小嘴唇兀自在那儿，一张一合，一张一合。她看着她，目光宁静似水，如同看着一个梦中女孩。

你在想什么？你在听我说吗？小艳有些心虚地说。

你想不想去啊？老街石锅水豆腐坊。小艳又说。

不去就算了，反正我都告诉你了。小艳盯着她看了一会儿，把头低下，说，我这也是为你好，你要开除我，现在就说。

不会，你回去吧，王玉梅突然说，我还有事儿。

王玉梅说，算了，没你想的那么严重。

不行，我得找她谈谈。白羽抽着烟说。

没必要，跟一个小丫头较什么劲哪。

不只这些，我发现她好像在跟踪我。

跟踪？跟踪你什么？你有什么事儿值得跟踪？怕跟踪？

我能有什么事儿啊。

你妈给你领回家的那个女孩，处得怎么样了？王玉梅突然问道。

没，没处得怎么样啊……白羽支吾了一句，然后就愣住了。

人一定很漂亮吧？好好处。王玉梅看着他，又说。

你听谁说的呀？

哦，对了，过两天我要出趟门。

去哪儿？

法藏寺。

干什么？

烧香拜佛，求菩萨保佑。

哦——可是，太远了，你会吃不消。

没事儿，我都准备得差不多了，到时你送我一程。

白羽盯着她看了一会儿，说，真的？

王玉梅点点头。

要不，就近找个地方玩玩儿？白羽说，早就说好的。

晚了——王玉梅在心里叹了一声。

确定了行程路线，三天后，白羽送王玉梅去伊林，然后王玉梅从这里换乘火车，中途再倒一次车，四天后就可到达法藏寺所属的那个城市了。两人坐早晨的大巴车，本来应该在傍晚时分就到达伊林，想不到中途大巴车却坏了，坏了还不止一回。司机却不说是哪儿坏了，乘务长也不说。两人只是忙上忙下地鼓捣。一开始还能对付着往前开，突突突慢得就像老牛车，后来就不能动了，而且修不上了。一时间车内怨声四起，连咒骂声都有了。司机也干脆撕破脸皮，说我实话告诉你们吧，发动机坏了，没法修，修不上了。要命的是所有电话都打不出去，就跟坏掉了一样，没信号。连向哪儿求援都变成不可能的了。车里一下子就安静下来，只安静了两秒钟，就轰的一下炸开了，怎么办？就把我们扔这儿吗？不是我要把你们扔这儿，司机慢悠悠地说，是车走不了了。那你就想想办法吧。有人情不自禁地软下来。什么办法？司机说，这你们也看见了，跟哪哪都联系不了，只能是等了，等过来车捎话，话捎不出去就只能等明天往这发的那趟车了。这一下大伙儿算是彻底明白了。明白过来有人就要求退票，这回是乘务长说话了，他说退票也没用，给你们钱你们走得了吗？要是能我就退。退了回头我可不管了；依我看都别急，既然门儿都出来了，还急什么？在家都挺累的，满眼睛除了钱就是人，看看这儿多好，就跟画似的，就当一次野游了。小伙子最后学了一句范伟小品里的话说，缘分哪！

话都说到这份儿上了，大伙儿也就都没脾气了。再说，谁愿意把自己的车往这前不着村后不着店的地方扔呢？于是，大伙儿就打着哈欠，伸着懒腰，陆陆续续地下车了。人不多，一共也就十几个。伊林是一个小地方，以盛产林木著称，因为这个季节并不是采伐期，所以根本看不到一辆过往的车辆，坐大巴车的人大都是串门子走亲戚的，像王玉梅这样转车再去别的地方也未可知。总之，就是往返的人少，大巴车呢，每天只一趟，对发。而在大巴车丝毫看不出坏的迹象时，从伊林对发的那辆就已经开过去了。大伙儿心里明白，看来差不多是要在这儿等上一宿了。

王玉梅的心情丝毫也没受到影响，相反，却变得格外的好。一开始，白羽还皱着眉头，一转眼就舒展开了。这里位于中朝边界的长白山腹地。金秋九月，天高云淡，莽莽林海，红叶缤纷。一些人一下车顿时就扯开嗓子号叫起来，呼啦啦惊起一串又一串飞鸟。木香馥郁得几乎染指，满耳鸟鸣，有淙淙的溪流声，从林海深处幽幽传来。王玉梅没叫出来，是一下子放不开，白羽却叫了，边叫边像猴子一样蹿进树林，沿着一棵大松树飞快地爬了上去。一颗干松果啪地落在王玉梅脚下，嗷的一声，王玉梅立刻就叫了出来。

现在，两人已来到密林深处。其实，从公路上一拐就是密林，走不上十米便已经四面都看不出去了。这是原始森林的特点。所以，在确定走不了之后，司机和小乘务长再三告诫大伙儿，尽量别往里走，就是走也别超过十米，以能看清公路为限，否则迷了路走丢了可没人管，被长虫虎豹熊瞎子吃了可没人管。虽是这么说，大伙儿谁都没被吓住。白羽和王玉梅两人在车里简单地吃了几口东西，相互看了几眼，就像突然达成了某种默契，背了包就下车了。司机和小乘务长看看王玉梅，又看看白羽，张张嘴又把话咽了回去。两人走进密林，白羽四下看了一圈儿，蹿到她跟前，摆出一个背人的架势，但被王玉梅拒绝了。她想一步一步自己走，机会难得啊。白羽显然明白了她的意思，他东窜西窜，一边清理道路，一边杂七杂八地采了一大抱野花。两人一直走，直到听不见周围的人声。又过了一条小溪，才在半张床大小的空地上停住了脚。又相互对望了一会儿，白羽就像打扫战场似的收拾了一圈儿，然后脱了上衣铺上，抓过背包，在上面按出一个凹窝。他在做这些事儿的时候，王玉梅就倚在旁边的一棵树上，一直在看着他。即将到来的事儿忽然让她心里充满绝望——他是多么的好啊，年轻、英俊、细心而又温柔，并且充满力量。可是，这一切都不属于她，即便马上就会是她的，那也不属于她，只是马上这一会儿，完了就不是了，就是别人的了。她感觉自己就像在拔河，跟一个虽然看不见但却是实实在在存在着，并且早已存在了的女人拔河，还像在背后很不光彩地偷吃着她的东西。为什么会这样？这时，白羽突然嗷的一声，然后四仰八叉地躺了下来。

舒服死了，他向上看着她，不信你过来试试，比家里的床好上一百倍！

来呀，他拍拍背包上的那个凹窝，又说。

然后她就过去了，竟不能自抑地浑身哆嗦起来。就像第一次似的。怎么会呢？

他把自己先脱了，两手交叉向上一拎，T恤就被甩到一边，下边却没有，甚至连鞋都没脱，褪下来的长长短短的东西一股脑儿地堆在脚脖上。然后他就像发邀请似的向她伸出一只胳膊。只轻轻一揽，她就趴在了那上面。这时，他才开始脱她的。只脱了一部分，很急的样子，嘴里咻咻地喘着气。多长时间了？他说，多长时间了？她说你问谁多长时间了？你问谁？好了好了，他说，我们慢慢来，有的是时间，我喜欢这儿，我们慢慢来……她突然但却是及时地阻止了他。

不，她把嘴贴到他的耳朵上，许久才万分艰难地说道，我想……好好要一回，我是说……我们从来都没那样过，我怕让你……看不起。你是说玩点儿花样吗？他看着她，说，你一直都在想是吗？她咬住嘴唇点头，不敢直视他，浑身又不能自抑地哆嗦起来，我想……也许这是最后一回了，我是说有这样一回，以后即便你离开了我，娶别的女孩，我或许也能挺住，而不会一下子难受得要死……他的眼睛渐渐地蒙上了泪花，他捧起她的脸，说你真是傻啊，我有那么好吗？说不定就是你的一个错觉呢，说不定别人的看法就是对的呢。她感觉心口迅速地疼了一下，如果，她说，如果我的腿不这样你会娶我吗？如果我的腿不这样，我没有钱，你会娶我吗？她没想要他回答，因为无论怎么回答都不可能是真的。"如果"，只是一种假设，永远都解决不了实际问题。而她只是想这么问问，问了目的就达到了。好了，她把话头打住，说行吗？他点头，说听你的。

她迅速打开背包，掏出一卷尼龙绳，说把我绑上。

将近半夜时，她开始绑他。她绑他两脚的时候，他还笑嘻嘻地跟她说着黄段子；等绑了他两只手的时候，他的脸色刷的一下就变了。当然她看不见，因为天色早已暗了下来。但他自己能感觉到，就像用一把锋利的剃刀在脸上飞快地刮了一遍，刀刃沁凉，像线一样勒过去，心就颤颤悠悠地聚到了一块儿。他看见她麻利地做着这一切，敏捷得就像换了一个人，换了一副好腿。他心口咚地一响，头皮一紧，发根立刻就一根一根地竖了起来。他想坐起来，可是晚了，她已经跨了上去，并用两手死死地卡住了他的脖子。他在心里绝望地喊了一声，扭了扭身子，就像出水的鱼徒劳地甩了甩尾巴一样，然后就闭上了眼睛。

不知过了多久，他忽然觉得透过气来，一下一下地透过气来了，并且有一粒粒小水滴一下一下地落在脸上。睁开眼，他先看见一团巨大的黑影，然后从黑影的两侧看见了从树梢上泻落下来的星光。他长长地透了一口气。好了，他说，给我解开，我们回去。我们回去，天快亮了。他又说。她没动。要不，我们在一起好好说说话儿，你给我解开，我都快要冻死了。

她依然没动。

你坐上也没有用，你看我现在已经不行了。

这时，他听见她笑了。声音压得低低的，就像从地底下发出来的一样。立刻，恐惧感又攫住了他。

他咬了咬牙帮骨，说，来日方长，我保证，我们明天后天大后天都可以，或者待会儿天一亮就可以，只是现在不行；你松开我，我们好好说说话儿；嗯……就说说你为啥去法藏寺好不好？让我猜猜，哦对了，你是求菩萨保佑我俩永远在一起是不是？不用求，我会的；不然，我妈托人给我介绍的女孩我怎么一个都没看呢？我有主意得很呢，我不会在乎别人怎么说和怎么看，除了你谁能对我这么好啊；我也想开了，好胳膊好腿又能怎么样呢？我找媳妇是为自己，又不是给别人看的，你对我这么好，我不娶你才是瞎了眼呢；我知道你总不放心，要不你就在我脸上划几刀吧，给我毁容，那样就不会有别的女孩儿看上我了，你就彻底放心了，我心里也就踏实了……他突然就说不下去了，鼻子一酸，竟抽抽搭搭地哭了起来。

这时，他听见吧嗒一声，一个又硬又凉的东西掉到了他的肩膀上，然后身上那团黑影就像一座小山一样坍塌下来。不一会儿就响起了又轻又细的鼾声。他动了动，侧了侧身子，一歪脖，突然倒吸了一口冷气，星光下，他看见了一把张开的木柄军工刀。

愣怔了一会儿，他突然笑了，无声无息如获大赦般地笑了。

清晨时分，人们看见两人一先一后从密林里走出来时，先是意味深长地笑了一下，等到近前，才发觉有什么地方不对劲儿，是两人的表情。男的气呼呼的，女的呢，竟然挂了一脸的泪花。

这一次，王玉梅没有去法藏寺。是没去成。

第二天，当换乘上去伊林的大巴车不久，她就发现自己身上流了血。结果大巴车到了伊林停都没停一下，就直接送她去了医院。医生检查完，冷冷地说，不能忍一忍？或者换个体位？这个时候还这么不节制，孩子保不住了！

事实上，那天后半夜，白羽就待在离王玉梅不到两米远的一棵大树后面，他没睡，一直睁着眼睛。王玉梅一觉睡到天亮，醒来后顿时惊恐万分。她仿佛连自己是怎么来这里睡的觉都不记得了。但却没忘了喊白羽，她一边往身上胡乱地套着衣服，一边喊白羽，大喊。白羽却在大树后面一声不吭。直到她弄丢了拐杖，摔了一个大前趴，他才气呼呼地走出来。

事后，白羽一直对那天夜里发生的事耿耿于怀，尤其是那把张开的军工刀。开始时王玉梅是避而不答，就说记不住，都忘了；后来再问，王玉梅眼泪就下来了，继而大声啜泣：够了，够了，我王玉梅不想背着两条人命去下地狱！白羽一惊：两条人命？什么两条人命？王玉梅不答，只是浑身抖成一团。白羽头皮发麻，瞪眼看着王玉梅，就像在看一个从未见过、完全陌生的人。半晌，王玉梅抬起头，拿一对哭红了的眼睛定定地瞅着白羽，说：我妈就是死在我手里的……

25 烟花盛放

后来，王玉梅还是去了一趟法藏寺。一个人去的。

她走的那天，天下起了雪，那是那个冬天的第一场雪。那场雪下得毫无征兆，连气象部门都没预报出来。凌晨时分，她睡不着，还特地出去看了看天，苍穹浩瀚，星河灿烂，连一丝风都没有。早晨一出门，雪花却精怪一样飘了下来。一开始是东一朵西一朵的，不一会儿就变得铺天盖地，纷纷扬扬了。让王玉梅没想到的还有，小艳顶着一身的雪跑来了。前一天中午吃饭，她只简单地布置了一下工作，并没说要出门，可她却感觉出来了。这个小妖精。

拿着，车上吃。小艳把一兜茶鸡蛋塞进王玉梅的背包，然后眼圈儿慢慢就红了。她捏了一下王玉梅的衣袖，像忽然想起什么似的，进了店，出来三下两下就把手里的一个包装盒给撕开了，是一条大红的羊毛披肩。前几天刚买的，她边说边不容分说地把它披在了王玉梅的肩上。干什么呀？小傻瓜！王玉梅感觉肩头一暖，心顿时也跟着暖了起来。她一手试图把披肩拿下来，一手伸过去扑了扑小艳脑门上的雪花，嗔怪道，给我啦？这可是人家给你买的定情物，一甩手就送人啊？回头挨说可别找我。说完就把披肩拿下来，披在小艳肩上。拿着！小艳一把扯下来重又披到王玉梅肩上，大声说，我给小华还买了一件呢，你不要就是瞧不起人！什么定情物呀，他敢拿这些糊弄我，我要他拿房证和车钥匙！好了，那姐就收下了，王玉梅抚弄了一下小艳的刘海儿，说好好珍惜；又说，这段时间可不能偷偷嫁了，得等我回来。放心吧，小艳说，出去好好玩儿天，店里你就放心好了，过两天白羽——她突然把话停住。怎么啦，王玉梅看着她，说呀。

我昨天看见白羽了，他正跟他妈忙着进爆竹呢，还有一个女的，长得一点儿也不好看，小艳垂下眼睛，说，他说明后天回来上班。

哦，王玉梅应了一声，说，送我去车站吧。

一个月后王玉梅才回来。那时候，已经是冰天雪地了，店门前那棵老残柳宛若一件青光闪耀的铁质雕塑，垂挂的枝条就跟一棵棵铁丝儿似的。离元旦还有好几天，城市处处却已呈现出浓郁的节日气氛。机关单位商家店铺都开始张灯结彩，不时有爆竹炸响，连街上的行人都是一副喜气洋洋辞旧迎新的样子。王玉梅呢，乍看没什么变化，细看却仿佛整个人都变了，变得仿佛透明了一样，从内到外。是一种说不出来的静，静得就像一汪水，很深，很清澈，是剔除了烟火气的那种静和安详。

店里第一个看见王玉梅回来的人是白羽。白羽蹲在店门口正勾着头抽烟，王玉梅把出租车门打开的时候他刚好抽完手里的烟，弹飞烟头，正要站起来，一抬头就看见了下车的王玉梅。他愣了一下，是愣了半天，才站起来，站起来几步就蹿了过去，本来他是想伸手把她从车里抱出来，腰都弯下了，两只手也伸过去了，这时候却停了下来，停了一下去接王玉梅的包时，王玉梅说，我自己来。他还是把王玉梅的包给抓了过来，然后退了一步，回头冲屋里喊，老板回来了！

晚上叫了菜，大伙儿在一起热热闹闹地吃了一顿。饭桌上，王玉梅给每个人都发了礼物，都是一样的，一条犀牛角和一种骨制的小珠子相间的手链，很精致，而且是开了光的。吃完饭都说早点儿休息，然后就各自散去了。

白羽一身酒气地转回来时，已经快半夜了。王玉梅没睡，而是坐在营业室的椅子里，而且连门都没闩。她好像知道白羽会转回来，或者在等他转回来。白羽一团冷气地进来，第一句话就说，我喝多了。然后勾着头一屁股坐在王玉梅旁边的椅子里。先喝点儿茶吧，我刚泡上的，道士种的竹叶茶。不用，我就想跟你说说话。

说什么，还是喝茶吧。

我不喝什么道士茶，我又不想出家。

王玉梅把茶杯递过去，我知道，喝吧，解解酒，没人让你出家。

你呢，你会吗？

王玉梅笑。

告诉我，你是不是想出家？而且是因为我？

别胡思乱想，就算是，也不是因为你。

那为什么？

不为什么，我没说我要出家啊。

那就好，要不我一辈子都不会心安的，我会自责。白羽抓过茶杯咕嘟咕嘟地喝了起来。

自责？一辈子？没有那么严重，就是说说而已，说出来就没了，就什么都过去了。王玉梅叹了一声，在心里这么想，并没把话说出来。她打开一个包，拿出两只小盒子，说，这是我特意跟寺院住持请来的，一个送给你，一个送给你的女朋友。白羽叹了一声，半天才接过去。他打开一只，是一条心形项链。王玉梅说，这是你的。白羽打开另一只，他的手一哆嗦，差点儿没把那个半人半鬼的小挂件弄到地上。他斜着眼睛看着王玉梅。王玉梅说，这是保佑女人的护身符，戴上它，她的男人就不会在外面招惹别的女人，和被别的女人招惹了。白羽说，你真想让我送给她？

是的，王玉梅说，现在没事了，你可以走了。

白羽说，我还想坐一会儿。

王玉梅说，行了，我坐了一天的车，累了。

白羽站起来，走到那个货架旁边站住，说，我昨天给你新买了一个电褥子，铺好了。那个插台也是新换的。原来的又有点儿不大好使了。

谢谢你。王玉梅说。

对了，白羽突然一拍脑门儿，兴奋起来，说，我说我怎么就一直心慌慌的呢，原来是忘了一件事儿，你先别去睡觉，等我。走到门口，又跑回来，说先别进去，就在这儿等我。

白羽抱着一个有一只脸盆口那么粗的烟花，在门外冲王玉梅喊，你不用出来，坐话吧这儿看就行，销路特好，我是特意给你留的，不用等元旦，咱现在就把它给放了！知道它叫啥名儿吗？地久天长——

王玉梅心里一颤，连犹豫一下都没有，就来到了外面。

寒星点点，一股风吹来，她突然打了一个寒战。别，别放了，她牙关一紧，说出来的话竟然把自己吓了一跳，她说，别放了，我怕它爆炸。白羽似乎没听见，他兴奋地拆着包装纸，捏着烟头四处选择燃放地点。

别点了，王玉梅又说，我有点儿害怕。

害怕？怕什么？怕炸死我啊？我倒是想啊，就怕它不给面子呢！

别点了！王玉梅喊了一声。

我可跟你说啊，要是炸不死，你可得养着我，不能把我给扔了！点火喽——

一分钟，两分钟，好几分钟都过去了，可是一点儿声息都没有，没点着。白羽使劲地吸了一口烟，又使劲地吹了一下烟头，说，让你吓的。他走过去，刚要蹲下，王玉梅又喊了一声，这一声他没听见，不光他没听见，就连王玉梅自己也没听见。

事后王玉梅想，自己喊的那一句是什么呢？为什么只是喊，而不把他拽住呢？即使拽不住，哪怕拉他一下也行啊，拉他一下，起码也能拖延一点儿时间啊。只要稍微拖延那么一点儿时间，结果就完全可能是另外一种样子。后来她终于想起来了，没去拉他的原因是自己手里正挂着那两支该死的拐杖。她还想起了自己喊出的那句话：

别去！让它崩着你——

声音不太响，就轰的一下，出来的也不是什么地久天长，而是一个漂亮的大火球，像蘑菇云一样漂亮的大火球，是白羽一声撕心裂肺的叫喊，把王玉梅喊出来的那句话给截断了，淹没了⋯⋯

2018 年 11 月 11 日长春
2019 年 5—7 月改毕

图书在版编目（CIP）数据

柔情史 / 高君著 .—北京：作家出版社，2020.7
ISBN 978-7-5212-0976-1

Ⅰ.①柔… Ⅱ.①高… Ⅲ.①长篇小说－中国－当
代 Ⅳ.① I247.5

中国版本图书馆 CIP 数据核字（2020）第 083697 号

柔情史

作　　者：高　君
责任编辑：史佳丽
封面设计：任　白
美术编辑：薛　怡
出版发行：作家出版社有限公司
社　　址：北京农展馆南里 10 号　　　　邮　　编：100125
电话传真：86-10-65067186（发行中心及邮购部）
　　　　　86-10-65004079（总编室）
E-mail:zuojia @ zuojia.net.cn
http://www.zuojiachubanshe.com
印　　刷：玉田县嘉德印刷有限公司
成品尺寸：142×210
字　　数：170 千
印　　张：8
版　　次：2020 年 7 月第 1 版
印　　次：2020 年 7 月第 1 次印刷
ISBN 978-7-5212-0976-1
定　　价：33.00 元